SCIENCE FICTION

Herausgegeben
von Wolfgang Jeschke

In gleicher Ausstattung erschienen in der Reihe
HEYNE SCIENCE FICTION & FANTASY:
die Serien

WARHAMMER

Jack Yeovil: Drachenfels · 06/5571

Konrad-Trilogie:

David Ferring: Konrad · 06/5572
David Ferring: Schattenbrut · 06/5573
David Ferring: Kriegsklinge · 06/5574 (in Vorb.)

WARHAMMER
40 000

Ian Watson: Inquisitor · 06/5551
Ian Watson: Space Marine · 06/5552
Ian Watson: Harlekin · 06/5553
Neil Jones & David Pringle: Genräuber · 06/5554

WARHAMMER

Schattenbrut

Zweiter Roman der
Konrad-Trilogie
von

DAVID FERRING

Aus dem Englischen übersetzt von
WALTER BRUMM

Deutsche Erstausgabe

WILHELM HEYNE VERLAG
MÜNCHEN

HEYNE SCIENCE FICTION & FANTASY
Band 06/5573

Titel der Originalausgabe
SHADOWBREED
Übersetzung aus dem Englischen von Walter Brumm
Umschlagbild: Boxtree/Games Workshop Ltd.

Umwelthinweis:
Dieses Buch wurde auf chlor- und säurefreiem Papier gedruckt.

Redaktion: Ralf Oliver Dürr

Printed in Germany 1997
Umschlaggestaltung: Atelier Ingrid Schütz, München
Technische Betreuung: M. Spinola
Satz: Schaber Satz- und Datentechnik, Wels
Druck und Bindung: Elsnerdruck, Berlin

ISBN 3-453-12668-8

ZEITTAFEL DER ALTEN WELT

Ein kurzer Führer durch die Geschichte der Warhammer-Welt

Jahr/Ereignis	
0001	Die Zeit Sigmars, der das Reich gründete und auch erster Kaiser war. Die Kriege gegen die Kobolde enden, als ihre Horden über das Weltrandgebirge in die Dunklen Länder zurückgetrieben werden.
0050	Sigmar bringt seinen magischen Streithammer, den gefürchteten WARHAMMER, zurück zu den Zwergen, die ihn schmiedeten, und wird nie wieder gesehen.
1111	Eine verheerende Pestepidemie dezimiert ganze Völkerschaften in allen Teilen des Reiches.
1500	Religionskrieg zwischen Tilea/Estalia und Arabien.
1547	Der Großherzog von Middenland erklärt sich ohne Wahl zum rechtmäßigen Herrscher und leitet damit das Zeitalter der drei Kaiser ein.
1750	Kislev trennt sich vom Reich.
1839	Geburt der Genevieve Dieudonné (der zukünftigen Heldin von ›Drachenfels‹) in Parravon.
1851	Graf Drachenfels plündert Parravon.
1855	Genevieve wird von Chandagnac dem Alten zu einem unsterblichen Vampir gemacht.
1937	Graf Drachenfels veranstaltet ein Festmahl, bei dem er seine Gäste vergiftet; Tod des Kaisers Carolus.
1979	Kaiserin Magrita wird für vierhundert Jahre die letzte gewählte Herrscherin.
2150	Meerelfen kehren in die Alte Welt zurück.

2177 Tod Chandagnacs des Alten, des vampirischen ›Vaters‹ der Genevieve Dieudonné.

2262 Geburt Jewgenij Jefimowitschs, des künftigen Hohenpriesters von Tzeentch, dem Gott des Chaos, der als »Der Veränderer der Wege« bekannt ist.

2302 Mit wiederholten Einfällen des Chaos beginnt ein neuer Ansturm auf die Alte Welt. Magnus der Heilige erscheint in Nuln, um seinen legendären Ruf zu den Waffen zu verkünden. Unter Magnus' Führung werden die Kräfte des Chaos zurückgeschlagen. Magnus wird zum Kaiser gekrönt und stellt die frühere Größe und den Ruhm des Reiches wieder her.

2369 Tod Magnus' des Heiligen. Die Kaiserkrone geht über auf Graf Leopold von Stirland.

2370 Geburt Gotrecks des Zwerges, des künftigen Bezwingers der Trolle.

2401 Verschwinden des Kaisers Matthias IV.

2429 Der Bürgermeister von Marienburg erklärt die Unabhängigkeit der Ödnis und die Lostrennung vom Reich. Kaiser Dieter IV. wird abgesetzt.

2446 Geburt des Söldners Vukotic, der später Gefolgsmann der Mecklenbergs von Sudenland wird.

2456 Geburt des Söldners Wolf, dem späteren Gefährten Konrads.

2459 Geburt Oswalds von Mecklenberg, Kurfürst, Baron von Sudenland und Vater von Johann und Wolf (vgl. *Unwissende Armeen*).

2460 Geburt des ›Schmutzigen‹ Harald Kleindienst (Held von *Bestien in Samt*).

2465 Geburt Orfeos (des Erzählers von *Zaragoz, Seuchendämon* und *Sturmkrieger*). Im Alter von acht Monaten wird er von den Waldelfen des Waldes von Loren als Findelkind adoptiert.

2470 Harmis Detz, Kriegsveteran der Grenzwache von Khypris in den Grenzfürstentümern, erlebt den

ersten einer neuen Serie von Angriffen von den Kräften des Chaos. Gegen sein besseres Urteil nimmt Harmis an der Jagd auf den Seuchendämon Ystareth teil (vgl. *Seuchendämon*).
Vukotic in den Nördlichen Wäldern und Ödländern des Nördlichen Chaos, wo er in den Dienst des Zaren Radii Boka tritt.

2471 Geburt Detlef Siercks, des größten Dramatikers und Intendanten der Warhammerwelt.

2475 Geburt Johanns von Mecklenberg, Oswalds Sohn.

2477 Fürst Oswald von Königswald wirbt eine Bande von Abenteurern an, darunter den Vampir Genevieve Dieudonné, und führt sie in die Grauberge, um den bösen Zauberer Drachenfels aufzuspüren und zu vernichten.

2478 Geburt Konrads; Geburt Wolfs von Mecklenberg, Johanns jüngerem Bruder.

2483 Vukotic tritt als Johanns Privatlehrer in den Dienst derer von Mecklenberg.

2490 In einem Dorf am Rand des Schattenwaldes rettet der junge Konrad Elyssa vor einem Tiermenschen, und ihre Freundschaft beginnt (vgl. *Konrad*).

2491 Cicatrice, der Meister des Chaos, verübt einen Überfall auf den Sommersitz der Familie von Mecklenberg in den Südländern. Während Johann und Vukotic dem Gemetzel entkommen, gerät Wolf in Gefangenschaft (vgl. *Unwissende Armeen*).
Kaiser Luitpold stirbt, und sein Sohn Karl-Franz besteigt den Thron. Geburt des Prinzen Luitpold.

2492 Auf der Insel Morien stoßen Herla, König von Plenydd, und sein Barde Trystan auf den unheilvollen Einfluß einer Gruppe fremder Elfen. Trystan reist später nach Albion, dann weiter nach Bretonnia (vgl. *Sturmkrieger*).

2495 Gotreck der Bezwinger der Trolle, erforscht in Begleitung seines menschlichen Gefährten Felix seltsame Vorgänge im Großen Wald (vgl. *Unwissende Armeen*).

2496 Auf ihrer Schatzsuche im Carag der Acht Gipfel schließen Felix und Gotreck sich den Gefolgsleuten des Barons Gottfried von Diehl an und reisen durch die Schwarzen Berge ins Exil der Grenzfürstentümer (vgl. *Wolfreiter*).

Unter dem Carag der Acht Gipfel findet Felix das verlorene Schwert Karaghul (vgl. *Roter Durst*).

Sommersonnenwende. Konrads Dorf wird von Tiermenschen angegriffen und niedergebrannt. Konrad trifft den Söldner Wolf und erklärt sich bereit, für fünf Jahre sein Knappe zu sein (vgl. *Konrad*).

Um diese Zeit hält sich der Zauberer Listenreich in Middenheim auf, wo er mit Verwerfungsgestein experimentiert.

Trystan Harper begegnet Orfeo in Bretonnia und erzählt ihm die Geschichte der *Sturmkrieger.*

2499 Orfeo trifft Harmis Detz in den Grenzfürstentümern und hört die Geschichte vom *Seuchendämon.* Konrad und Wolf arbeiten in einem Goldbergwerk in Kislev. Der Zauberer Listenreich tritt in den Dienst Gustavs des Wahnsinnigen von Talabecland.

2500 Belagerung Praags. Diese Stadt der Kisleviten im Norden des Reiches wird von massierten Streitkräften angegriffen, zu denen Gefolgsleute aller vier Großen Mächte des Chaos gehören.

2501 Johann und Vukotic erreichen in den Ödländern des Nördlichen Chaos endlich Cicatrice und Johanns Bruder Wolf (vgl. *Unwissende Armeen*).

Sommersonnenwende. Konrad und Wolf ziehen auf der Suche nach Schätzen, die in einem verlassenen Zwergentempel vergraben sein sollen, nach Norden. Im Anschluß an seine Flucht vor einem Kriegerhaufen, der sich Khorne gewidmet hat, dem Blutgott der Kräfte des Chaos, tut sich Konrad mit dem Zauberer Listenreich zusammen. Wegen verbotener Experimente mit Verwerfungsgestein aus Middenheim vertrieben, reisen sie nach Altdorf (vgl. *Schattenbrut*).

2502 Unter der Gönnerschaft des Prinzen Oswald von Königswald vom Ostland versucht Detlef Sierck sein Schauspiel *Drachenfels* im Schloß Drachenfels selbst zu inszenieren. Die Aufführung gerät beinahe zur Katastrophe, als der Große Zauberer zurückkehrt, um Vergeltung zu üben … (vgl. *Drachenfels*).

Konrad entdeckt die wahre Ungeheuerlichkeit des Skaven-Planes in Middenheim und Altdorf *(vgl. Schlachtklinge*).

In Estalia gerät der Minnesänger Orfeo in die internen Auseinandersetzungen von Zaragoz und kommt gerade noch mit dem Leben davon (vgl. *Zaragoz*).

2503 Orfeo wird vom Piraten Alkadi Nasreen gefangen und erzählt ihm die Geschichten *Zaragoz* und *Seuchendämon* und *Sturmkrieger.*

Nach dem Zusammenbruch des Großen Theogonisten Yorri wird Lektor Mikael Hassenstein, der Beichtvater des Kaisers, zur mächtigsten Einzelperson im Kult Sigmars (vgl. *Bestien in Samt*).

2506 Ein skrupelloser Mörder durchstreift die Straßen Altdorfs. Der Schmutzige Harald und Rosanne suchen angesichts wachsender Unruhe und der Machenschaften des Chaos verzweifelt nach dem Täter (vgl. *Bestien in Samt*).

Johann von Mecklenberg kehrt als Kurfürst auf seine Familienbesitzungen in Sudenland zurück. Genevieve verläßt Altdorf.

Reich Des Chaos
Naggaroth
Land Der
Dunklen Elfen
Albion
Meer Des
Chaos
Die
Alte
Welt
Arabien
Elfenreiche Von
Ulthuan
Lustria
Warham

UNBEKANNTE LÄNDER
NORSCA
DIE STEPPEN
DIE DUNKLEN LÄNDER
nach KATHAY
DIE SÜDLÄNDER
MER WELT

DIE ALTE WELT
GROSSER WESTLICHER OZEAN
L'Anguille
Couronne
Gisoreux
Mousillon
BRETONNIA
Bordeleaux
Brionne
Bilbali
ESTALIA
Magritta
Skavenblight
PEST-SÜMPFE
Miraglian
Tobaro
Remas
TILEAISCHES MEER
Narrenkap-Felsen
Luccini
Sartosa
Piratenstrom

Norsca
Krallensee
Nördliche Chaos-Ödländer
Land der Trolle
Praag
Erengrad
Kislev
Die Ödnis
Mittelberge
Middenheim
Kislev
Das Reich
Marienburg
Talabheim
Karak Ungor
Altdorf
Karak Kadrin
Grauberge
Parravon
Thingstätte
Zhufbar
Karak Varn
Weltrandgebirge
Wald von Loren
Schwarzwasser
Quenelles
Schwarzfeuerpaß
Karaz a Karak
Schwarze Berge
Grenzfürstentümer
Barak Varr
Paß des tollwütigen Hundes
Karag Dron
Schwarzer Krag
Todespaß
Karak Acht Gipfel
Schwarze Bucht
Steinwüste
Karak Azul
Kârak Azgal
Karag Haraz

Die A

Das Reich und die

…TE WELT
…UMLIEGENDEN GEBIETE

1

Sigmars doppelköpfiger Streithammer durchschnitt die Luft, und mit jedem mächtig ausholenden Schlag zerschmetterte er einen oder mehrere Schädel der andrängenden grünen Horde. Trotzdem griffen die Kobolde wie von einem Todesdrang besessen weiter an – und jeder von ihnen fiel der geheiligten Waffe der Zwerge zum Opfer.

Die Zwerge hatten den legendären Hammer ›Ghalmaraz‹ genannt, was soviel wie ›Schädelspalter‹ bedeutete, und an diesem Tag wurde er seinem Ruf wahrhaft gerecht. Ein ums andere Mal sauste der schwere Hammer nieder, und jedesmal verlor ein weiterer Angreifer sein Leben.

Dieser Tag kennzeichnete einen Wendepunkt in den Gezeiten der Geschichte: der Tag, an dem der größte aller Namen in die Annalen einging, an dem Sigmar, Sippenführer der Unberogen und gewählter Kriegsherzog der acht vereinigten Stämme, als Sigmar Heldenhammer bekannt wurde. Es war der Tag, an dem die Grundfesten des Reiches gelegt wurden. Und es war der Tag, an dem die Kobolde und Orcs und ihre unheiligen Verbündeten aus der bekannten Welt verbannt wurden.

Zwerge und Kobolde waren Feinde von alters her. Lange und erbittert kämpften sie um die Vorherrschaft über die Länder zwischen der Krallensee und dem Weltrandgebirge, und es schien, daß die Kobolde und ihre Verbündeten schließlich durch ihre zahlenmäßige Übermacht triumphieren müßten. Nach jahrhundertelangen Kriegen wurden die Zwerge schließlich in ihre gebirgige Heimat zurückgedrängt. Ein paar Hundert tapfere Freiwillige deckten den Rückzug über den Schwarzfeuerpaß. Die Selbstaufopferung dieser Nachhut schien die letzte Hoffnung des Zwergenvolkes.

Durch ihren Widerstand bis zum Letzten wollten sie das Überleben ihres Volkes sichern.

Doch statt die zur Sperrung des Passes zurückgebliebenen Helden zu vernichten, ging die Armee der Kobolde ihrem eigenen Untergang entgegen. Eingeschlossen zwischen den Zwergen und ihren neuen Verbündeten, den aufblühenden jungen Stammesgemeinschaften des geeinten Menschenvolks, wurden die grünen Kobolde zu Hunderten und Tausenden niedergemetzelt, bis der Gebirgspaß von ihren Toten übersät und die Felsen von ihrem übelriechenden Blut gefärbt waren.

Sigmar fiel das Verdienst zu, seine Truppen in die Schlacht gegen den gemeinsamen Feind geführt und als Vorkämpfer mit seinem mächtigen Streithammer den Sieg errungen zu haben …

Wieder und wieder schwang er die Waffe hin und her, und jeder Schlag zertrümmerte einen grünen Schädel und warf sein Opfer zuckend zu Boden. Er fühlte sich unbesiegbar. Erneuerte Kräfte durchströmten seine Gliedmaßen, sein Geist war ergriffen von einer machtvollen Kraft, die immer in ihm gewesen war, aber jetzt erst aus seinem tiefsten Inneren hervorbrach.

Kobolde schrien und suchten sich vor der erbarmungslosen Doppelaxt in Sicherheit zu bringen, doch war ihnen im Gedränge ihrer Artgenossen jeder Fluchtweg versperrt. Nicht nur die blitzende Klinge fürchteten sie; vielleicht noch mehr schreckte sie die plötzliche Flut hellen Tageslichts, die ihre unterirdische Höhle durchströmte, nachdem, wie es schien, Blitz und Donner in ihr finsteres Reich eingedrungen waren.

Konrad bleckte die Zähne in einer tierhaften Grimasse von Anstrengung und Wut. Die Wildheit seiner primitiven Vorfahren hatte Besitz von ihm ergriffen, und ihm war, als sei er nicht mehr allein mit sich selbst. Ungezählte Generationen feuerten ihn an, wurden Teil seiner selbst, und er war beinahe ein Zuschauer des Gemetzels, als ob seine Arme nicht ihm gehörten und die schwere Doppelaxt, die er mit beiden Händen hielt, von einer Kraft gelenkt würde, die außerhalb seines Bewußtseins war.

Dies war sein großer Augenblick, die Ausrottung der Höllenbrut sein Auftrag. Er schwang die mächtige Streitaxt mechanisch wie ein Schnitter die Sense; sein ganzer Körper war eine unerbittliche Tötungsmaschine, unbehindert von Gedanken und Gefühlen.

Der steinerne Boden des alten unterirdischen Zwergentempels war bedeckt von den Körpern der häßlichen, buckligen Kobolde mit ihren Krallenhänden und schlüpfrig von ihrem Blut.

Und dann gab es auf einmal keine Opfer mehr. Die mißgestalteten Körper der toten und sterbenden Kobolde lagen reglos hingestreckt, und die Überlebenden waren in die Dunkelheit der alten Felsstollen geflohen. Konrad stützte sich auf den Schaft seiner Doppelaxt und überblickte den Schauplatz des Gemetzels, das er angerichtet hatte. Sein Gesichtsausdruck berserkerhafter Wildheit machte einem zufriedenen Grinsen Platz. Er wischte sich das klebrige Blut aus dem Gesicht. Es war nicht sein Blut, und die Toten brauchten es nicht mehr. Die Verwundeten ließ er leiden; mochte der Tod sie langsam und unter Schmerzen erlösen.

Allmählich erwachte er aus seinem Blutrausch und blickte auf zu der Lichtquelle, die so unerwartet die Höhle erhellt und ihn gerettet hatte. Vor der jähen Lichterscheinung hatten seine Gegner ihn in der Dunkelheit ihrer eigenen Welt in Bedrängnis gebracht, und seine Niederlage schien unabwendbar.

Die Umwandlung der Nacht zum Tage mußte das Werk Anvilas gewesen sein. Der Staub, den herabstürzende Felsbrocken des Höhlendaches aufgewirbelt hatten, begann sich erst jetzt zu setzen. Zum ersten Mal seit Jahrhunderten oder gar Jahrtausenden drang wieder Tageslicht in den alten Tempel.

Konrad, Wolf und Anvila waren auf der Suche nach einem vergessenen Zwergentempel in diese Berge gekommen. Angeblich enthielt der Tempel einen Hort an Gold und Juwelen. Doch statt des erhofften Schatzes hatten sie eine Hochburg der Kobolde gefunden – vielmehr hatten die Kobolde sie gefunden.

Wolf war in Gefangenschaft geraten und gefoltert worden. Als Konrad ihn im Höhlentempel gefunden hatte, war der Schamane der Kobolde im Begriff gewesen, ihn unter Qualen zu opfern. Wolf hing gefesselt an seinen Handgelenken, nackt und blutüberströmt.

Als Konrad die Plattform des Altars erstieg, wo Wolf angebunden war, fiel ihm auf, daß Wolf irgendwie verändert aussah. Sein Körper wirkte entstellt, seine Gliedmaßen mißgestaltet. Vielleicht lag es daran, daß seine Haltung von Schmerzen verkrümmt war, aber auch sein tätowiertes Gesicht hatte einen seltsamen Ausdruck angenommen, als wäre sein Unterkiefer verlängert. Und obwohl er über und über blutig war, schien er dichter behaart, als Konrad ihn in Erinnerung hatte. Beinahe so, als ob er der primitive Wilde wäre, in den Konrad sich während des Kampfes verwandelt geglaubt hatte …

Wolf starrte ihn seltsam an, als erkenne er ihn nicht, oder als fürchtete er sich noch immer, durch Verstümmelung langsam zu Tode gefoltert zu werden.

»Hörtest du nicht, was ich befahl?« brachte er mit matter Stimme hervor. »Du solltest mich töten, nicht ihn.« Er spie auf den leblosen Körper des Schamanen. Ein blutig-schleimiger Klumpen landete in dem von rituellen Narben entstellten Gesicht des Toten.

Wolf hatte ihm den Befehl gegeben, als Konrad in den Höhlenraum gekommen war und sie einander im Licht der brennenden Fackel gesehen hatten, die Konrad getragen hatte. Statt dem Befehl zu folgen, hatte Konrad seinen letzten Pfeil aufgelegt und den Schamanen der Kobolde, der sein hilfloses menschliches Opfer gemartert hatte, zu Boden gestreckt.

»Du kannst dich auf einen Bogen nicht verlassen – es ist eine Bauernwaffe«, erinnerte ihn Konrad spöttisch an eine Bemerkung, die Wolf am Tag ihrer ersten Begegnung gemacht hatte.

Konrad lehnte seinen blutigen Hammer an die Wand und griff zum Messer. Dann hielt er inne und starrte auf die Waffe, die unter seinen Gegnern ein so fürchterliches Blutbad angerichtet hatte. Es war eine Doppelaxt, die er mit solch verheerender Wirkung gebraucht hatte, kein Hammer. Was hatte ihn auf den Gedanken gebracht, es sei ein Hammer?

Sein Kopf dröhnte noch vom Lärm des Kampfes, den gräßlichen Todesschreien seiner Feinde, dem Krachen der Explosion und dem Poltern der herabstürzenden Felsbrocken. Er wischte sich ein blutiges Rinnsal aus dem Gesicht, das ihm ins Auge drang und seine Sicht trübte. Er blutete stark aus mehreren Stich- und Schnittwunden, die er im Kampf kaum bemerkt hatte.

Mit seinem Kris durchschnitt er die Stricke, mit denen Wolf an die Wand des Tempels gebunden war. Als die letzte Faser durchtrennt war, zersplitterte die gewellte Klinge des Dolches in hundert Stücke. Konrad hatte die Waffe mehr als die Hälfte seines Lebens besessen, und mehr als einmal hatte sie ihm das Leben gerettet. Er blickte auf den aus Knochen geschnitzten Dolchgriff, dann ließ er ihn zu Boden fallen.

»Ich dachte, du wolltest dir lieber selbst die Kehle durchschneiden, bevor du dich fangen lassen würdest«, sagte er. Wolf hatte einst gelobt, er werde sich niemals lebendig einem Feind ausliefern.

Wolf machte ein Gesicht, entblößte die zugefeilten Zähne. »Ich fand, daß es besser wäre, ein paar von diesem Gelichter unschädlich zu machen«, sagte er.

Kurz darauf hörten sie schwerfällige Schritte in der Ferne und spähten zu den Stolleneingängen auf der anderen Seite des Höhlenraumes – zu den finsteren Gängen, in welche die überlebenden Kobolde geflohen waren.

Konrad stützte Wolf mit einem Arm. Mit der freien Hand griff er nach seiner blutbeschmierten Streitaxt. Seite an Seite warteten sie und überlegten, aus welcher der dunklen Öffnungen die Feinde hervorbrechen würden.

Die Schritte kamen näher, hallten in der Stille, als wäre eine ganze Armee von Kobolden im Anmarsch. Diesmal würde Konrad kaum eine Überlebenschance haben.

»Wo sind all die Schätze?« fragte Anvila, und ihr Blick ging über die nackten Wände des gewölbten Höhlentempels. Den toten und sterbenden Kobolden schenkte sie keine Beachtung.

Endlich herrschte Stille. Das Stöhnen der Sterbenden war verstummt. Die grünen Kobolde waren alle tot oder schon zu schwach, um noch zu wimmern, und würden bald das Schicksal der anderen teilen.

Wolf lag bewußtlos am Boden. Seine Verletzungen würden mit der Zeit heilen, auch wenn sein Körper noch mehr Narben tragen würde als bisher. Ließ man seine oberflächlichen Verletzungen außer acht, sah er nicht anders aus als in der ganzen Zeit, die Konrad mit ihm verbracht hatte. Die scheinbare Veränderung Wolfs mußte von den Foltern verursacht worden sein, die er ertragen hatte, es sei denn, Konrad hatte sie sich nur eingebildet. Seine Sinne waren nach der wilden Selbstvergessenheit eines Kampfes niemals sehr verläßlich. Wie hätte er sonst der Täuschung unterliegen können, er habe statt seiner Doppelaxt einen Hammer geschwungen?

Immer wieder fand sein Blick zu den dunklen Stollenöffnungen. Er befürchtete noch immer, daß die grünen Horden jeden Augenblick mit Verstärkung zurückkehren würden. Wahrscheinlich war es nur das Licht, das sie fernhielt, aber wie lange würde es dauern, bis sie ihre Furcht besiegten, bis sie erkannten, wie lächerlich gering die Zahl ihrer Feinde war?

Als Konrad auf der Suche nach Wolf und seinen Fängern in das unterirdische Labyrinth vorgedrungen war, hatte Anvila es vorgezogen, an der Oberfläche zu bleiben. Dank ihren bergbautechnischen Kenntnissen war es der Zwergin gelungen, Tageslicht in die Finsternis zu bringen. Die Lichtquelle befand sich etwa in halber Höhe der Höhle und schien ein geräumiger Gang zu sein, aber er war hell und mit einem runden Glas wie einem Fenster verschlossen.

»Wir Zwerge pflegten unsere unterirdischen Tempel durch eine Anzahl von Linsen zu beleuchten, die das Sonnenlicht von der Oberfläche bündelten und weiterlenkten«, hatte Anvila erläutert. »Ich fand die Linse oben, aber sie war unter dem tonnenschweren Gestein eines Felssturzes begraben, das ich mit Schießpulver sprengen mußte.«

»Ich sagte dir, daß sie schlau ist«, hatte Wolf gemurmelt, bevor er das Bewußtsein verloren hatte.

Konrad hätte gern gerastet, aber es durfte kein Ausruhen geben, solange sie im unterirdischen Bereich des Höhlentempels waren. Die Zwergin erkundete den Höhlenraum. Konrad glaubte nicht, daß sie nach dem Schatz Ausschau hielt, auf den Wolf gehofft hatte. Wenn es hier jemals einen Schatz gegeben hatte, der verlorengegangen war, als der Zwergentempel während des Zeitalters der Vulkanausbrüche und Erdbeben aufgegeben worden war, dann mußte er vor Jahrhunderten geplündert worden sein.

Statt dessen untersuchte sie die Steine und eingemeißelten Symbole und Runen, betrachtete die Eingänge der verschiedenen Stollen, die vom Zentralbereich wegführten. Ihre Finger zogen einige der Runen nach, als sie sich bemühte, die Schrift ihrer Vorväter zu entziffern, die hier vor ungezählten Generationen gelebt hatten.

Der Raum mußte einstmals eine natürliche Höhle gewesen sein, die künstlich erweitert worden war. Der Boden war mit Steinplatten belegt, einige Wände vermauert. Der Grundriß war kreisförmig, mit einem Durchmesser von vielleicht achtzig Schritten, und die Wände wölbten sich zu einem Höhlendach, das sich annähernd hundert Schuh über dem Boden erstreckte.

»Dies war ein Zwergentempel«, sagte Anvila nach ihrer Rückkehr, »und nun verwenden die Kobolde ihn für ihre eigenen abscheulichen Riten. Dies muß eine Zeremonie im Zusammenhang mit dem letzten Tag des Frühlings gewesen sein.« Sie kniete bei Wolf nieder und blickte zu der Wand auf, wo die durchtrennten Stricke hingen, mit denen er gefesselt worden war, ausgestreckt wie ein Weihopfer.

»Morgen ist der erste Tag des Sommers?« fragte Konrad leise.

Das war der Tag, der seinem ganzen Leben eine neue Wendung gegeben hatte. Vor fünf Jahren war sein Heimatdorf am ersten Tag des Sommers vollständig vernichtet worden. Konrad war der einzige Überlebende gewesen. Er schüttelte den Kopf und schloß die Augen, um die Erinnerung zu vertreiben und nicht wieder daran zu denken, was an jenem Tag Elyssa geschehen sein mußte.

Blut und Schleim der getöteten Kobolde klebten an seinen Kleidern und stanken abscheulich. Nun, da Anvila bei Wolf Wache hielt, durchsuchte er den Höhlentempel und die anstoßenden Stollenöffnungen nach Wasser, um sich zu reinigen.

In den vergangenen Jahren hatte er viele Kobolde erschlagen, aber keiner war so mißgestaltet gewesen wie diese. Offenbar hatte das unterirdische Leben sich nachteilig auf sie ausgewirkt; ihre Gestalten waren kleiner und verkrümmter, ihre Haut blasser, ihre Augen größer.

Im Gegensatz zu den Tiermenschen, unter denen es welche gab, deren Blut wie Säure brannte, war das Blut der Kobolde harmlos, doch empfahl es sich immer, alle Blutspuren erschlagener Feinde sobald wie möglich abzuwaschen.

Zwar fand er kein Wasser, doch konnte er sein Schwert bergen, das er zu Beginn des Kampfes fallen gelassen hatte, dann kehrte er zurück zu Wolf und Anvila. Unterwegs blickte er zu der großen Glaslinse auf, die in den Fels eingesetzt war. Sie war rund und schien aus verschiedenen Ringen unterschiedlicher Größe und Stärke zu bestehen.

Er wollte den Blick davon wenden, als er in dem Glas eine Bewegung sah. Eine Gestalt nahm darin Umrisse an, als käme sie aus einem Nebel. Er sah einen Reiter, das Bild eines Reiters, eines Mannes, den wiederzuerkennen er nicht umhin konnte. Der bronzene Krieger!

Ungläubig starrte Konrad hinauf. Es war auf den Tag genau fünf Jahre her, seit er und Elyssa den bronzenen Ritter durch ihr zum Untergang verurteiltes Dorf hatten reiten sehen, eine stumme Gestalt, die ihnen wie ein übernatürliches Wesen vorgekommen war.

Und als Konrad den Reiter beschrieben hatte, der einen Tag vor der Vernichtung des Dorfes erschienen war, hatte Wolf gesagt, daß der Reiter sein Bruder sei, sein Zwillingsbruder …

Das war an dem Tag gewesen, als Konrad und Wolf einander zum ersten Mal begegnet waren, und Wolf hatte behauptet, sein Zwillingsbruder sei tot. Konrad entsann sich noch immer seiner Worte: *Schlimmer als tot …*

Seither hatte Wolf seinen Zwillingsbruder nicht mehr erwähnt, und Konrad hatte kaum noch an den bronzenen Krieger gedacht. Nie war ihm in den Sinn gekommen, daß er den Reiter womöglich wiedersehen würde.

War der bronzene Ritter wirklich zurückgekehrt, um Konrad zu verfolgen, oder war er nur das Trugbild, das er zu sein schien?

»Anvila!« sagte er und zeigte hinauf zum runden Glas. »Siehst du es?«

»Ja.«

»Was bedeutet es?«

»Es ist ein entferntes Bild, von den Linsen reflektiert und vergrößert. Die Linse an der Oberfläche muß durch die Sprengung Risse davongetragen haben, und durch ein damit zusammenhängendes Phänomen zeigt sie ein gestreutes Bild.«

»Ist er wirklich?«

»Ja. Wahrscheinlich ein paar Meilen entfernt, am Rand des Berglandes.«

Aber während sie sprach, verschwand die geisterhafte Erscheinung im Nebel der Linse und war fort.

Konrad blickte wie gebannt zur gläsernen Linse auf, obwohl es dort nichts mehr zu sehen gab. Dann wandte er sich um und eilte zu Anvila und Wolf.

»Ich muß ihm folgen«, sagte er.

Die Zwergin sah ihn an und schwieg.

»Ich muß gehen. Es ist mein Geschick ...«

Anvila zuckte die Achseln. »Wenn es so wichtig ist, geh.«

»Was ist mit Wolf? Kannst du dich seiner annehmen und ihm hier hinaushelfen?«

»Ja.«

»Wie steht es mit den Kobolden?«

»Ich bin eine Zwergin. Dies ist das Land meiner Vorfahren. Ich weiß mit Kobolden fertig zu werden.«

Konrad blickte auf Wolf hinab, und Wolf öffnete die Augen. Die Schmerzen, unter denen er noch litt, spiegelten sich in ihrer eisblauen Kälte. Er blickte zu Konrad auf, von einem Auge zum anderen. Er befeuchtete sich die Lippen und öffnete den Mund.

»Chaos«, flüsterte er. Mühsam holte er Luft, dann sprach er wieder, dasselbe Wort, lauter als zuvor: »Chaos!«

Und dann schloß er langsam die Augen und versank wieder in Bewußtlosigkeit, als wäre die Anstrengung des Sprechens zuviel für ihn gewesen.

Chaos ... Es war ein Wort, das Konrad schon gehört hatte, ein Wort, das im Grenzland oft ausgesprochen wurde, das er selbst gebraucht hatte, obwohl er seine wahre Bedeutung nie verstanden hatte. Ein kalter Schauer überlief ihn. Wolf würde es wissen, aber er konnte ihm nicht antworten.

Konrad wollte auch Näheres über den Zwillingsbruder seines Kameraden erfahren, was aus ihm geworden war, wie er in die Macht der Finsternis verstrickt worden war. Er blickte zu Anvila, die keine Regung zeigte und schwieg.

»Ich muß gehen«, sagte er zu ihr.

»Das sagtest du schon. Wenn du gehen mußt, dann geh!«

Konrad nickte und zog sich langsam zurück, dann drehte er um und schritt auf den Stolleneingang zu, durch den Anvila den Tempel betreten hatte. Nur widerwillig ließ er Wolf und die Zwergin zurück, aber sie schien zuversichtlich, daß sie den Verwundeten aus dem Schlupfwinkel der Kobolde und den weglosen Bergen in Sicherheit bringen konnte.

Wolf war die zweite wichtige Person in Konrads Leben gewesen und hatte aus dem unwissenden Bauernjungen einen Krieger gemacht. Aber die wichtigste Person war dennoch Elyssa geblieben. Sie war seine erste und einzig wahre Liebe gewesen. Sie hatte ihm ein Gefühl seiner selbst, sogar seinen Namen gegeben. Und fünf Jahre waren vergangen, seit sie ermordet und das Dorf ausgelöscht worden war.

Fünf Jahre weniger einen Tag.

Und nun war der bronzene Krieger wieder in der Nähe, und es war das gleiche Datum, an dem Konrad und Elyssa ihn zuerst gesehen hatten. Es gab keinen Zufall, hatte Wolf oft gesagt – nur Schicksal. Und Konrad war zu der Überzeugung gekommen, daß es sich wirklich so verhielt.

Er mußte den Ritter finden. Dann erst konnte er anfangen, sein wahres Selbst zu suchen und dem Geheimnis seines Lebens auf die Spur zu kommen. Ein letzter Blick zu Anvila, zu Wolf, dann betrat er den dunklen Gang, der ihn hinauf zur Oberfläche führen würde. Der Stollen war zu eng, um eine Streitaxt zu schwingen, sollte er angegriffen werden, und so zog er sein Schwert. Die linke Hand fühlte nach seinem Dolch, bis ihm einfiel, daß die Klinge zersprungen war. Vorsichtig tastete er sich durch die Dunkelheit, angestrengt nach dem schwachen Glimmen böser roter Augen Ausschau haltend, das ihn vor einem feindlichen Hinterhalt warnen würde.

Er blinzelte ins grelle Licht. Die Sonne stand im Zenit und brannte aus einem wolkenlosen Himmel herab. Im Winter galt Kislev als das kälteste Land der Welt, aber im Sommer schien es das heißeste zu sein.

Er holte mehrmals tief Atem, füllte die Lungen mit reiner Luft und befreite seine Nase vom Übelkeit erregenden Gestank der Kobolde, der das unterirdische Labyrinth erfüllt hatte. Seine Haut und Kleidung waren noch mit klebrig antrocknendem grünen Blut beschmiert, und dies würde nicht so leicht zu beseitigen sein wie der üble Geruch.

Als er sich seiner beschmutzten Kleider entledigte, erinnerte er sich des letzten Mals, als er ähnlich besudelt gewesen war. Das war an dem Tag gewesen, als das Dorf zerstört worden war. Damals hatte er sich zur Tarnung die Haut eines Tiermenschen übergezogen, den er getötet hatte, und war mit den Marodeuren unfreiwillig durch das brennende Dorf gezogen.

Er spuckte aus, um den Geschmack des Todes loszuwerden, und versuchte, seine Gedanken von der Vergangenheit zu lösen. Das letztere war sehr viel schwieriger.

Bald hatte er die große Linse gefunden, die in früheren Zeiten als Lichtquelle für den unterirdischen Zwergentempel gedient hatte. Sie war kreisförmig und hatte einen Durchmesser von wenigstens fünf Schritten. Facettiert wie ein geschliffener Edelstein, lag sie schräg in das Gestein des Berghangs eingebettet. Anvila hatte den Gesteinsschutt abgesprengt, der die mächtige Linse seit Jahrhunderten bedeckt hatte, und nun war sie an zahlreichen Stellen gesprungen und gebrochen.

Mehrere Stücke waren herausgefallen, und diese Beschädigungen mußten die schillernde Phantasmagorie verursacht haben, die durch die Spiegelung den bronzenen Ritter gezeigt hatte. Ein entferntes Objekt war durch eine der gebrochenen Facetten vergrößert und durch die Oberflächenlinse in die Höhle projiziert worden.

Konrad ging zu einem Punkt, der freie Aussicht gewährte, und überblickte die Landschaft zu seinen Füßen. Niedrigere Vorberge verdeckten den Blick auf die Ebene. Es gab keine Möglichkeit, festzustellen, wo der Reiter war und welche Richtung er eingeschlagen hatte.

Er überlegte, daß sich die Richtung, aus welcher das Bild des Reiters aufgefangen worden war, feststellen ließe, wenn er die richtige Glasfacette der Linse finden könnte. Der Winkel dieser Facette mußte einen Hinweis auf die Herkunft des Bildes geben.

Überall lagen Felstrümmer und Steine, die von der Schießpulversprengung hinausgeschleudert worden waren, und Konrad sah bald ein, daß seine Überlegung kaum in die Praxis umzusetzen war. Beinahe eine

Stunde untersuchte er die Facetten der großen Linse aus allen Winkeln, um eine Projektionslinie zu finden, die ihm einen Hinweis geben könnte. Das geschliffene Glas und die herumliegenden losgesprengten Splitter glänzten im Sonnenlicht wie köstliche Diamanten, aber er kam seinem Ziel nicht näher.

Zuletzt mußte er sich eingestehen, daß es hoffnungslos war. Mit jeder Minute, die verstrichen war, hatte sich der bronzene Krieger weiter von ihm entfernt.

Obwohl er auf einem anderen Weg als dem, der ihn in den Zwergentempel geführt hatte, wieder ins Freie gelangt war, hatte er die Orientierung sofort wiedergefunden und machte sich an den Abstieg. Er blickte nach Süden auf den Weg, dem Anvila und er gefolgt waren, und sah die markanten Felsbildungen, die er sich eingeprägt hatte. Fünf Jahre lang war er Wolfs Lehrling und Gefährte gewesen, und so fiel es ihm schwer, sich von ihm und der Zwergin zu trennen; er war sogar versucht, zu ihnen umzukehren. Aber er sagte sich, daß er nichts für sie tun konnte. Sie brauchten seinen Beistand nicht. Nun hatte er sich entschlossen, den bronzenen Ritter zu suchen, und das mußte sein erstes Ziel sein.

Er stieg über die halsbrecherische Route, die sie heraufgekommen waren, weiter ab. Der Abstieg war nicht leichter als der Aufstieg; in mancher Hinsicht war er sogar schwieriger. Beim Aufstieg hatte er nicht um sich selbst gefürchtet, weil er von dem Gedanken erfüllt war, Wolf zu finden und ihn zu retten. Auch war sein Blick die ganze Zeit zur Bergseite gewandt gewesen. Nun hatte er die abschüssigen Felsen vor Augen und war sich ständig der Höhe bewußt, und wie tief er im Falle eines Ausrutschers abstürzen würde …

Endlich erreichte er die Stelle, wo Wolf und die Zwergin überfallen worden waren. Der Ort war unverändert. Die im Kampf erschlagenen Kobolde lagen noch so, wie er sie vorgefunden hatte. Zwischen den Toten lag auch der tote Mittnacht, Wolfs treues Pferd.

Unter den Vorräten, die das Tier den steilen Pfad heraufgetragen hatte, fand Konrad einen Wasserschlauch und stillte seinen Durst mit der willkommenen Erfrischung. Als er sich satt getrunken hatte, ließ er das restliche Wasser über Kopf und Gesicht rinnen und spülte das schleimig verklebte Blut aus dem Gesicht, dann nahm er vom restlichen Proviant an sich, was er brauchen würde.

Er begnügte sich mit wenig. Auch Wolf und Anvila würden Proviant und Wasser brauchen, aber bei den anderen Pferden weiter unten am Berg gab es noch mehr Vorräte, vorausgesetzt, die Tiere waren nicht von anderen Kobolden oder sonstigen Bewohnern dieser felsigen Einöde gefunden worden.

Obwohl er sich noch immer erschöpft fühlte, blieb Konrad nicht lange. Eine innere Unruhe trieb ihn weiter, und er setzte den Abstieg fort. Unterwegs sammelte er die Gegenstände ein, die er bei seinem übereilten Aufstieg weggeworfen hatte – seine ledernen Beinlinge, die Teile der Rüstung, die ihm hinderlich gewesen waren –, bis er endlich den Ort seines letzten Nachtlagers erreichte.

Alles schien noch so, wie er es verlassen hatte, als er plötzlich *gesehen* hatte, was seinen beiden Gefährten zustoßen würde, als er davongestürzt war, ihnen zu helfen, in einem fast hoffnungslosen Rennen gegen die aufsteigende Sonne. Die Pferde waren noch unter den struppigen Bergfichten am Rand des kleinen Baches angebunden und hatten den grasigen Flecken bei den Bäumen abgeweidet. Trotz des friedlichen Anblicks, den sie boten, näherte Konrad sich vorsichtig und mit gezogenem Schwert. Unruhig ging sein Blick über das zerklüftete Gelände mit seinen Felsrippen und Blöcken, aber die Gegend lag verlassen.

Konrad wusch sich am Bach, bevor er seine Wunden

verband. Seit er ihn beinahe verloren hätte, war sein rechter Arm stets rascher verheilt als der Rest seiner Wunden. Vor ein paar Jahren war dieser Arm im Kampf schwer verletzt worden, und es hatte ausgesehen, als würde eine Amputation notwendig; aber die Wunde wurde von einem Elf behandelt, dessen Fähigkeiten auf dem Gebiet der Heilkunde den Arm gerettet hatten.

Nachdem er an Kleidern zusammengesucht hatte, was er finden konnte, und in Eile etwas vom Proviant gegessen hatte, sattelte Konrad sein Pferd und saß auf. Dann überlegte er, welche Richtung er einschlagen sollte. Zunächst gab es nur eine Route, die ins Tal hinabführte. Der Pfad war nicht mehr so steil und gefährlich wie zuvor, aber noch immer nicht leicht. Beim Aufstieg hatten sie ihre Tiere an den Zügeln geführt und waren nur bei Dunkelheit marschiert, um der Beobachtung zu entgehen und Verfolger abzuschütteln.

Jetzt sah Konrad sich unversehens in der Rolle des Verfolgers, und der Pfad war bei Tageslicht beinahe so schlecht zu begehen wie bei Nacht. Er hatte keine Zeit, sein Pferd zu führen. Schnelligkeit war von entscheidender Bedeutung, wenn er den bronzenen Ritter einholen wollte. Dafür mußte er riskieren, daß das Tier strauchelte und sich womöglich ein Bein brach. Sobald er das Gebirge hinter sich hätte, würde er entscheiden, in welche Richtung er reiten sollte. Bis dahin begnügte er sich damit, das Gelände voraus und unter sich zu beobachten und nach entfernten Reitern Ausschau zu halten. Aber weit und breit war keine Spur menschlicher Besiedelung zu sehen. Genauso war es auf der Herreise gewesen; sie hatten weder einen Menschen noch eine Spur der nichtmenschlichen Horden gesehen, die diesen Teil von Kislev unsicher machten. Schon dieser Umstand allein hätte sie mißtrauisch machen sollen, aber sie waren froh über den störungsfreien Verlauf ihrer Reise gewesen.

Nach einer Kindheit und Jugend, die er im Schattenwald verbracht hatte, wo hinter jedem Baum ein Feind lauern konnte, war Konrad noch immer nicht die offenen Flächen und spärlich bewachsenen Hochlagen der Berge gewohnt. Er konnte meilenweit über die Ebene hinausblicken. Wenn es irgendwo in der Nachbarschaft Tiermenschen gab, würde er sie wahrscheinlich sehen, bevor er selbst gesehen wurde. Er hielt beständig Ausschau, doch waren es nicht so sehr marodierende Banden, nach denen er forschte.

Bald war ihm klar, welche Richtung er einschlagen mußte. Nach Lage der Dinge kam nur eine Route in Betracht.

Heute vor fünf Jahren hatten er und Elyssa den bronzenen Ritter gesehen. Am folgenden Tag hatte ein Heer von Tiermenschen das Dorf zerstört und alle Bewohner erschlagen. Konrad hatte nur überlebt, weil er das Tal verlassen hatte, bevor der Angriff begonnen hatte.

Und morgen würde wieder der erste Tag des Sommers sein, Sigmars heiliger Tag. Würde sich die Geschichte wiederholen? War der geheimnisvolle Reiter deswegen hier erschienen, als Vorbote von Tod und Zerstörung?

Konrad befürchtete es. Der bronzene Ritter war der Pfadfinder, ein Kundschafter, der die üblen Schwärme der Finsternis zu ihrem Ziel führte.

Der Norden Kislevs war eine öde und unwirtliche Region, und das Gebiet um den Beljevortapaß war nahezu unbewohnt. Es gab ein paar Handelsposten, einige wenige Dörfer und Forts. Der einzige Ort von einer gewissen Größe und Bedeutung war das Bergwerk – und dieses mußte das Ziel der Marodeure sein.

So trieb Konrad sein Pferd zurück zu dem Ort, wo er annähernd fünf Jahre gelebt hatte. In dieser Zeit hatten er und Wolf mit einer Söldnertruppe das Goldbergwerk vor Angriffen aus dem Norden und Osten geschützt. Es war die härteste, kampfgewohnteste

Söldnertruppe, die jemals das Grenzland durchstreift hatte. Im Laufe der letzten zwei Jahre war es sogar gelungen, die Eindringlinge zurückzuwerfen. Nicht länger in der Defensive, war sie zum Angriff übergegangen und hatte den Krieg zum Feind getragen.

Dann war es zur Belagerung der Stadt Praag gekommen. Trotz der beispiellosen Wildheit der Kämpfe hatte es den Anschein eines isolierten Ereignisses gehabt; aber vielleicht hatte sich das Kriegsglück gewendet …

Konrad hatte keinen Beweis, noch nicht. Inbrünstig hoffte er, daß er sich irrte, aber in seinem Innersten wußte er, daß seine Vermutung richtig war.

An diesem Tag ritt er lange und angestrengt, immer auf dem Weg zurück, den er und seine beiden Gefährten erst vor wenigen Tagen gekommen waren. Er gönnte sich und seinem Pferd nur die nötigsten Ruhepausen, bevor er den unterbrochenen Ritt fortsetzte. Es war ein Rennen gegen die Zeit, und der Sonnenuntergang kam viel zu früh. Aber die Dunkelheit hielt ihn nicht auf. Er ritt tief in die Nacht hinein, bis er und sein Pferd schließlich nicht weiter konnten.

Es war ein langer Tag gewesen, ein sehr langer Tag, seit er vor Morgengrauen erwacht war und die Gefahr *gesehen* hatte, die Wolf und Anvila drohte.

Bevor er einschlief, dachte Konrad an den bronzenen Ritter. Hatte er ihn wirklich gesehen? Oder war es eine Sinnestäuschung gewesen, erzeugt von seinen überreizten Nerven nach der Hitze des Kampfes, ähnlich wie seine Überzeugung, daß er einen Hammer statt einer Doppelaxt geschwungen habe? Aber auch die Zwergin hatte den gepanzerten Reiter gesehen. So kam er zu keiner neuen Erkenntnis, bis Müdigkeit und Erschöpfung ihn endlich überwältigten.

Ihn träumte, daß er sich durch eine Armee von Kobolden kämpfen mußte, die ihn daran hindern wollte, den bronzenen Ritter zu erreichen. Und unter den ab-

2

Konrad trieb sein Pferd unbarmherzig an und gönnte ihm keine Ruhepause, bis das erschöpfte Tier schließlich unter ihm zusammenbrach und ihn zu Boden warf. Schwer atmend lag das Pferd, Schaum vor dem Maul, das Fell naß von Schweiß. Noch zweimal schlug es krampfhaft mit den Hinterbeinen aus, als versuchte es den Galopp fortzusetzen. Dann hörte alle Bewegung plötzlich auf; das Pferd war tot.

Konrad verweilte nur lange genug an Ort und Stelle, um Schwert und Streitaxt, Helm und Schild an sich zu nehmen, dann eilte er weiter, gönnte sich so wenig Ruhe wie seinem Pferd.

Als er sich der Bergwerkssiedlung auf zwei oder drei Meilen genähert hatte, witterte er den Brandgeruch, und durch den dichten Rauch sah er flackernden Feuerschein. Obwohl der Wind gegen ihn stand, hörte er nichts, keinen Gefechtslärm, keine Rufe, keine Schreie Verwundeter …

Obgleich noch viele Meilen von dem Hochgebirgszug entfernt, der die Grenze der Alten Welt darstellte, die Gebirgsketten, die von Kislev im hohen Norden hinab bis zur Steinwüste und weiter nach Süden verliefen, lag das Goldbergwerk in einer Hochlandregion zwischen drei felsigen Höhen, die durch Befestigungslinien miteinander verbunden waren. So befand sich die Bergwerkssiedlung in einer strategisch idealen Verteidigungsposition. Sie hätte sich in dieser entlegenen und gefährdeten Gegend niemals so lange halten und zu einem Handelszentrum für die gesamte Region entwickeln können, wäre es anders gewesen.

Die drei felsigen Höhen trugen Wachttürme, von denen das Tal und die Ebene überblickt werden konnten. Nun standen alle drei in Flammen. Feuerzungen leckten aus Fensteröffnungen und Schießscharten, orangegelbe Glut waberte hinter den geschwärzten Zinnen und beleuchtete den aufsteigenden Rauch. Dies alles aber war nichts, verglichen mit den von Flammen durchschossenen dunklen Wolken, die sich brodelnd über der Bergwerkssiedlung erhoben.

Konrad erinnerte sich, wie die Marodeure bei ihrem Überfall auf sein Heimatdorf den Tempel Sigmars angezündet und alle verbrannt hatten, die dort Zuflucht gesucht hatten. Am lebhaftesten aber stand vor seinem inneren Auge nicht der brennende Tempel, sondern das in Flammen stehende Herrenhaus, und was darin gewesen war …

In der Hoffnung, daß er Elyssa noch lebend vorfinden könnte, war er die Straße durch das brennende Dorf hinauf gerannt. Statt Elyssa hatte ihn dort der schrecklichste Anblick erwartet, der ihm bis dahin vor Augen gekommen war. Trotz all der Morde und Verstümmelungen, deren Zeuge er gewesen war, als er in seiner Tiermenschenverkleidung vom Strom der Angreifer mitgerissen worden war, trotz all der scheußlichen Kreaturen, die das Dorf überschwemmt hatten, blieb das fürchterlichste Bild eingebrannt in sein Gedächtnis: Die Erscheinung eines Mannes, der unversehrt durch das feurige Inferno des Herrenhauses gegangen war, aus dessen sämtlichen Fenstern die Flammen schlugen, eines Mannes, den er den Schädelgesichtigen genannt hatte.

Trotz seiner äußeren Ähnlichkeit konnte er kein Mensch von Fleisch und Blut gewesen sein. Er war wie all die anderen Mißgestalten, die im wehrlosen Dorf wüteten, ein Untoter.

Dennoch war es Konrad gelungen, viele dieser Tiermenschen und Halbmenschen mit seinen Pfeilen zu töten. Jeder, den er getroffen hatte, war gestorben. Nicht so der Schädelgesichtige. Konrad hatte deutlich gesehen, daß der schwarze Pfeil tief in seine Brust gefahren war, doch der hatte ihn mit Leichtigkeit wieder herausgezogen, und nicht eine Spur von Blut war zurückgeblieben, keine Andeutung einer Wunde.

Der Schädelgesichtige mit seiner unnatürlich dünnen Gestalt war für den unerfahrenen Konrad die erste Lebensform gewesen, auf die eine tödliche Waffe keine Wirkung gehabt hatte. In den seither vergangenen fünf Jahren war er dann noch zahlreichen anderen furchterregenden Wesen begegnet, deren Unempfindlichkeit so groß gewesen war, daß ihnen erst auf mehrerlei Weise der Garaus hatte gemacht werden müssen, bevor sie gestorben waren.

Das Erschlagen von Kobolden war leicht, aber sie zählten zu den geringeren Feinden der Menschheit. Kobolde waren ein Teil der Alten Welt, wie Zwerge und Menschen. Sie waren nicht die abscheuliche Brut der Nördlichen Ödländer, der Chaos-Ödländer …

Von dort, so schien es, waren ursprünglich alle Lebewesen gekommen, die als Tiermenschen bekannt waren. Als ob die gefrorenen Ödländer eine andere Welt wären, wo nichts Natürliches existieren konnte. Es war ein Land, wo nur Übles das Licht der Welt erblickte.

Die Lebewesen, denen Konrad in seiner Jugend begegnet war, waren degenerierte Abkömmlinge derjenigen gewesen, die vor zwei Jahrhunderten ins Reich vorgedrungen waren. Als die Eindringlinge zurückgeschlagen worden waren, hatten viele versprengte Überlebende Zuflucht in den dichten Wäldern gesucht. Verglichen mit jenen, die Konrad gesehen hatte, seit er an der Grenze Söldnerdienste verrichtete, waren sie schwach und träge gewesen, leicht zu töten.

Beinahe jeder Tiermensch unterschied sich von allen anderen, und jeder mußte auf eine andere Art und

Weise bezwungen werden. Der Schädelgesichtige hatte einen Pfeilschuß ins Herz überlebt – oder vielmehr dorthin, wo ein menschliches Herz gewesen wäre. Aber manche der Kreaturen aus den Ödländern hatten mehrere Herzen, von denen jedes gewaltsam zum Stillstand gebracht werden mußte, bevor das Wesen von seinem Leben ließ, während andere überhaupt keine Herzen zu besitzen schienen …

Was für einen Menschen eine tödliche Verletzung gewesen wäre, war für einige der Höllenbestien nichts weiter als ein Kratzer. Im Kampf abgetrennte Gliedmaßen konnten ein Eigenleben entwickeln; ein abgehauenes Bein wurde so zu einem weiteren tödlichen Feind. Einige der Ungeheuer vermochten sich sogar vorsätzlich zu teilen, so daß ein zweiköpfiger Gegner sich in zwei einköpfige Widersacher aufteilen konnte.

Wenn Konrad schlief, hatte er niemals Alpträume, denn ganz gleich, was seine Einbildungskraft heraufbeschwor, er hatte in der Wirklichkeit weit Schlimmeres erlebt.

Nachdem er anfangs zu schnell gelaufen und außer Atem gekommen war, hatte er sein Tempo verlangsamt, und nun trabte er im Dauerlauf dahin. Schon spürte er die Strahlungshitze der brennenden Siedlung und fragte sich, was er hinter den lodernden hölzernen Palisaden außer den Toten noch finden würde.

Als er verbranntes Fleisch witterte, verlangsamte er seinen Trab und überlegte, ob er in die Bergwerkssiedlung vordringen sollte. Offensichtlich war er zu spät gekommen, um noch jemanden zu retten. Die einzigen Lebewesen, die er hier antreffen würde, konnten nur Tiermenschen sein.

Die Vernunft sagte ihm, daß es keinen Grund gebe, die brennende Siedlung zu betreten, aber dies war keine Sache der Vernunft. Wie das Dorf, wo er aufgewachsen war, war ihm die Bergwerkssiedlung zur Heimat geworden. Er gehörte hierher, die Eindringlinge nicht.

Und so drang er mit erhöhter Wachsamkeit weiter vor.

Kurz darauf stieß er auf die ersten Toten, Tiermenschen, die von den Pfeilen der Verteidiger niedergestreckt worden waren. Je näher er der Umwallung kam, desto größer war die Zahl der verstreut liegenden Kadaver.

Es war Mittag, und die meisten waren seit Stunden tot, aber Konrad bewegte sich wachsam unter ihnen. Er kannte die Kniffe und Taktiken der verräterischen Feinde der Menschheit. Die meisten der Kreaturen waren hirnlos, oft buchstäblich, aber andere waren um so gerissener und konnten sich totstellen, um ein unvorsichtiges Opfer anzufallen.

Sogar das Wort ›Tod‹ hatte für einige dieser unheiligen Wesen keine Bedeutung. Wiederholt hatte er in der Vergangenheit solche Unholde erschlagen, nur um zu sehen, daß sie sich nach einer Weile wieder erhoben, wie ein vom Schlummer erfrischter Mensch.

Der bloße Umstand, daß ein lebendes Wesen vorbeiging, konnte in einigen der vermeintlichen Toten einen Reflex auslösen und sie für einen letzten rasenden Angriff wiederbeleben. Sie spürten das warme Blut eines Menschen, selbst wenn die Flüssigkeit, die in ihren eigenen Adern strömte, kalt wie das Blut einer Echse und von jeder Farbe sein konnte.

Die Gestalten, zwischen denen er sich bewegte, waren von der üblichen Widerwärtigkeit, Mißbildungen tierischer und menschlicher Formen, die Anleihen bei der Welt der Insekten, der Reptilien und der Vögel gemacht hatten, in vielen Fällen scheinbar willkürlich zusammengestückt aus Teilen anderer Lebewesen. Das bloße Überleben mußte für solch mannigfaltige Wesen so schwierig gewesen sein, daß ihre Härte und Widerstandsfähigkeit im Kampf keine Überraschung war. Sie waren zäh.

Aber diejenigen, die hier draußen lagen, waren im Pfeilhagel von den Wällen gefallen. Auch Konrad war es damals vor fünf Jahren gelungen, eine Handvoll Marodeure mit gezielten Pfeilschüssen zu erledigen …

Er verdrängte den Gedanken. Die Vergangenheit war tot, so tot wie die Ungeheuer, die er vor so langer Zeit getötet hatte. Er mußte sich auf die Gegenwart und das Überleben in ihr konzentrieren.

Bitterer Rauch brannte in seinen Augen, und er hielt seinen Schild als Schutz gegen die Gluthitze vor sich. Die schwere, doppelschneidige Streitaxt hielt er in der Rechten, während sein Schwert in der Scheide blieb.

Die Bergwerkssiedlung war umgeben von einer massiven hölzernen Palisade aus zugespitzten Stämmen, von der dreifachen Höhe eines Mannes. Vor dieser Palisade lag ein tiefer Graben, dessen Grund und innere Böschung mit schräg nach außen gerichteten zugespitzten Pfählen bestückt waren. Es erforderte einen zu allem entschlossenen Gegner, um diese Befestigung zu durchbrechen – und die Tiermenschen waren tatsächlich zu allem entschlossen gewesen.

Die Stämme des Palisadenzaunes brannten, aber das Haupttor war noch fest verschlossen und verrammelt, zusätzlich verbarrikadiert durch die hochgezogene Zugbrücke. Die Angreifer waren nicht auf diesem Weg eingedrungen. Statt dessen hatten die Tiermenschen eine Rampe über den Graben und die zugespitzten Pfähle und die Palisaden aufgeschüttet – eine Rampe aus Leichen …

In der Vergangenheit hatte Konrad bemerkt, wie die Tiermenschen oftmals in Schwärmen angriffen, ohne zu beachten, wie viele von ihnen starben, anscheinend nur von der Hoffnung beseelt, daß ein paar von ihnen lange genug aushalten würden, um ihre menschlichen Feinde zu erschlagen. Zehn, zwanzig, hundert Tote –

solche Zahlen bedeuteten ihnen nichts in ihrer wütenden Raserei. Sie verschwendeten keinen Gedanken an sich selbst und ihr Überleben, und das machte sie so gefährlich.

Hunderte und Aberhunderte der rasenden Berserker mußten sich hier geopfert und ihre Körper aufeinandergehäuft haben, so fest ineinander verkeilt, daß sie erstickt waren, um ihren Kameraden das Überwinden des äußeren Verteidigungsringes zu ermöglichen.

Konrad wollte die abscheuliche Rampe meiden und hoffte eine Bresche zu finden, die ihm das Überklettern der Palisade erlauben würde, aber das Wüten des Feuers trieb ihn zurück. Der einzige Weg hinein führte über dieselbe Rampe aus Körpern, die den Angreifern zur Erstürmung gedient hatte. Er begann den schlüpfrigen Hang zu ersteigen, und seine Füße sanken ein, als er auf Gliedmaßen und Rümpfe trat, abstoßende Gesichter unter den Stiefelsohlen zerquetschte. Es war wie das Gehen auf morastigem Boden; mit jedem Schritt sanken seine Stiefel schmatzend ein und ließen sich nur mit einer Kraftanstrengung aus dem eklen weichen Untergrund ziehen.

Er war beinahe oben, als eine schuppige Faust aus der Masse der Leichen griff und seinen Knöchel umfaßte. Sofort schlug er mit der Axt zu und durchtrennte den krummen Arm, der ihn gepackt hatte. Aber die nun körperlose Hand faßte noch fester zu, und er mußte sie mit der Axtklinge abschlagen. Sie fiel auf die Rampe der Leichen, und ihre krallenbesetzten Finger verkrampften sich. Er stieß sie beiseite und arbeitete sich weiter.

Endlich hatte er die Palisade überwunden und spähte durch den Rauch ins Innere der Bergwerkssiedlung. Als unfreiwilliger Beobachter des Angriffs auf sein Dorf hatte er viele barbarische Schrecken gesehen, und in seinen fünf Jahren an der Grenze war er Zeuge noch weit schlimmerer Greuel geworden. Doch als der

Schauplatz unter ihm durch den Rauch sichtbar wurde, stieg ihm Übelkeit in die Kehle. Ein Schwindelgefühl überkam ihn; er schloß die Augen und kämpfte den Brechreiz nieder. Dann öffnete er den Mund, um frische Luft zu schnappen, aber es gab keine. Der Rauch war vermischt mit dem Gestank des Gemetzels, den Gerüchen verbrannten Fleisches und vergossenen Blutes.

Der Wehrgang und die Leitern hinter den Palisaden waren verbrannt, und Konrad sprang hinunter. Er hängte sich den Schild über die Schulter, zog sein Schwert und suchte sich einen Weg über das Schlachtfeld.

Er konnte nicht einen Schritt tun, ohne auf einen hingestreckten Leichnam, auf eingetrocknete Blutlachen zu stoßen. Oder wenn es kein ganzer Leichnam war, dann die Teile eines Körpers. Menschen und Nichtmenschen lagen zuhauf. Viele Opfer waren nicht bloß im Kampf erschlagen worden. Das war nur am Anfang der Fall gewesen …

Die Ermordeten und Verstümmelten, die Massakrierten und Abgehäuteten waren überall: an Wände genagelt, auf Pfähle gespießt, an den eigenen Gedärmen aufgehängt. Sie waren in Stücke gerissen, zur Hälfte gefressen, verbrannt, und wer bereits tot gewesen war, als das geschah, zählte zu den Glücklichen.

Einige waren mit ihren eigenen abgeschlagenen Gliedmaßen erstickt worden, anderen waren die Augen ausgestochen, Köpfe abgeschnitten, Finger abgehackt, die Gesichtshaut abgezogen … die Liste der Greueltaten schien endlos.

Die Sieger hatten sich einen Spaß daraus gemacht, Leichen neu zusammenzusetzen. Der Kopf eines Zwergen lag eingebettet im Körper einer Frau, wo ihr Bauch gewesen war. Die abgetrennten Beine eines Bergmannes waren durch die Arme eines Kindes ersetzt. Ein Fuß ragte aus der Brust eines Söldners, einem anderen hatte man die durchgeschnittene Kehle mit Augäpfeln vollgestopft, wie eine Halskette aus Riesenperlen. Jeder Tote war in widerlicher Weise entweiht. Dies war mehr als einfaches Töten, mehr als Vergeltung oder Blutgier: Es war abgrundtiefe Schlechtigkeit, das absolute Böse.

Das Wesen des Chaos, dachte Konrad.

Die Söldnertruppe, die das Bergwerk verteidigt hatte, die verurteilten Zuchthäusler, die als Zwangsarbeiter das Erz abbauten, die Aufseher, die sie bewachten, die Zwerge, die als Bergbauingenieure arbeiteten, die Verwaltungsbeamten und die Frauen, die hier lebten, ihre Kinder – alle waren tot.

Trotz der unaussprechlichen Grausamkeiten, die ihnen zugefügt worden waren, erkannte Konrad viele der Söldner. Sie waren Krieger aus allen Teilen der Alten Welt und noch weiter entfernt. Glücksritter und Landsknechte, die Hunderte, Tausende von Meilen von ihrer Heimat gestorben waren. Keiner von ihnen hatte das Vermögen gefunden, von dem sie alle geträumt hatten.

Bürger von Kislev, die ihr Vaterland verteidigt hatten, Soldaten aus allen Provinzen des Reiches, aus den estalischen Königreichen und Bretonnia, aus den tileanischen Stadtstaaten und den Grenzfürstentümern, aus den mythischen Ländern jenseits des Ozeans, Arabien, Kathay und Nippon, alle waren als Kameraden in Wolfs Söldnertruppe zu einer schlagkräftigen Eliteeinheit zusammengeschweißt gewesen, einig gegen den gemeinsamen Feind. Sie hatten zusammen gekämpft und waren zusammen gefallen, aber nur wenigen war ein ehrenvoller Tod auf dem Schlachtfeld beschieden gewesen; die meisten waren sehr langsam und unter furchtbaren Qualen gestorben.

Konrad zerbiß sich die Unterlippe, bis er den warmen kupferigen Blutgeschmack im Mund hatte. Er ballte die Fäuste um Axtstiel und Schwertgriff. Er wollte kämpfen, sich ins Getümmel stürzen, seinem Zorn und seiner Erbitterung über den unsäglichen Feind Luft machen – aber es gab niemand zu bekämpfen, nichts zu töten.

Bis auf die Brände war alles still, und sogar die Feuersbrunst schien sich allmählich zu verzehren. Nur wenige Gebäude waren unversehrt geblieben. Fliegen umsummten die Leichen. Ein paar Krähen und Geier kreisten außerhalb der Rauchwolken und warteten auf das Erlöschen des Feuers. Konrad sah eine Ratte aus den Trümmern der eingestürzten Stallungen huschen und eilig wieder darin verschwinden, nachdem sie ihn gesehen hatte. Bald würden sich die Wölfe und andere Raubtiere einstellen, angelockt vom Geruch des Todes.

Für Konrad war es ein geringer Trost, daß auf jeden toten Menschen mehrere erschlagene Angreifer entfielen. Sie kamen in allen nur vorstellbaren Gestalten vor. Wie bei ihrem Angriff auf sein Heimatdorf, hatten sie auch hier ihre Rivalitäten hintangestellt und sich zu einer einzigen Angriffsstreitmacht zusammengeschlossen. Ob sie nach dem Sieg übereinander hergefallen waren, wie Konrad es damals beobachtet hatte, wußte er nicht, und es kümmerte ihn auch nicht.

Die Gestalten der Tiermenschen waren von dem gleichen Schlag, den er in vielen Gefechten bekämpft hatte. Mutierte Höllenbrut aus den Nördlichen Ödländern, abscheuliche Lebewesen, die nach den Naturgesetzen kein Existenzrecht hatten, die unter biologischen Gesichtspunkten nicht hätten existieren dürfen, die menschliches Leben stahlen, um zu überleben, weil sie kein eigenes wahres Leben besaßen.

Pelzige und gefiederte Geschöpfe, schuppig und mit Chitin gepanzert, mit Krallen und Reißzähnen, Schnäbeln, Schwänzen und Flügeln, deren Gliedmaßen zu Waffen gemacht waren, deren Körper auffallende Farben zur Schau stellten oder geschickt getarnt waren, deren Gesichter kopfüber standen oder völlig ohne

Züge waren, die Stielaugen hatten oder denen die Pupillen fehlten. Und solche, die einen Menschen hypnotisieren konnten …

Konrad kannte sie alle, hatte sie alle im Kampf bezwungen.

Doch gab es auch die anderen, deren Mißbildungen sehr viel subtiler waren und die beinahe als Menschen gelten konnten, weil sie oder ihre Vorfahren einst Menschen gewesen waren …

Geradeso wie Tiermenschen nach Menschenähnlichkeit zu streben schienen, gab es offenbar Menschen, welche Tiere zu werden wünschten, die ihr Geburtsrecht opferten und es vorzogen, die dunklen Götter zu verehren und zu Wesen zu mutieren, die weit weniger als menschlich waren. Auch von diesen lagen nicht wenige unter den Toten. Die Auswirkungen ihrer üblen Metamorphosen waren meistenteils unter den Rüstungen verborgen, die sie trugen.

Konrad bewegte sich wie ein Rachegeist durch die Todeszone, in jeder Hand eine Waffe, mit brennenden Augen Ausschau haltend nach einem Feind, der noch ein Lebenszeichen von sich gab, so daß er seiner Frustration Erleichterung verschaffen könnte. Aber es gab nichts, und nicht einmal die Aasfresser würden sich unter den Toten niederlassen, solange er den Schauplatz des Gemetzels durchstreifte.

Konrad wurde bewußt, daß er zum zweiten Mal einen mörderischen Angriff überlebt hatte, der allen anderen zum Verhängnis geworden war. Wieder war er fort gewesen, als der Kampf getobt hatte; wieder war er davongekommen.

Das Dorf war vom Erdboden verschwunden. Als er ein paar Tage später mit Wolf zurückgekehrt war, hatten sie kaum noch Spuren der Besiedelung gefunden. Alle Häuser waren eingeäschert und verschwunden, nur die geschwärzten Umrisse der Wände und Herdstellen waren geblieben. Wenn solch ein Schicksal auch dem Bergwerk und den wenigen noch stehenden Gebäuden drohte, sollte er sich davonmachen, solange er noch eine Gelegenheit dazu hatte. Aber es gab etwas, was er zuvor tun mußte – etwas, was er aus seinen Gedanken verdrängt hatte, seit er die ersten Spuren von Rauch am Horizont gesehen hatte.

Der Eingang zum Hauptstollen des Bergwerks schien eingestürzt. Die massiven hölzernen Abstützungen waren weggerissen worden, und lockeres Gestein war niedergebrochen und hatte Menschen und Nichtmenschen unter sich begraben. Da und dort ragten die Gliedmaßen von Verschütteten aus der Schutthalde von Gesteinsbrocken und Erde. Die stehengebliebenen Gebäude der Siedlung waren ausgeplündert. Leichen hingen aus Fenstern, lagen in den Eingängen. Was nicht niedergebrannt war, hatten die Plünderer zerschlagen und demoliert. Das Gasthaus war nur noch ein Haufen verkohlter Balken und eingestürzter Wände.

Es gab nur einen Ort, der Konrad noch etwas bedeutete, und das war die Galerie über der Söldnerkaserne und das Zimmer, in dem Krysten gewohnt hatte. Solange er konnte, hatte er vermieden, in diese Richtung zu blicken, aber endlich wurde sein Blick zu dem Gebäudekomplex gezogen, der zwischen dem Bergwerk und der Siedlung am Fuß steiler Felsen lag.

Die Seitenflügel des aus Bruchsteinen gemauerten Kasernenkomplexes schienen ausgebrannt und reckten verkohlte Dachsparren in die Luft, aber der mittlere Teil schien unversehrt, obwohl auch dort Rauch aus den Fenstern zog. Konrad wünschte beinahe, daß es nicht so wäre, daß das gesamte Bauwerk in Schutt und Asche gefallen wäre. Dann würde er nicht die enge Treppe hinaufsteigen müssen, um zu entdecken, was unausweichlich war.

Langsam und mit zögernden Schritten ging er auf die Kaserne zu.

Der Haupteingang war übersät mit Leichen, menschlichen und anderen; die steinerne Treppe zum Obergeschoß war kaum zu begehen; hier lagen die im Nahkampf Gefallenen übereinander.

Ein düsteres Halbdunkel herrschte im Inneren des Gebäudes, voll von stechendem Rauch, und Konrad nahm den Helm ab. Er ließ ihn mit Streitaxt und Schild im Eingang zurück, dann stieg er über Trümmer, Leichen und Ausrüstungsgegenstände. Es machte ihm nichts mehr aus, die Toten mit Stiefeltritten aus dem Weg zu stoßen. Ob menschlich oder nicht, er schob oder stieß sie beiseite. Das Wesen ihrer Menschlichkeit war längst entflogen, ihre Seelen waren von den Göttern, die sie verehrt hatten, fortgenommen worden.

Er kannte nahezu alle, die hier lagen. Es waren seine Kameraden, Söldner, die mit ihm an Feldzügen teilgenommen hatten, vertraute und verläßliche Freunde. Diejenigen unter ihnen, die mit ihren Angehörigen hier lebten, hatten sich für sie geopfert, sie aber nicht retten können.

Aber nirgendwo sah er eine Spur von der kleinen Gestalt mit dem welligen blonden Haar, obwohl er keinen Raum und keinen Winkel undurchsucht ließ.

Jeder Schritt fiel ihm schwerer als der letzte, und das Herz schlug ihm im Hals. Zuvor hatte er die Übelkeit durch Willensanstrengung überwunden, doch nun war er außerstande, die Empfindungen, die in ihm empordrängten, zurückzuhalten, und die Traurigkeit floß in eine Träne über, die über die rußige Wange rann.

Erst vor ein paar Tagen hatte er Krystens salzige Tränen geschmeckt, als er sich über sie gebeugt und zum Abschied geküßt hatte. Weil sie beide gewußt hatten, daß sie einander niemals wiedersehen würden, hatte sie sich schlafend gestellt; doch ihre Tränen hatten sie verraten.

Es war der Tag gewesen, als er mit Wolf und der Zwergin aufgebrochen war, den verlorenen Zwergentempel und seinen Schatz zu suchen, und er hatte nicht an eine Rückkehr geglaubt. Den Tempel hatten sie entdeckt, aber nicht den Schatz. Er hatte Krysten verlassen, wie er sie gefunden hatte, allein. Sie hatte sich recht und schlecht durchgeschlagen, bevor Konrad in ihr Leben getreten war, und er glaubte, daß sie es auch in Zukunft tun würde; aber niemand konnte solch einen nahezu beispiellosen Angriff der vereinigten Legionen der Verdammten überleben.

Er trauerte nicht nur um Krysten. Die Erinnerung an Elyssa war ihm stets gegenwärtig, und die Umstände dieser Rückkehr in die verwüstete Bergwerkssiedlung ließen die Gedanken an Elyssa wieder in den Vordergrund treten.

Auch sie war dem Angriff der Tiermenschen zum Opfer gefallen, ermordet, als das Dorf überfallen worden war. Und wie er Krysten verlassen hatte, so hatte er damals Elyssa verlassen und dem Verderben preisgegeben …

Bei Krysten hatte er es nicht gewußt; aber Elyssas Tod hatte er *gesehen,* hatte gewußt, daß sie dem Tode geweiht war, obwohl er nicht hatte sagen können, wann oder wie.

Andererseits hatte er auch vorausgesehen, daß Elyssa seinen eigenen Untergang bewirken würde, und in dieser Hinsicht hatte er geirrt. Sie war umgekommen, während er weiterlebte.

Elyssa und Krysten, Krysten und Elyssa. In vielerlei Hinsicht waren sie gegensätzliche Naturen. War das ein Grund, warum er sich von der Kislevitin angezogen gefühlt hatte? Weil sie so radikal verschieden von Elyssa war, daß sie ihn nicht an diese erinnern konnte? Elyssa war dunkelhaarig, selbstbewußt und launenhaft gewesen, die einzige Tochter des adligen Grundherrn, dem das Dorf und viel Land ringsum gehörte. Krysten war blond und zierlich, ein armes, bescheidenes und anschmiegsames Mädchen. Nun hatte beide das gleiche Schicksal ereilt, und der Tod hatte alle Unterschiede zwischen ihnen eingeebnet.

Er schob den blutbefleckten Vorhang beiseite und betrat Krystens Kammer. Ein Leichnam lag auf dem Strohsack: Der Leichnam eines gelbhäutigen Tiermenschen, dessen katzenhafte Züge in einer verzerrten Grimasse erstarrt waren. Das Heft eines Messers ragte aus der Mitte seiner behaarten Brust.

Konrad stand still und ließ seinen Blick durch den verwüsteten Raum gehen. Von dem Mädchen war keine Spur zu sehen; er konnte nach dem Augenschein nicht bestimmen, ob sie tot oder lebendig war. Das Messer war ihm bekannt, ein Stilett, das er beim Kartenspiel gewonnen und Krysten zu ihrem Schutz gegeben hatte. Es schien seinen Zweck erfüllt zu haben. Sie war entkommen, wie es schien, aber wie weit?

Er trat zwei weitere Schritte in die enge Kammer und stieß die leblose Kreatur mit der Schwertspitze an. Sie schnitt in das kalte, tote Fleisch, und er zog die Klinge zurück und wischte sie am blassen Fell des Toten ab. Dann zog er den Strohsack hoch, so daß der Tote auf den Boden rollte, denn er wollte nicht, daß der widerwärtige Unhold Krystens Bett auch nur einen Augenblick länger entweihte.

Konrad kannte jeden Zoll der Kammer, und es gab keinen Winkel, wo das Mädchen sich verstecken könnte. Er bückte sich und hob die kleinen Tonfiguren auf, die sie auf einem Regal bei ihrem Bett verwahrte; sie und eine Handvoll billiger Schmuckstücke waren ihre einzigen Schätze gewesen. Das Regal war zersplittert und weggerissen, und so stand er eine kleine Weile und hielt Krystens Erinnerungsstücke in der Hand, ohne zu wissen, was er damit anfangen sollte. Es war, als hielte er alles, was von ihr geblieben war, in seiner Linken.

Als er sich aufrichtete, fiel sein Blick auf den Spiegel; auch dieser war ein Geschenk von ihm gewesen. Er war schon gesprungen gewesen, als er ihn ihr geschenkt hatte, aber nun hing er schief an der Wand, zersplittert und zerschlagen.

Er starrte das gesprungene Glas an, und ungebeten stellte sich die Erinnerung an einen anderen Spiegel ein, Elyssas Spiegel, in welchem er zum ersten Mal im Leben sein eigenes Spiegelbild gesehen hatte. Und nicht viel später hatte ihm daraus ein anderes Gesicht entgegengeblickt, ein Spiegelbild seiner selbst, nicht wie er war, sondern wie er in späteren Jahren sein würde …

Konrad konnte sich in Krystens schief hängendem, zersplittertem Spiegel nicht sehen, und es verlangte ihn auch nicht danach. Die Vergangenheit lastete wie ein Alp auf seinem Bewußtsein und lenkte es vom Hier und Jetzt ab, aber plötzlich sah er eine Bewegung im zersplitterten Glas, einen blinkenden Lichtreflex auf einer Klinge.

Er sprang instinktiv zurück und duckte sich, über seinem Kopf bohrte sich ein Messer in die rohen Bretter der Wand; hätte er einen Sekundenbruchteil später reagiert, wäre ihm der kalte Stahl durch die Kehle gegangen.

Mit einem Satz war er zur Tür hinaus und verfolgte den heimtückischen Angreifer. Eine bucklige kleine Gestalt huschte die halbdunkle Galerie entlang, stolperte aber über einen verstümmelten Leichnam und fiel. Bevor er wieder aufspringen konnte, war Konrad über ihm.

»Stirb!« stieß Konrad hervor und holte mit dem Schwert aus.

»Nein!« schrie der Bucklige. »Nicht doch! Ich bin ein Mensch wie Sie!«

3

»Ich dachte, Sie wären einer von denen, Herr! Ich sah Sie die Treppe heraufsteigen und dachte mir, es sei meine einzige Chance, mich dafür zu rächen, was sie all meinen Kameraden angetan haben.«

Konrad hatte seinen Angreifer ans Tageslicht geschleift, um ihn genauer in Augenschein zu nehmen, und nun standen sie einander in einem Winkel gegenüber, in dem nur wenige Leichen lagen und wo der Geruch des Todes nicht so überwältigend war.

Er war einer der Bergarbeiter und schien der einzige Überlebende des Angriffs zu sein. Er war nicht größer als fünf Schuh, da sein Körper von all den Jahren mühsamer Arbeit in niedrigen Stollen so gekrümmt worden war. Sein kleiner Kopf schien zwischen den Schultern zu stecken, als hätte er keinen Hals. Er war vorzeitig gealtert, und das struppige Haar auf dem Kopf und im Gesicht, auf seinen Handrücken und den Schultern war grau; auch seine Haut schien grau vom Gesteinsstaub, der sich während langer Jahre unter Tage in seinen Poren festgesetzt hatte. Er wendete den Kopf nervös von einer Seite zur anderen, als fürchtete er die Rückkehr der Mordbrenner.

»Warum bist du am Leben?« fragte Konrad. Er hielt sein Schwert in Bereitschaft, denn er traute dem grauhaarigen Bergmann nicht.

»Ich versteckte mich, nicht wahr?« Nervös blickte er auf das Schwert. »Bei meiner Ehre, Herr, ich hielt Sie für einen der Bestienmenschen.«

Seine lange Nase zuckte, als er sie mit der linken Hand kratzte. Seine rechte Hand fehlte; der Arm endete in einem Stumpf. Er mußte sie schon vor Jahren verloren haben, entweder bei einem Unfall oder als Bestrafung.

Alle Bergleute waren verurteilte Verbrecher, die hier ihre Strafen als Zwangsarbeiter verbüßten. Fast immer war es eine lebenslängliche Strafe; wenige verließen das Bergwerk lebendig. Sie waren nie angekettet, weil es keinen Fluchtweg gab, den sie nehmen konnten. Jenseits der Bergwerkssiedlung erstreckten sich Hunderte von Quadratmeilen gebirgiger Wildnis, die von Tiermenschen durchstreift wurde. Zwar konnten die Gefangenen ohne Schwierigkeiten aus der Bergwerkssiedlung entweichen, aber es war nahezu unmöglich, den Gefahren zu entgehen, die jenseits der Palisaden lauerten. Konrad überblickte die Verwüstung und die umherliegenden Toten. Noch immer hielt er Ausschau nach Krysten, hoffte aber, sie nicht zu finden. Die dunklen Augen des Bergmannes folgten seinem Blick.

Konrads Blick fiel auf seine linke Hand. Die Finger umfaßten noch immer Krystens wertlose Erinnerungsstücke, die er betrachtet hatte, als das Messer auf ihn geworfen wurde. Er stieß die Schwertspitze in den Boden, hob ein flaches Loch aus, dann legte er die Gegenstände hinein und bedeckte sie.

»Wie geschah es?« fragte er.

»Es war gerade Tag geworden, und wir machten uns bereit, in den Stollen zu gehen, Herr, als die Tiermenschen angriffen. Es waren Hunderte und Aberhunderte. Es war nicht möglich, sie aufzuhalten. So etwas hatte ich noch nie gesehen, und ich hoffe, ich werde es nie wieder sehen müssen. Die Wachen und die Söldner konnten nichts tun. Wie ich sagte, es waren einfach zu viele von ihnen. Es war fürchterlich, entsetzlich.«

Seine Nase zuckte wieder, und ihn schauderte, als er seine Geschichte erzählte.

»Sie kamen über die Palisaden, in Massen, schrien und heulten und machten alles nieder, was sich ihnen in den Weg stellte. Die Kumpel hoben die Waffen der toten Söldner und Wachen auf, aber bald waren sie genauso tot. Ich konnte nicht viel tun, ohne die Hand, nicht wahr?« Er hielt den Armstumpf in die Höhe.

»Mit dem Messer konntest du aber noch recht gut umgehen«, bemerkte Konrad. Er war nur um Haaresbreite dem Tod entronnen, wäre beinahe umgebracht worden, ohne sich verteidigen zu können. Seine übersinnliche Wahrnehmung, das Auge, das ihn vor Gefahren warnte, indem es *sah,* was geschehen würde, bevor es eintrat, hatte ihn wieder im Stich gelassen.

Mit den Jahren hatte Konrad sich weniger auf die Vorwarnungen seines linken Auges verlassen. Er brauchte keine solchen Warnungen vor Gefahr, denn hier im Grenzland von Kislev bestand immer Gefahr. Aber es gab nicht viele Gelegenheiten für einen Hinterhalt, einen plötzlichen Überfall, weil die waldarmen Hochländer entlang dem Grenzgebirge kaum geeignete Deckung boten.

Außerdem war er ein Krieger geworden, ein ausgebildeter Kämpfer, und seine Geschicklichkeit als Fechter reichte hin, jeden Angreifer zu bezwingen. Er brauchte nicht mehr zu *sehen,* was sein Gegner in einer Sekunde tun würde. Seine Instinkte und Reaktionen konnten es leicht mit den Besten aufnehmen, die in den Reihen der gottlosen Horden zu finden waren.

»Mit dem Messer war ich immer gut.« Der Bergmann grinste mit lückenhaften, verfärbten Zähnen.

Konrad fragte sich, wofür der Mann verurteilt worden war und warum er die Hand verloren hatte. Wahrscheinlich war er ein Beutelschneider in einer der Städte Kislevs gewesen.

»Erzähl weiter«, sagte er.

»Ich konnte nicht viel tun«, sagte der andere und zuckte mit der Schulter. »Ich hatte die Wahl, mich zu verstecken oder getötet zu werden. Viele andere hatten den gleichen Gedanken, Herr. Aber es nützte ihnen nichts. Sie wurden gefunden und ermordet.« Er rümpfte die Nase und sah sich um. »Zu Tode gequält. Ich zwängte mich unter ein paar Leichen. Das rettete mir das Leben.« Er blickte auf seinen blutbeschmierten Kittel und wischte mit den dünnen Fingern seiner Hand darüber.

»Stundenlang lag ich wie ein Toter unter Toten«, fuhr er fort. »Dann, als alle abgezogen waren, sah ich Sie. Ich dachte mir, Sie müßten einer von ihnen sein. Machte mir Vorwürfe, daß ich mich versteckt hatte, war zornig, daß alle anderen getötet worden waren. Also ging ich Ihnen nach. Das ist alles, Herr.« Er musterte Konrad. »Wie kommt es, daß Sie nicht getötet wurden, Herr?«

Konrad erwiderte den Blick des Bergmannes, unschlüssig, ob er die Geschichte glauben sollte; aber irgendwie hatte der Mann überlebt, und das war alles, worauf es ankam.

Er wußte nicht, ob der andere ihn erkannte oder nicht. Für Konrad sahen alle Zwangsarbeiter einer wie der andere aus; und für den Bergmann waren vermutlich alle Söldner gleich.

»Ich war auf Patrouille«, antwortete Konrad. »Als ich den Rauch sah, kam ich zurück.« Es bestand keine Notwendigkeit, die Wahrheit zu sagen; eine einfache Lüge genügte. »Wie heißt du?«

»Name?«

»Ja.«

»Heinler, Herr.«

Konrad war das Zögern des Mannes nicht entgangen. Wahrscheinlich ein falscher Name, dachte er, aber es hatte nichts zu sagen. Sie waren beide klug genug, einander nicht zu trauen. Sein neuer Gefährte war ein verurteilter Verbrecher, aber der einzige Unterschied zwischen ihm und vielen der Söldner, die das Bergwerk bewacht hatten, war der, daß er das Pech gehabt hatte, erwischt zu werden.

»Mein Name ist Konrad. Wir scheinen die einzigen Menschen im Umkreis von Hunderten von Meilen zu sein. Es ist nicht nötig, mich ›Herr‹ zu nennen.«

»Tut mir leid, Herr. Wenn man so lange wie ich Häftling gewesen ist, dann ist jeder andere ein ›Herr‹.«

»Sehen wir zu, ob wir reines Wasser finden können, Heinler, vielleicht auch etwas zu essen.«

Sie durchsuchten das Kasernengelände und die Umgebung, aber der Brunnen war verseucht, voll von Leichen, und alle Vorräte aus dem Lager des Quartiermeisters waren gestohlen. Die Pferde aus den Stallungen waren fort, alle Waffen und sogar der Vorrat an Golderz. Das hatte die Tiermenschen bisher nie interessiert. Wann immer sie einen Goldtransport überfallen hatten, war es ihnen nur darum gegangen, die Begleitmannschaft zu erschlagen, nicht aber zu plündern.

Konrad durchsuchte jedes stehengebliebene Haus der Bergwerkssiedlung, dann stieg er zum nächsten Wachtturm hinauf, immer gefolgt von Heinler. Der Anstieg durch die Felsen führte über ausgehauene Stufen und nahm den größten Teil einer Stunde in Anspruch. Der Wachtturm auf dem felsigen Gipfel schwelte noch; in seinem Umkreis lagen halbverbrannte Leichen.

Nachdem er in alle Richtungen gespäht hatte, nickte Konrad nach Süden. »Sie sind in diese Richtung abgezogen?«

Heinler nickte.

Von den Mordbrennern war nichts zu sehen. Keine Staubwolke trübte den Horizont. Konrad vermutete, daß sie auf Praag marschiert waren. Er und Heinler waren in der Falle zwischen der feindlichen Armee und dem Land, aus dem die Höllenbrut hervorgebrochen war. Sollte sich die große Invasion vor zweihundert Jahren wiederholen, geradeso wie der Angriff auf das Bergwerk eine Wiederholung des Überfalls auf Konrads Heimatdorf gewesen war?

»Der Schädelgesichtige!« murmelte er.

»Was?«

»Hast du unter den Tiermenschen einen großen Mann gesehen? Kahlköpfig, sehr dünn? Er könnte einer der Anführer gewesen sein.«

»Ah ...«

»Du würdest ihn erkannt haben, weil er den anderen unähnlich war. Er sah menschlich aus, wahrscheinlich unbewaffnet. Und er kann durch die Flammen gehen, ohne verletzt zu werden. Hast du ihn gesehen?«

»Ja, ja! Ich sah ihn! Ich sah ihn!«

Konrad musterte Heinler, im Zweifel, ob er ihm glauben durfte. Der Mann hatte zu eifrig bejaht.

»Sehr groß, sehr dünn, kahlköpfig, wie ein Mensch?« sagte Heinler. »Ich schwöre, daß er es war!«

Konrad begriff, daß er zu viele Hinweise gegeben hatte und daß Heinler bloß wiederholte, was er gesagt hatte; aber es machte nichts, denn Konrad wollte es glauben.

Gestern der bronzene Ritter; heute der Schädelgesichtige.

Konrad wandte sich von ihm ab und blickte wieder nach Süden. Dort lag das Reich, Ostland und das Tal im Schattenwald, wo er aufgewachsen war.

»Er gab Befehle, nicht?« fuhr Heinler fort. »Er war derjenige, der nicht alle ermorden ließ, der den anderen befahl, Gefangene zu machen.«

Konrad fuhr herum. »Gefangene?« Er packte Heinlers Kittel und zog ihn zu sich. »Sie machten Gefangene?«

»Ja!« Heinler lehnte sich zurück. »Ehrlich, Herr!«

»Wen? Wie viele? Wozu?«

Der Bergmann schüttelte hastig den Kopf. »Ich weiß nicht. Viele.«

»Männer? Frauen?«

»Ja. Männer und Frauen. Alle, die noch am Leben waren, die sie noch nicht zu schlimm zugerichtet hatten.«

Konrad ließ ihn los, und Heinler trat schnell zurück.

Es hatte keinen Sinn, nach Krysten zu fragen, um herauszubringen, ob der Bergmann sie gesehen hatte. Heinler würde es für angebracht halten, die Frage zu bejahen, da er wußte, daß Konrad es hören wollte. Andererseits hatte Heinler die Information über Gefangene freiwillig gegeben; er hatte keine Ahnung, daß Konrad nach einer bestimmten Person Ausschau gehalten hatte. Die Durchsuchung der Bergwerkssiedlung hatte gezeigt, daß innerhalb der niedergebrannten Palisaden nirgendwo eine Spur von Krysten war; das konnte nur bedeuten, daß die Tiermenschen sie mitgenommen hatten.

Konrad wollte glauben, daß sie noch am Leben war, daß ihm noch eine Chance blieb, seinen Verrat gutzumachen, als er sie hier zurückgelassen hatte. Doch wenn sie noch lebte, würde es nicht für lange sein. Die Kreaturen hatten ihren Tod nur aufgeschoben, sparten sie auf für einen anderen, nicht minder entsetzlichen Zweck.

»Sieht so aus, als hätten wir einen langen Fußmarsch vor uns, Heinler«, sagte er.

»Was?«

»Das heißt, wenn du nicht hierbleiben möchtest.«

Heinler starrte hinab zu den vielen leblosen Körpern, die in der Siedlung durcheinanderlagen, und rümpfte die Nase.

»Wohin gehen wir?« fragte er.

Konrad zeigte nach Süden. »Wo immer sie sind«, antwortete er.

Sie stiegen wieder zur Bergwerkssiedlung hinab und brachten ihre Waffen an sich, weil es sonst nichts gab, was sie mitnehmen konnten. Was es im Bergwerk an brauchbaren Dingen gegeben hatte, war verbrannt oder geplündert worden.

Heinlers Dolch sah aus, als wäre er von einem seiner

Mithäftlinge heimlich aus Materialien angefertigt worden, die gerade zur Hand waren. Der Griff war ein derb geschnitztes Stück Holz, die Klinge primitiv aus der abgebrochenen Spitze einer Bergmannshaue zugerichtet und gehämmert. Aber ganz gleich, wie primitiv, es war eine tödliche Waffe. Konrad hätte diese Erfahrung beinahe gemacht.

Krystens Stilett war schmal, mit einer kreuzförmigen, vierfach geschliffenen Klinge, eine wirkungsvolle Waffe zum Durchstoßen zäher, mit verfilztem Fell oder Schuppen gepanzerter Häute. Es hatte ursprünglich einem von Wolfs Söldnern gehört, einem schweigsamen Krieger, der weder seinen Namen noch sein Heimatland hatte preisgeben wollen. Er war mit vier anderen zu einem Spähtruppunternehmen aufgebrochen, und keiner von ihnen war zurückgekehrt. Konrad hatte ihre Überreste gefunden: Vier tote Söldner und zwanzig Leichen der deformierten Eindringlinge, die sie in einen Hinterhalt gelockt hatten. Aber von dem schweigsamen Söldner war keine Spur zu finden, nichts als sein Stilett, das wenige Schritte vom Kampfplatz entfernt am Boden lag, die blutige Spitze nach Norden gerichtet.

Weil Konrad damals noch seinen eigenen Dolch gehabt hatte, den wellenförmig geschliffenen Kris, der ihm in all den Jahren gute Dienste geleistet hatte, hatte er das Stilett Krysten gegeben. Nun war es wieder sein.

Konrad und Heinler verließen die Bergwerkssiedlung durch den südlichen Eingang der Palisaden, der von den siegreichen Angreifern bei ihrem Abmarsch vollständig niedergerissen worden war. Schon schienen die noch stehenden Teile der Palisadenumwallung merklich zu verfallen. Während Konrad sich im Kasernenkomplex aufgehalten hatte, waren dort Wände eingestürzt, und nicht nur, weil das Feuer die meisten tragenden Balken verzehrt hatte. Es war, als wären sie morsch und brüchig geworden, innerhalb von Stunden ein Jahrhundert gealtert, als wäre der ganze Ort seit ungezählten Jahren verlassen und unbewohnt gewesen. Nicht lange, und alles von Menschenhand Gemachte würde zu Staub zerfallen und von den Elementen aufgelöst.

Die Sonne war tiefer gesunken, brannte aber beinahe so heiß wie zur Mittagszeit. Konrad hatte immer geglaubt, daß es nur ein Mädchen gebe, das er je geliebt hatte. Nun entdeckte er, daß es sich nicht so verhielt, denn alles, was seine Gedanken erfüllte und antrieb, war Krysten.

Die Mordbrenner waren verschwunden, aber man mußte kein erfahrener Fährtenleser sein, um ihren Spuren zu folgen. Hin und wieder stießen sie auf die mißgestalteten Leichen von Angreifern, die den Verletzungen erlegen waren, die sie beim Angriff auf die Bergwerkssiedlung erlitten hatten. Manche dieser Körper sahen aus, als wären sie seit Tagen, sogar Monaten tot an Ort und Stelle gelegen; sie waren halb verwest und aufgedunsen, übersät von Fliegen, Würmern und Maden.

Es war beinahe so, als wollte die Armee der Eindringlinge aus dem Norden vorsätzlich Spuren ihres Durchmarsches zurücklassen, indem sie unnütze Beutestücke wegwarf und die vereinzelt stehenden Bäume entlang ihrer Route mit den Radnaben ihrer Fuhrwerke verletzten. Der Boden war gefurcht von Radspuren, zertrampelt von ungezählten Füßen und Hufen, und diese Fährte bedeckte einen breiten Streifen. Es mußten tatsächlich Tausende der finsteren Gestalten sein, die hier durchgezogen waren, aber ihre Marschgeschwindigkeit mußte sich nach den Langsamsten unter ihnen richten.

Obwohl Heinler neben ihm ging, wurde Konrad das Gefühl nicht los, das einzige Lebewesen zu sein, das auf dem Angesicht der Erde übriggeblieben war. Heinler und er waren einfach Reisende, die zufällig den gleichen Weg nahmen. Sie waren keine Verbündeten; ihre einzige Gemeinsamkeit bestand darin, daß sie beide Menschen waren.

Konrad legte ein zügiges Marschtempo vor, und Heinler hielt mit ihm Schritt. Der Bergmann schien ein zäher Bursche zu sein. Da er nur eine Hand hatte, mußte er mit dieser doppelt soviel gearbeitet haben wie die anderen Sträflinge, um die gleiche Tagesleistung zu erreichen. Er hatte keine Schuhe, und bald bluteten seine Füße, und er hinkte leicht. Auch Konrad hatte an diesem zweiten Tag seine Schwierigkeiten. Seine Stiefel waren zum Reiten gemacht, und er war lange Fußmärsche nicht mehr gewohnt. Er versuchte die schmerzenden Blasen und Muskeln zu ignorieren. Solange der Feind weitermarschierte, mußte er es auch tun. Indem sie unerbittlich gegen sich selbst vorwärtsdrängten, verringerten sie den Vorsprung des Feindes. Am Abend sichteten sie am Horizont den Staub der Invasionsarmee.

Nach so vielen Stunden mußte die Streitmacht bald anhalten und ihr Nachtlager aufschlagen. Oder brauchten sie keine Ruhe, da sie keine Menschen waren?

In dem Maße, wie sich der Abstand zwischen den Tausenden und den beiden Verfolgern verringerte, wurde diesen erst der ganze Umfang der feindlichen Invasion bewußt. Soweit das Auge reichte, war die Landschaft vom Osten bis zum Westen übersät von der Seuche dunkler Gestalten. Es dauerte eine Weile, bis Konrad in den scheinbar ungeordnet durcheinanderströmenden Bewegungen innerhalb der Armee eine Umgruppierung erkannte: Ein Teil der unheiligen Horde wandte sich nach links, ein anderer nach rechts, und der Rest marschierte geradeaus weiter. Er schloß daraus, daß die Streitmacht aufgeteilt wurde, um mehrere verschiedene Orte in Kislev gleichzeitig anzugreifen.

Das Land hatte drei Bevölkerungszentren: Praag,

Erengrad und die Hauptstadt Kislev selbst. Die Tiermenschen und ihre Verbündeten würden die Befestigungen dieser Städte weit abschreckender als die Palisadenumwallung der Bergwerkssiedlung und die Verteidiger sehr viel zahlreicher finden, also hatten sie vielleicht die Absicht, zunächst kleinere Städte und Dörfer anzugreifen und im Land Furcht und Schrecken zu verbreiten.

Es sei denn, die gesetzlosen Banden waren nur die Vorhut einer noch größeren Pestilenz von Zehntausenden übelwollender Mordgesellen, die ihnen folgten …

Aber Konrad beschäftigte nur die Frage, welcher Verband Krysten mit sich schleppte.

Nach längerer Beobachtung wurde klar, daß die umgruppierten Legionen haltgemacht hatten. Zwischen jeder der drei Abteilungen war eine Lücke von mindestens einer Meile, woraus Konrad folgerte, daß sie sich nicht nur getrennt hatten, um ihr Lager aufzuschlagen. Sie mußten die Umgruppierung vorgenommen haben, um bei Tagesanbruch ohne weiteren Aufenthalt in verschiedene Richtungen aufzubrechen. Einstweilen entzündeten sie Lagerfeuer und schienen sich für die Nacht zur Ruhe zu begeben.

Mit steifen Bewegungen ließ Konrad sich langsam auf den Erdboden nieder und gewährte den schmerzenden Muskeln und Sehnen seiner Beine und den gepeinigten Füßen die Ruhe, die sie verlangten. Heinler ließ sich neben ihm auf den Boden sinken. Er atmete schwer, und seine bloßen Füße zeigten dunkle Flecken, wo das Blut die Staubschicht durchsickerte. Aus Sorge, sie nachher nicht mehr anziehen zu können, verzichtete Konrad darauf, seine Stiefel auszuziehen. Seine Füße fühlten sich klebrig und feucht an, wahrscheinlich vom Blut aufgescheuerter Stellen und dem Wasser geplatzter Blasen.

»Wir werden warten, bis es dunkel ist«, sagte er. »Dann werden wir weitergehen.«

»Und?«

Der Bergmann wußte noch immer nicht, warum Konrad der Mordbrennerhorde folgte, doch hatte er zweifellos seine Vermutungen. Er hatte Konrads Reaktion bemerkt, als er ihm gesagt hatte, daß die Eindringlinge nicht alle Bewohner der Bergwerkssiedlung getötet hatten, daß sie Gefangene mitgenommen hatten. Aber er war ohne zu fragen mit Konrad gegangen und hatte nichts gesagt. Keiner der beiden hatte bis jetzt gesprochen; es gab nichts zu sagen.

»Und dann werden wir sehen, ob sie Proviant und Wasser übrig haben«, antwortete Konrad.

Auf dem Weg von der Bergwerkssiedlung hierher hatte es von beidem ausreichend gegeben, wenn man wußte, wo man suchen mußte – und Konrad hatte es gewußt. Die Kenntnisse und Fähigkeiten der Nahrungssuche in unbewohnten Wildnissen, die ihm in der Vergangenheit das Überleben ermöglicht hatten, waren seinem Gedächtnis unauslöschlich eingeprägt. Aber er hatte keine wertvolle Zeit verlieren wollen. Nahrung und Wasser waren gegenüber dem, was er zu tun hatte, von zweitrangiger Bedeutung. Seine Mission war der einzige Antrieb, den er benötigte, um weiterzumachen.

Und es war nicht Nahrung, die er von seinen erbarmungslosen Feinden wollte. Er hatte sich vorgenommen, jedes Feldlager von einem Ende bis zum anderen zu durchkämmen, bis er finden würde, wonach er suchte.

Er saß da und beobachtete den Sonnenuntergang, erwartete ungeduldig die Nacht.

Er wollte Heinler nicht bei sich haben; der Bergmann war kein Kämpfer, besaß nicht die Erfahrung, die ihn befähigte, sich unsichtbar durch die Dunkelheit zu bewegen; er konnte keine Wachtposten überraschen und lautlos niedermachen. Und schließlich verstand er nichts von den Techniken, die dazu gehörten, durch ein feindliches Lager zu schleichen und Kehlen durchzuschneiden, ohne jene zu wecken, die als nächste sterben mußten.

Doch als es Nacht war, schlief der Bergmann, und Konrad ließ ihn zurück und ging durch die Dunkelheit vor. Nur die Sterne verbreiteten ihren matten Schein. Es würde noch mehrere Stunden dauern, bis Mannslieb seine Nachtlaterne über die Landschaft hob. Morrslieb mochte schon vorher aufgehen, aber der kleinere Mond verbreitete nur wenig Helligkeit.

Er ließ Helm und Schild zurück, nahm die Streitaxt in die Rechte, das Schwert in die Linke und näherte sich vorsichtig der flackernden Glut des westlichsten Lagerfeuers. Er versuchte nicht daran zu denken, was die barbarischen Horden zum Nachtmahl verschlingen mochten. Er erinnerte sich, wie die Bewohner seines Heimatdorfes sich von jeher auf die Bedrohung von außen eingestellt hatten. Der Tag gehörte den Menschen, aber in der Schwärze der Nacht wurde das Land die Domäne der mißgestalteten Waldbewohner. Und so hatte man es auch in vielen anderen Teilen der Welt gehalten.

Hier hingegen machte die Uhrzeit keinen Unterschied. Daß die feindlichen Horden aus Geschöpfen der Nacht bestanden, bedeutete nicht, daß sie sich nur bei Dunkelheit aus ihren Schlupfwinkeln hervorwagten. Es gab genug Wilde, die zu jeder Zeit unterwegs waren; und in Gegenden wie dieser brauchten sie sich nicht zu verstecken. Sie betrachteten den Norden Kislevs als ihr Territorium; und jetzt hatten sie sich offenbar vorgenommen, den Rest des Landes an sich zu bringen. Und vielleicht noch mehr.

Die Nacht war erfüllt von lauten Geräuschen und seltsamen Gerüchen. Die fremde Armee war halb Tier, halb Mensch, und was an Geräuschen und Gerüchen aus ihren Lagern drang, war eine Mischung von beidem. Es gab Gelächter und Schreie; unmenschliches Gelächter und menschliche Schreie.

Sogar im Sommer waren die Nächte in Kislev kalt. Konrad hatte sich im Laufe der Jahre daran gewöhnt, aber jetzt erschauerte er plötzlich. Doch nicht die Kälte war es, sondern die Schreie, bei denen es ihn kalt überlief. Der Anblick, den die Opfer der Greueltaten in der Bergwerkssiedlung geboten hatten, würde bis an sein Lebensende vor seinem inneren Auge bleiben. Sie mußten auch geschrien haben, lange und laut in äußerster Qual – zumindest jene, denen nicht die Zungen herausgeschnitten oder die Kehlen aufgerissen worden waren.

Heute nacht, gelobte Konrad, sollte wenigstens in geringem Umfang Vergeltung für die entsetzlichen Foltern geübt werden, die unschuldigen Opfern früher an diesem Tag zugefügt worden waren. Jetzt würden die Tiermenschen an der Reihe sein. Das Abschlachten würde weniger spektakulär sein als das Gemetzel im ehemaligen Zwergentempel, aber es sollte nicht weniger wirkungsvoll sein.

Er bedauerte, daß er seinen Kris eingebüßt hatte, die scharfe gewellte Klinge, mit der er vor so vielen Jahren seinen ersten Tiermenschen ins Jenseits befördert hatte. Durch diese Tat hatte er als Halbwüchsiger Elyssa das Leben gerettet. Vielleicht konnten seine anderen Waffen nun das gleiche für Krysten tun.

Vorsichtig näherte er sich dem westlichsten Lagerfeuer. Hier wollte er beginnen und sich dann weiter durch das feindliche Lager vorarbeiten, bis er das gefangene Mädchen gefunden hätte. Oder bis der Feind ihn fand.

Sie waren so sorglos, oder vielleicht so dumm, daß sie keine Wachen postiert hatten. Langsam robbte er sich näher, dann kauerte er nieder, um die nächste Gruppe zu beobachten. Ungefähr zehn groteske Gestalten saßen um das Feuer. Im flackernden Widerschein sahen sie womöglich noch abstoßender aus als bei Tage, da die Flammen und Schatten ihre Mißbildungen abwechselnd hervorhoben und zurücktreten ließen.

Manche sahen im ersten Augenblick beinahe menschlich aus, bis der Feuerschein ihre widerwärtigen Mißbildungen hervorhob, die bestialischen Merkmale, die sie noch unter die Stufe der Tiere stellten. Dann veränderte sich das Licht, und ihre untermenschlichen Wesenszüge waren wieder verborgen, und an ihrer Stelle wurden ihre Nachbarn als abscheuliche Travestien der menschlichen Natur enthüllt.

Sie ließen eine Kanne Bier herumgehen, redeten in ihrer unverständlichen Sprache und lachten zusammen, zweifellos über ihre Heldentaten bei der Ausrottungsaktion, und sie sangen sogar mit rauhen, völlig unmelodischen Stimmen.

Konrad haßte und verabscheute jeden einzelnen von ihnen. Sie sollten alle sterben; so würde er seinen Rachefeldzug beginnen.

Er holte mehrmals tief Luft, stand langsam auf und lockerte die Schultern in Vorbereitung auf den Einsatz seiner Waffen. Er hob die Streitaxt, hielt das Schwert zum Zustoßen bereit – dann *sah* er und erstarrte …

Im nächsten Augenblick warf er sich nach links herum, denn dies war die Richtung, aus der die Gefahr kommen würde, und zog sich tiefer in die Dunkelheit zurück. Als er dies tat, sah er eine bleiche Gestalt aus der Dunkelheit zum Feuer kommen. Eine menschliche Gestalt, groß und dünn und vollständig kahl.

Der Schädelgesichtige!

Konrad starrte ihn entgeistert an, unfähig zu einer Bewegung. Die Gestalt ging direkt an ihm vorüber, sieben Schritte entfernt. Er mußte jetzt handeln, oder seine Chance wäre vertan. Er schüttelte die imaginären Bande ab, die ihn fesselten, und sprang auf seinen verhaßten Feind zu.

Instinktiv setzte er das Schwert ein; es war eine weitaus präzisere Waffe als die doppelte Klinge der Streitaxt. Da sein linker Arm so stark und treffsicher wie der rechte war, hielt er das Schwert in der Linken.

Die Spitze der Klinge bohrte sich unter dem linken Schulterblatt und zwischen die Rippen in den Rücken des Schädelgesichtigen, wo sein Herz war oder sein sollte. Sofort spritzte Blut, und im selben Augenblick wußte Konrad, daß er sich geirrt hatte. Es war kein Blut geflossen, als sein Pfeil die Brust des Schädelgesichtigen durchbohrt hatte.

Er riß die Klinge heraus, und die hochgewachsene, dürre Gestalt brach zuckend zusammen. Nach einem kurzen Krampf unkoordinierter Reflexe lag er regungslos. Konrad hatte oft genug getötet, um zu wissen, wann ein Opfer tot war. Er blickte rasch umher, hielt Ausschau nach etwaigen Begleitern, aber der blasse, kahlköpfige Mann war allein gekommen, und er war ohne einen Laut gestorben.

Konrad wälzte den Toten mit dem Stiefel auf den Rücken. Er wußte bereits, daß es nicht der Schädelgesichtige sein konnte; der Mann war zu leicht gestorben. Trotz des ungewissen Lichtscheins vom Lagerfeuer bestätigte ein kurzer Blick seinen Verdacht. Es war bloß ein weiterer Mutant aus den Reihen der bestialischen Tiermenschen. Groß und hager, bleich und kahlköpfig – kahlköpfig, weil kein Haar auf Knochen wachsen konnte. Sein Kopf besaß weder Haut noch Fleisch, weder Muskeln noch Sehnen.

Dann hörte Konrad ein anderes Geräusch, drehte sich um und sprang zurück, als eine amorphe Masse sich aus der Dunkelheit auf ihn warf. Er riß beide Waffen hoch, so schnell er konnte, aber nicht schnell genug. Das Wesen stieß ihn zu Boden, ein Beil zielte nach seiner ungeschützten Kehle, fiel auf ihn, rollte beiseite.

Konrad fühlte warme Nässe im Gesicht. Blut. Aber nicht sein eigenes. Er sah den Tiermenschen neben sich liegen. Die Einzelheiten seiner Erscheinung waren im trüben Widerschein des Feuers nicht auszumachen, aber er war groß und dunkel – und tot.

Eine weitere schattenhafte Gestalt löste sich aus der Dunkelheit.

»Dachte, Sie könnten Hilfe brauchen«, wisperte eine vertraute Stimme.

Konrad stand auf, wischte sich das Blut mit dem Ärmel aus dem Gesicht und sah zu, wie Heinler seine Klinge aus dem massigen Körper des Angreifers zog. Er hatte den Mann unterschätzt. Weil er Bergmann war, verfügte er über eine ausgezeichnete Nachtsicht. Aber er schien auch andere Fähigkeiten zu besitzen. Es war kein Zufall, daß er den Angriff überlebt hatte, als alle anderen erschlagen oder gefangengenommen worden waren.

Konrad blickte zum Feuer, wo die Gruppe der Nichtmenschen saß und die Bierkanne die Runde machte. Keiner von ihnen hatte bemerkt, was ein Dutzend Schritte entfernt geschehen war.

Wie die bleiche Gestalt, die er irrtümlich für den Schädelgesichtigen gehalten hatte, war sein Angreifer aus der anderen Richtung gekommen. Konrads rachsüchtige Blutgier war einstweilen besänftigt. Es bestand keine Notwendigkeit, wieder zu töten und unnötige Risiken einzugehen – noch nicht.

»Wollen Sie mir sagen, was Sie wirklich suchen, Herr?« fragte Heinler.

Konrad sagte es ihm.

»Dann wollen wir sie suchen«, sagte der Bergmann.

»Willst du das?« fragte Konrad und hielt ihm sein Schwert hin. Es war zweckmäßig, die Waffen zu verteilen.

Heinler steckte sein Messer in den Gürtel und nahm das Schwert. Konrad hielt die Streitaxt in der rechten Hand, zog mit der linken das Stilett.

Jedes weitere Wort war überflüssig. Heinler verstand, was zu tun war, und zum ersten Mal machte

Konrad sich Gedanken über seinen Gefährten und dessen früheren Beruf. Er hatte dem Bergmann bis dahin wenig Aufmerksamkeit geschenkt, noch hatte er auf etwas anderes geachtet. Er war nur von dem Gedanken beseelt gewesen, die Invasionsarmee einzuholen, die Krysten gefangen hatte. Wachsam bewegten sie sich durch die Nacht auf das nächste Lagerfeuer zu. Jeder gab dem anderen Rückendeckung, als sie sich ihrem Ziel näherten.

Dann zerriß Heinlers Stimme die Stille: »Vorsicht!«

Konrad fuhr herum, aber zu spät. Ein fürchterlicher Schlag traf seine Kopfseite. Er konnte noch einen Schritt tun, sich umwenden und mit der schweren Streitaxt gegen den unsichtbaren Angreifer ausholen, aber dann wurde ihm schwarz vor Augen, und er brach zusammen.

4

Als Konrad wieder zu sich kam, sah er als erstes Morrslieb hoch über sich am Himmel leuchten.

Sein Kopf war in den Nacken gezogen, die Hände auf den Rücken gebunden. Er war aufrecht an einen Baum gefesselt und seiner Kleider beraubt, in beinahe genau der gleichen hoffnungslosen Situation, in der Wolf vor weniger als zwei Tagen gewesen war – sogar in einer noch aussichtsloseren Lage, denn es gab niemanden, der ihn vor seinem unausweichlichen Geschick retten würde.

Auch nachdem ihm seine Lage bewußt geworden war, starrte er zu dem unregelmäßig geformten Mond auf, um den Blick nicht senken zu müssen. Die grauenhaften Geräusche, die an sein Ohr drangen, sagten ihm mehr über das Geschehen ringsum, als er wissen wollte.

Im Gegensatz zu Mannslieb verbreitete der kleinere Mond niemals viel Helligkeit, selbst wenn er der Welt am nächsten stand oder voll war – und heute nacht war er sowohl nahe als auch voll. Morrslieb schien immer ein seltsames Licht zu verbreiten, beinahe eine Abwesenheit von Helligkeit. Es war, als wäre er ein Schattenmond, der Dunkelheit auf die Welt warf, die er umkreiste, und jede Helligkeit von ihr abzog, statt sie von sich zu geben.

Während er zum Mond aufblickte, vergewisserte Konrad sich seiner Lage und Verletzungen. Er war mit festen Stricken am Hals und den Handgelenken an einen Baumstamm gefesselt. In seinem Schädel pochte es unaufhörlich von dem Schlag, der ihn niedergestreckt hatte, und auch mehrere andere Stellen schmerzten, als wäre er während seiner Bewußtlosigkeit geschlagen und dann fortgeschleift worden. Mehrere der Verletzungen, die er im Kampf gegen die Kobolde erlitten hatte, waren wieder aufgeplatzt. Er war über und über blutverschmiert, doch schien das meiste schon angetrocknet zu sein.

Einstweilen lebte er, aber Folter und schließlich der Tod waren ihm sicher.

Endlich senkte er den Blick und spähte unter halbgeschlossenen Lidern in die Runde, dann schloß er die Augen ganz. Seine Peiniger sollten nicht wissen, daß er das Bewußtsein wiedererlangt hatte, und er wollte von den Vorgängen in seiner Nähe nicht mehr sehen als er in diesem flüchtigen Augenblick wahrgenommen hatte.

Aus seiner Vorstellung aber konnte er das häßliche Schreckensbild nicht so einfach vertreiben. Unter einer Baumgruppe stand ein kleiner Altar, in dessen Mitte eine gepanzerte Gestalt saß. In Rot und Schwarz gekleidet, war sie mit einer mächtigen Streitaxt bewaffnet und trug ein vertrautes Wappenbild auf dem Schild. Konrad hatte dieses Wappenbild oft auf den Bannern gesehen, die von den Legionen der Tiermenschen mitgeführt wurden: Ein X mit einem horizontalen Balken durch die Mitte und einem zweiten Querbalken an der Basis.

Unter dem kunstvoll gearbeiteten Messinghelm befand sich jedoch kein Gesicht; dort war nichts als Dunkelheit. Die leere Rüstung saß auf einem geschnitzten Thron, und Konrad begriff, daß sie ein Bildnis des finsteren Gottes darstellte, der von diesen gesetzlosen Mordbrennern verehrt wurde. Zu seinen Füßen lag ein Haufen menschlicher Gebeine und Schädel.

Und frisch abgeschlagene menschliche Köpfe waren dem Haufen hinzugefügt worden ...

Um den Altar standen die gotteslästerlichen Meßdiener in ehrfurchtsvoller Haltung, als feierten sie das frische Blut, das aus den jüngsten Opfern troff, die sie ihrem blutigen Gott dargebracht hatten.

Konrad hatte dies alles in nur einem Augenblick in sich aufgenommen. Er hatte auch die Opfer gesehen. Und nun hörte er sie, als sie das Unerträgliche ertrugen, das Fürchterlichste erlitten. Sie schrien, als sie gefoltert wurden, schrien, als sie endlich starben, und selbst danach noch schienen ihre Schreie in der Nacht widerzuhallen.

Er riskierte einen weiteren schnellen Blick nach links und rechts, um vielleicht Heinler zu sehen. Aber der andere war nicht in der Nähe, weder an einen Baum gebunden noch als enthaupteter, buckliger Leichnam, dessen Kopf der blutrünstigen Gottheit geweiht war.

Als er die scheußliche Szene in sich aufnahm, fiel sein Blick auf das letzte Opfer. Es war Hralvan, ein Söldner aus Norsca und wahrscheinlich der stärkste Krieger, den Konrad je gekannt hatte. Um zu zeigen, daß er unempfindlich gegen Schmerz sei, pflegte er sich ins eigene Fleisch zu schneiden oder eine brennende Fackel unter seine Gliedmaßen zu halten.

Aber nun war er nicht mehr unempfindlich. Er war ein bärenstarker Riese von einem Mann gewesen, mit einem Brustkorb wie ein Faß. Jetzt hatte er keine Beine mehr und weinte wie ein geschlagenes Kind – aber es war Blut, keine Tränen, das aus seinen leeren Augenhöhlen rann, als er langsam zu Tode gefoltert wurde.

Und diejenigen, welche ihm solch unaussprechliche Greuel zufügten, waren zwei der schönsten Frauen, die Konrad je gesehen hatte. Nur konnten sie keine Frauen sein, nicht ganz; beide hatten lange, dünne Schwänze mit gegabelten Spitzen.

Abgesehen von Stachelhalsbändern und großen Knochenohrringen waren sie völlig nackt. Ihre Gliedmaßen waren lang und geschmeidig und vom Blut ihres Opfers bespritzt. Grinsend umtanzten sie ihn und leckten das Blut von den Klingen, die sie beide mit offenkundiger Geschicklichkeit gebrauchten. Die Messer waren wie die Mädchen, schmal und geschmeidig.

Konrad wußte nicht, wie viele Anbeter sich um den Altar versammelt hatten, denn die meisten von ihnen verloren sich in der Dunkelheit; aber er hörte das Gebrüll wilder Begeisterung, die rauh grölenden Hymnen an ihre blutrünstige Gottheit.

Dann trat plötzlich Stille ein. Eine völlige Abwesenheit von Geräusch: Nicht ein Schrei, nicht ein Wimmern, nicht ein Gesang, nicht ein Gebet.

Konrad verstand den Grund, konnte aber nicht umhin, sich zu vergewissern, daß Hralvan tot war. Der Riese aus Norsca war unmenschlich verstümmelt worden, und nun hielt eine der Frauen seinen abgeschnittenen Kopf in die Höhe. Blut tröpfelte ihr in den offenen Mund, dann wurde Hralvans Kopf der Trophäensammlung zu Füßen des gepanzerten Götzenbildes hinzugefügt.

Ein weiteres Opfer, das darauf wartete, zu Tode gequält zu werden, war nicht zu sehen; also war er an der Reihe …

Konrad schloß die Augen und hoffte, sie würden ihn noch für ohnmächtig halten und es würde für sie einen Unterschied machen, wenn sie es glaubten.

Die Stille dauerte an, aber auch mit geschlossenen Augen spürte er, daß die beiden Teufelstänzerinnen sich leichtfüßig auf ihn zu bewegten. Dann standen sie vor ihm, so nahe, daß er ihren warmen Atem im Gesicht fühlte. Ihre Hände berührten seinen Körper, strichen ihm mit Fingern, die vom Blut klebrig und feucht waren, über die Haut. Selbst wenn sie begonnen hätten, seine Haut zu ritzen, hätte er weiter Bewußtlosigkeit vortäuschen können; aber er war unfähig, ihre schaurig sinnlichen Berührungen zu ignorieren.

Er öffnete die Augen und stützte sich mit den gefesselten Armen, während er mit beiden Beinen gleichzeitig zustieß. Er verfehlte sie. Die blutigen Götzendienerinnen wichen kichernd aus, und Konrad erwürgte sich beinahe an dem Strick, der seinen Hals an den Baum fesselte.

Ihm wurde bewußt, daß dies ein viel weniger schmerzhafter und schnellerer Tod wäre. Doch bevor er den Gedanken weiter verfolgen konnte, war eine der beiden hinter den Baum getreten und durchschnitt den Strick um seinen Hals. Eine Sekunde später waren auch seine Arme frei, aber nur für einen Augenblick.

Von jedem seiner Handgelenke hing ein Strick, und die anderen Enden wurden von den schönen Scharfrichterinnen gehalten. Obwohl ihre Gesichter rotverschmierten Masken glichen, ihre Körper und die langen Haare mit Blut besudelt waren, fand er sie hypnotisch anziehend. Sie schienen vollkommen gleich; es war unmöglich, sie voneinander zu unterscheiden.

Er stürzte sich auf die zu seiner Rechten, aber sie sprang davon. Als sie seinem Angriff auswich, blitzte ihr Messer im schwachen Lichtschein und schnitt in Konrads Unterarm. Er keuchte vor Überraschung und Schmerz. Als die Teilnehmer des grausamen Rituals das Blut aus der Wunde sickern und über seine Hand rinnen sahen, ging ein Seufzen durch ihre Reihen, und ihre rauhen Hymnen begannen von neuem: Das letzte Opfer begann seine Rolle in ihrer widerwärtigen Zeremonie zu spielen.

Die Frau schwenkte triumphierend ihr Messer, dann setzte sie die Klinge an den Mund und leckte Konrads Blut ab. Ihre Zunge war gegabelt wie ihr Schwanz.

Konrad zog mit einem Ruck an dem anderen Strick und versuchte die zweite Blutpriesterin zu sich zu reißen. Sie ließ den Strick einfach los, und er fiel rückwärts zu Boden. Die Erde war weich wie Schlamm, der sich nach einem Wolkenbruch mit Wasser vollgesogen hat. Aber hier waren es Ströme von Blut gewesen, welche die Erde aufgeweicht hatten.

Dann sprangen beide auf ihn zu, roten Dämonen gleich, und zwei blutige Rinnsale entsprangen aus seiner Kehle. Er kam wieder auf die Beine, und die nackten Frauen umkreisten ihn, sprangen abwechselnd vorwärts, täuschten ihn mit Finten, wichen zurück, um dann wieder anzugreifen und mit ihren blitzenden Klingen zuzustoßen.

Sie waren unmenschlich schnell. Wahrscheinlich wurden weibliche Folterknechte vorgezogen, weil sie geschmeidiger waren als die männlichen, subtiler in ihrem Vorgehen. Sie brachten das Opfer nicht zu früh durch unnötige Gewaltsamkeit ums Leben. Ihre Opfer starben langsamer, verbluteten Tropfen für Tropfen unter um so größeren Schmerzen.

Bald war Konrads Körper so blutbesudelt wie die ihrigen, aber es war sein eigenes Blut, das ihm eine zweite rote Haut verschaffte. Auch waren seine Schmerzen groß, aber noch blieben die Verletzungen oberflächlich, und er würde sie noch lange zu ertragen haben. Vorerst spielten sie nur mit ihm. Wenn sie anfingen, ernst zu machen, würde es ihm nicht besser ergehen als Hralvan und den anderen Unglücklichen.

Er mußte mit ihnen gleichziehen, bevor es zu spät wäre. Und was er brauchte, um irgendeine Aussicht zu haben, war eine Waffe. Sofort dachte er an die Rüstung auf dem Thronaltar, und die große Streitaxt in ihrem Panzerhandschuh. Der Gedanke beflügelte ihn.

Eine der geschwänzten Frauen war zwischen ihm und der thronenden Rüstung. Konrad sprang auf sie zu, und sie wich leichtfüßig seitwärts aus, wie er erwartet hatte. Statt ihrer Bewegung zu folgen, stürzte er auf den Altar zu und riß sich von den beiden Stricken los.

Bisher hatte er den Götzendienern im Umkreis des teuflischen Tempels nicht viel Aufmerksamkeit geschenkt. Er konnte sie im schlechten Licht nicht deutlich sehen, und das blutgierige Paar hatte seine ganze Aufmerksamkeit beansprucht.

Aber auf einmal war ihm der Weg zu der benötigten Waffe durch eine Gruppe schattenhafter Gestalten versperrt, die wie aus dem Boden gewachsen vor dem Opferbereich des Altars eine Mauer bildeten. Verzweifelt ballte er die Faust und rammte sie in ein dunkles Gesicht, hörte ein Knirschen, als seine Knöchel das Nasenbein brachen. Die Gestalt wankte zurück, und es entstand eine Lücke.

Ehe Konrad hindurchspringen konnte, packte ihn eine behandschuhte Hand bei der Schulter. Er riß sich los, wandte den Kopf und sah eine Waffe im matten Mondlicht schimmern. Die Gestalt hatte ein Schwert gezogen, aber Konrad entwand es ihr und ergriff die Klinge selbst. Der Schwertgriff war wie eine zusammengerollte Schlange gemacht, und Konrad hob das Schwert, vollendete seine Drehung und wandte sich wieder gegen seine Peinigerinnen. Plötzlich wand sich die Schlange in seiner Hand, entrollte sich, schlug ihre Fangzähne tief in sein Handgelenk …

Konrad schrie auf, ließ das Schwert fallen und rieb sich in nutzlosem Reflex die Bißwunde.

Es herrschte völlige Stille, und alle schienen zu warten. Der rauhe, rhythmische Singsang war verstummt, alle starrten Konrad an. Die teuflischen Peinigerinnen standen mit ihren langen, dünnen Messern hinter ihm und warteten auf ein Zeichen zur Fortsetzung ihres grausamen Tanzes. Die Götzendiener bildeten einen Kreis um die drei nackten, blutigen Gestalten.

Die Gestalt, deren Schwert Konrad an sich gerissen hatte, trat vor, und eine weitere dunkle Gestalt beeilte sich, das zu Boden gefallene Schwert aufzuheben und seinem Eigentümer zurückzugeben. Der Schwertgriff war wieder ein Schwertgriff, die Schlange fest zusammengerollt.

Konrad starrte den Eigentümer des Schwertes an,

der in der schwarzen Nacht kaum mehr als ein dunkler Umriß war, und bemerkte, daß der Mann einen Schild trug. Dieser zeigte das gleiche durchgestrichene X, das er am Altar gesehen hatte, aber außerdem eine Wappenzeichnung, die Konrad wiedererkannte.

»Kastring!« sagte er.

Der andere hatte sein Schwert in die Scheide gesteckt und war im Begriff, sich abzuwenden, aber nun hielt er inne, musterte Konrad ein paar Sekunden lang und trat dann langsam auf ihn zu.

»So hat mich seit langem keiner genannt«, sagte er.

Obwohl er nahe vor ihn hingetreten war, konnte Konrad seine Züge nicht ausmachen, weil sie vom Helm überschattet waren.

»Kastring«, wiederholte Konrad.

»Ich hatte mich so darauf gefreut, Sie sterben zu sehen.« Konrad hörte ihn seufzen. »Aber ich glaube, daß wir miteinander reden sollten. Gleichviel, wir brauchen ein letztes Opfer.« Er sagte schnell etwas in einer unverständlichen Sprache.

Konrad verstand nichts, aber er fühlte eine Bewegung hinter sich. Als er herumfuhr, sah er eine der Todestänzerinnen ihre Gefährtin mit einem einzigen Streich ihres langen Messers enthaupten. Der kopflose Leichnam stand noch mehrere Sekunden aufrecht, während das Herz eine Blutfontäne aus dem Hals pumpte, bevor er in sich zusammenbrach.

Ihr Zwilling hielt den blutigen Kopf am Haar in die Höhe und wirbelte ihn im Kreis herum, so daß Blutspritzer auf alle flogen, die zusahen und ihren bestialischen Beifall brüllten.

Konrad sah sich nach der Gestalt um, die den Befehl gegeben hatte. Hinter ihr war die sitzende Gestalt auf dem Altar. Und obwohl es schwierig war, Gewißheit zu erhalten, weil Blutspritzer ihn in die Augen getroffen hatten, schien es für einen Augenblick, daß die Rüstung nicht leer war, sondern daß ein

Gesicht aus der Dunkelheit unter dem Helm zu ihm herüberstarrte ...

»Möchten Sie eine Erfrischung?« fragte Kastring, welcher der Anführer dieser unmenschlichen Horde zu sein schien.

Kastring war Elyssas Familienname gewesen. Daher hatte Konrad das Wappen auf dem Schild wiedererkannt. Aber welcher Kastring war dies?

Er konnte nicht Elyssas Vater Wilhelm Kastring sein; der war ebenso wie sie beim Überfall auf das Dorf getötet worden. Der Mann mußte einer ihrer drei Brüder sein. Sie waren alle älter als Elyssa, und alle hatten sie das Tal verlassen, bevor das Dorf und das Herrenhaus von den Tiermenschen zerstört worden war. Und nun befehligte einer der Kastrings eine Bande solcher Kreaturen!

Elyssa hatte nur selten über ihre Familie gesprochen, und Konrad bemühte sich vergeblich, sich an die Namen ihrer Brüder zu erinnern. Aber es machte wohl keinen Unterschied.

Ein Holzfeuer war angezündet worden, und Konrad saß fröstelnd und mit einem fiebrigen Gefühl davor. Der Blutverlust hatte ihn, der schon von den Ereignissen der letzten Tage völlig erschöpft war, weiter geschwächt. Sein Körper war von einem Netz schmerzhafter Schnitte überzogen.

»Man sagt, die Kenntnis des wahren Namens einer Person verleihe einem Macht über diese Person«, bemerkte Kastring, als er sich zwei Schritte von Konrad niederließ. Er sah ihn nicht an, sondern blickte in die Flammen. »Die bloße Tatsache, daß Sie noch am Leben sind, beweist, daß etwas daran sein mag. Aber wenn ich Sie nach Ihrem Namen fragte, würde es keinem Zweck dienen.«

Konrad beobachtete den Mann, versuchte in seinen Zügen etwas wiederzuerkennen. Er hatte die Kastring-

Brüder oft gesehen, aber es war viele Jahre her. Wer er auch gewesen war, er sah jetzt ganz anders aus. Seine Lippen fehlten, so daß er ständig zu grinsen schien, und seinem Schädel entwuchs ein Paar gekrümmter Hörner. Trotz des Feuerscheins war es schwierig, Kastrings Gesicht deutlich zu sehen, zu erkennen, wo sein langes dunkles Haar in den dicken dunklen Pelz überging, den er über seiner Rüstung trug. Konrad war froh, daß er nicht sehen konnte, was sich an dem Mann noch verändert hatte – wenn er nach wie vor ein Mensch genannt werden konnte …

Eine Gestalt kam auf sie zu. Schlank und geschmeidig und offenbar weiblich, erwies sie sich gleich darauf als die überlebende Peinigerin. Sie trug ein Silbertablett, auf dem eine juwelenbesetzte Karaffe und zwei Kelchgläser standen. Kastring sagte etwas zu ihr, und sie stellte das Tablett ab und goß etwas in die Gläser. Es war rot. Dann hob sie das Tablett wieder und bot es ihm an. Kastring machte eine ungeduldige Geste und sagte etwas in der unbekannten Sprache, und sie hielt das Tablett Konrad hin.

»Sie weiß nichts von Etikette. Tut mir leid«, bemerkte Kastring. »Nehmen Sie nur«, fügte er hinzu, als Konrad zögerte. Er lachte kurz auf, ohne Humor. »Es ist nicht, was Sie denken, glauben Sie mir. Es ist Rotwein.«

Konrad nahm das Glas, roch daran, nippte davon und goß dann den Inhalt in einem Zug in sich hinein.

Kastring sah ihm zu, dann nahm er das andere Glas und sprach wieder zu der Frau. Sie stellte das Tablett ab und ging fort.

»Ich hatte die Absicht, einen Toast auf Ihre Gesundheit auszubringen, denke aber, daß solches unter diesen unheilverkündenden Umständen nicht ganz passend wäre.«

Er ließ den Wein in seinem Kelchglas kreisen, dann setzte er das Glas an die Zähne – die unteren standen gegenüber den oberen vor – und legte den Kopf in den Nacken. Da er keine Lippen hatte, tröpfelte etwas vom Wein über sein Kinn, und er tupfte es mit einem Spitzentaschentuch ab.

»Bitte bedienen Sie sich.« Er zeigte zum Tablett.

Konrad füllte sein Glas wieder, dann ein drittes Mal.

»Es war jemand bei mir, als ich gefangen wurde«, sagte er. »Was ist aus ihm geworden?«

Kastring zuckte die Achseln und sagte etwas in der fremden Sprache. Er mußte das Wort an die ungeschlachte Gestalt gerichtet haben, die ein paar Schritte hinter Konrad stand und ein geschnäbeltes Gesicht und Krallenhände hatte. An Stelle einer Antwort ließ die Kreatur einen lauten und langen Rülpser ertönen. Kastring zuckte wieder die Achseln, trank von seinem Wein, den er auf der Zunge hin und her bewegte, bevor er ihn schluckte, dann betupfte er wieder sein Kinn.

Konrad hatte Krysten nicht unter den Toten gesehen, aber er fragte nicht nach ihr, weil er sicher war, daß man ihm nicht die Wahrheit sagen würde. Außerdem gab es mehrere andere Abteilungen der Mutanten im weiteren Umkreis, von denen sie festgehalten werden konnte.

»Woher kennen Sie mich?« fragte Kastring schließlich.

In einer Lage wie der seinigen war es immer geboten, die Wahrheit zu vermeiden, und Konrad sagte: »Ich bin aus Ferlangen.«

»Ferlangen! Nun, das ist ein Name, den ich seit vielen Jahren nicht gehört habe. Nach Ihrem Akzent vermutete ich, daß Sie aus derselben Gegend von Ostland kommen müssen wie ich selbst. Ich wohnte in einem kümmerlichen Dorf nahe Ferlangen, war aber oft und gern in der Stadt. Otto Krieschmier und ich pflegten zusammen auf die Jagd zu gehen. Wie geht es ihm?«

»Er ist tot.«

Kastring hob sein Glas in einem schweigenden Gruß, aber Konrad trank nicht. Krieschmier war der Mann, der ihn zum Tode verurteilt hatte, weil er zwei Kaninchen mit der Schlinge gefangen hatte – und im Duell von Wolf getötet worden war, bevor er das Urteil vollstrecken konnte. So waren Konrad und Wolf zusammengekommen.

»Wie viele Jahre ist es her, seit Sie von Ferlangen fortgingen?«

»Fünf«, antwortete Konrad. »Und wie lange sind Sie aus der Heimat fort?«

Kastring schwieg eine Weile, und Konrad dachte, daß der andere nicht antworten würde, dann aber sagte er: »Vorher, glaube ich. Ich kann mich nicht genau erinnern. Aber was ist die Zeit anderes als eine Kette um unser Leben? Ich verließ die Heimat, weil ich die Welt sehen wollte, die großen Städte, andere Länder. Und das tat ich. Dann geriet ich in schlechte Gesellschaft und ...«

Wenn er hätte lächeln können, würde er es wahrscheinlich getan haben. Statt dessen schlürfte er wieder von seinem Wein und wischte sich das Kinn ab. Er war glattrasiert, hatte keinen Versuch unternommen, seine fehlenden Lippen durch einen Bart zu verbergen. Konrad fragte sich, ob ihm die Lippen abgefault waren oder ob Kastring sich selbst verstümmelt hatte.

»Aber erzählen Sie mir mehr von Ferlangen«, fuhr er fort. »Was ist mit Marlena, Ottos Schwester? Ich nehme an, sie ist noch am Leben?«

»Als ich Ferlangen verließ, lebte sie.«

»Sie und ich hatten eine schöne Zeit zusammen. Wir waren ziemlich lange intime Freunde. Unsere Familien hätten sich durch uns beinahe verbunden, aber ich war abgeneigt, mich so dauerhaft festzulegen. Statt dessen schlug ich vor, daß Otto meine Schwester heiraten solle. Wissen Sie, ob die beiden geheiratet haben? Ich hatte es nie mit dem Briefeschreiben, gebe ich zu. Und wegen meiner gegenwärtigen Umstände habe ich keine Verbindung mehr.« Kastring hob die Schultern und griff zur Weinkaraffe.

Konrad beobachtete ihn gespannt. »Es war Ihre Idee, daß Elyssa heiraten sollte?«

»In der Tat.« Kastring ließ das Glas sinken, ohne davon zu trinken. »Sie kannten meine Schwester?«

»Ich hörte von ihr«, sagte Konrad schnell. »Ich glaube nicht, daß sie heirateten. Otto Krieschmier wurde vorher getötet. Ein Jagdunfall, glaube ich.«

»Welch ein Jammer. Diesen fetten Schweinekerl zu heiraten, war genau, was Elyssa verdiente.« Er berührte seine Wange, die von einer alten Narbe verunziert war. Sie verlief von seinem linken Auge bis zur Kinnlade. Er merkte, wie aufmerksam Konrad ihn beobachtete, und lachte.

»Meine erste Kriegsverletzung«, sagte er. »Ein Geschenk von meiner Schwester. Otto und Marlena standen einander sehr nahe, und es schien vernünftig, daß Elyssa und ich uns einer ähnlichen Beziehung erfreuen sollten.« Kastring schüttelte den Kopf, schlürfte von seinem Wein und wischte sich den Mund. »Leider war sie anderer Meinung.« Er lachte wieder. Es war ein humorloses Lachen.

Elyssa hatte Konrad nie erzählt, daß einer ihrer Brüder versucht hatte, ihr zu nahe zu treten, doch wenn er es recht bedachte, hatte sie ihm sehr wenig anvertraut.

»Durch Ottos Tod«, fuhr Kastring fort, »wurde Marlena zur Baronesse. Vielleicht sollte ich sie besuchen, wenn wir ins Reich vordringen. Ich würde meine Bekanntschaft mit Marlena gern erneuern.«

»Ins Reich?« fragte Konrad mit leiser Stimme. »Sie wollen ins Reich einfallen?« Er argwöhnte bereits, daß die Armee der Verdammnis beabsichtigte, über die Grenze vorzustoßen, hatte aber gehofft, daß er sich irrte.

»Bloß zu einem flüchtigen Besuch«, sagte Kastring.

»Ein paar Städte niederbrennen, ein paar Dörfer plündern, die Bewohner abschlachten.« Diesmal bestand kein Zweifel, daß er grinste; die Mundwinkel waren aufwärts gezogen. »Sie hatten es dort allzu lange viel zu leicht. Sie sind verweichlicht, wie überreife Früchte, die gepflückt werden müssen.«

Konrad schauderte bei dem Gedanken, was die kampferprobten und todesverachtenden Tiermenschen mit ihren verrückten Verbündeten in den wehrlosen Städten anrichten würden. Er ballte die Faust um sein Kelchglas.

Kastring nahm wieder einen Schluck Wein. »Vielleicht besuche ich sogar meine Schwester. Sicherlich wird sie erfreut sein, mich zu sehen.« Er bemerkte Konrads finsteren Blick und machte eine wegwerfende Handbewegung. »Kommen Sie, seien Sie nicht so altmodisch. Sie ist nicht einmal meine wirkliche Schwester.«

»Wie meinen Sie das?«

Kastring gähnte und lehnte sich an den umgestürzten Baumstamm hinter ihm. »Ach, ich bin mir nicht ganz sicher. Vater gab es nie zu, aber ich bin überzeugt, daß mit Elyssa etwas nicht stimmte. Mutter starb kurz nach ihrer Geburt, obwohl ich nicht mit Bestimmtheit sagen kann, daß sie wirklich Elyssas Mutter war. Ich weiß nicht einmal, ob mein Vater Elyssas Vater war. Ich glaube, einer von ihnen hatte einen – wie soll ich es ausdrücken? – dummen Streich im Schilde geführt. Wahrscheinlich alle beide.«

Konrad sagte nichts. Elyssa hatte ihm keine Enthüllungen irgendwelcher Art gemacht, und es hatte auch kein Grund bestanden, daß sie es hätte tun sollen. Vielleicht hatte sie selbst nichts davon gewußt. Ihre Mutter mochte nicht ihre wahre Mutter gewesen sein, Wilhelm Kastring nicht ihr wirklicher Vater … Ihre Herkunft schien in diesem Licht so geheimnisvoll wie seine eigene.

Konrad überlegte, ob Kastring etwas von seiner unbekannten Vergangenheit gehört habe. Schließlich hatten sie im selben Dorf gelebt. Kastrings Vater war der Herr über das ganze Tal gewesen und sollte von allem gewußt haben, was dort geschah. Aber wenn dieser Kastring nicht einmal die Wahrheit über seine Schwester wußte, schien es unwahrscheinlich, daß er über die Herkunft eines namenlosen Bauernjungen im Bilde sein sollte.

Kastrings Schild lag neben ihm, geschmückt mit dem Emblem seiner finsteren Gottheit und seinem Familienwappen. Das war nicht das einzige heraldische Emblem, das Konrad aus seinem Heimatdorf kannte. Es gab auch das Symbol auf dem Bogen und den Pfeilen, die Elyssa ihm gegeben hatte, den Waffen, die sie in einem vergessenen Kellerraum des Herrenhauses der Kastrings gefunden zu haben behauptete.

Ein Köcher aus seltsam gewelltem Leder, zehn Pfeile und ein Bogen – alle pechschwarz, alle gekennzeichnet mit dem gleichen goldenen Emblem einer gepanzerten Faust zwischen zwei gekreuzten Pfeilen. Der letzte dieser schwarzen Pfeile hatte den Schädelgesichtigen ins Herz getroffen, worauf dieser ihn verächtlich aus seiner Brust gezogen und weggeworfen hatte. Dennoch schien der Schädelgesichtige das goldene Emblem gekannt zu haben, ebenso wie Wolf, als er es auf dem schwarzen Köcher gesehen und verlangt hatte, daß Konrad ihn zu dem verwüsteten Dorf führe …

Hatten die Waffen Elyssas wirklichem Vater gehört?

»In Ferlangen«, begann Konrad, »sah ich einmal ein anderes Familienwappen in Schwarz und Gold. Es zeigte zwei gekreuzte Pfeile und eine gepanzerte Faust zwischen den Pfeilspitzen. Wissen Sie etwas darüber?«

Nach einer Weile antwortete Kastring: »Das kommt mir irgendwie bekannt vor.«

»Auf einem Bogen, einem Köcher und einem Satz von Pfeilen?«

»Ja.« Kastrings Augen waren geschlossen, und er strich sich mit den Fingern über die Stirn. »Ein Elf? Könnte es einen Zusammenhang mit einem Elf geben? Ich muß bekennen, daß mir nichts anderes in den Sinn kommt.«

Konrad starrte tief in die Flammen, versuchte sich zu konzentrieren, aber Erschöpfung und Schwäche beeinträchtigten sein Denkvermögen.

Elyssa hatte ihm den Bogen und die Pfeile gegeben, und sie hatte ihm auch seinen Namen gegeben. Bis dahin hatte er keinen gehabt. Und nun saß er ihrem Bruder gegenüber, oder der Person, die sie für ihren Bruder gehalten hatte.

»Sie sagten, Namen würden einer Person Macht über eine andere geben«, sagte Konrad. »Warum wollten Sie meinen Namen nicht wissen?«

Kastring hatte sich mit seinen früheren Antworten Zeit gelassen, und nun schwieg er beinahe eine Minute lang, bis Konrad überlegte, ob er eingeschlafen sei.

»Weil Sie nicht mehr lange leben werden«, antwortete er zuletzt. »Bei Tagesanbruch werden Sie tot sein.«

Konrad blickte beunruhigt umher.

»Tatsächlich sind Sie bereits tot«, fügte Kastring hinzu. »Sie hätten nicht versuchen sollen, mein Schwert wegzunehmen.«

Konrad hob seine rechte Hand und untersuchte sie im Feuerschein. Der Biß der Schlange hatte vier punktförmige Löcher hinterlassen. Seine Hand fühlte sich taub an, aber das gleiche galt für die andere Hand und seine Füße. Er war müde, sehr müde, das war alles. Müde und unterkühlt und verwundet.

Sein Handgelenk war nicht einmal geschwollen. Es konnte nicht vergiftet sein. Er hatte Schmerzen nur im Augenblick des Schlangenbisses gespürt – wenn es tatsächlich eine Schlange gewesen war. Wahrscheinlich war es nur ein Kniff gewesen, eine Sinnestäuschung. Es konnte keine lebendige Schlange gewesen sein, deren Zähne seine Haut durchbohrt hatten, und kein Gift konnte durch seine Adern fließen …

Noch vor einer Minute hatte Konrad sich nichts weiter gewünscht als zu schlafen, aber nun war ihm nichts weniger erwünscht als die Augen zu schließen und sich der Nacht auszuliefern.

5

Konrad fuhr aus traumschwerem Schlaf auf und verzog das Gesicht, als die Schmerzen sich meldeten. Die Sonne brannte auf seinen nackten Körper herab, seine Kehle war trockener denn je, die Lippen aufgesprungen, und er war von geronnenem Blut bedeckt. Die Glut des Lagerfeuers schwelte noch, und dünner grauer Rauch kräuselte sich in der windstillen Luft. Alles war still; alle anderen waren fort.

Nach dem Sonnenstand zu urteilen, waren seit Tagesanbruch wenigstens drei Stunden vergangen. Er schlief selten so lange, hatte aber viel nachzuholen gehabt. Obwohl er nicht mehr völlig erschöpft war, wäre er nicht ungern in den Schatten der nahen Baumgruppe gekrochen, hätte die Augen wieder geschlossen und den Rest des Tages verschlafen.

Er widerstand der Versuchung und betrachtete sein Handgelenk. Die Punktverletzungen des Schlangenbisses waren verschorft, ebenso wie der tiefe Schnitt in seinem Arm. Der Elf, der Konrads Arm gerettet hatte, schien ihm auch jetzt das Leben gerettet zu haben.

Nach Kastrings Aussage hätte Konrad tot sein sollen. Deshalb hatten die Mordbrenner ihn hier zurückgelassen; sie hatten geglaubt, er liege im Sterben. Es konnte sich nur um die Restwirkung des starken Heilzaubers handeln, die ihn gerettet hatte.

Er stand auf und ging über den Lagerplatz. Auf den ersten Blick war kaum noch etwas davon zu sehen. Sogar die verstümmelten und enthaupteten Leichen der Menschenopfer waren verschwunden. Die Erde hatte das Blut aufgesaugt und war von der Morgensonne bereits hartgebacken. Konrad kniete nieder, um den Boden zu befühlen. Er schien sehr trocken und leblos wie Sand. Die Grasbüschel und Kräuter in der Nachbarschaft waren braun und spröde oder welkten dahin. Die Bäume, unter denen der Altar gestanden hatte, waren befallen von Schwamm und Fäulnis und verrotteten wie jene im Schattenwald, der von Tiermenschen bewohnt war.

Was die Eindringlinge auch berührten, verkam und verdarb, sogar der Boden, auf dem sie gegangen waren.

Konrad befühlte seine Lippen, als ihm das Kelchglas einfiel, aus dem er getrunken hatte, und der Gedanke an Kastrings fehlende Lippen führte ihn zu der besorgten Überlegung, warum seine jetzt rissig und gesprungen waren, und ob dies das Vorstadium ihres Verlustes sei …

Aber es war der Wassermangel, sagte er sich, der Durst und die Sonnenhitze. Wenn er Wein trank, war er anderntags immer sehr durstig, und er war schon vor dem ersten Glas ausgedörrt gewesen.

»Es stellt sich heraus, daß Sie so widerstandsfähig sind wie Sie aussehen.«

Konrad fuhr herum.

Kastring saß ein paar Schritte entfernt auf einem riesigen Tier, das einmal ein Pferd gewesen sein mußte. Sein Fell war rot und schwarz gefleckt, die Flanken durch Panzerung geschützt. An Stelle von Hufen hatte es dreizehige Krallen, und in seinem Maul waren Reißzähne wie bei einem Hund. Aus der Mitte seiner Stirn wuchs ein spiraliges dunkles Horn.

Trotz seiner eigenen grotesken Erscheinung sah Kastring bei Tageslicht nicht so beängstigend aus wie im Feuerschein bei Nacht. Die Hörner auf seinem Kopf schienen Teil seines Helms zu sein, und seine gebleckten Zähne glichen einer Maske, die er über seinem Gesicht trug. Das Haar hing ihm fast bis zum Gürtel, und er war in schwarzes Fell und rotes Leder gekleidet, über dem er einen schimmernden Messingharnisch trug. Das Schwert mit dem Schlangengriff hing an seiner Seite, der Schild mit seinen zwei heraldischen Wappen auf seinem Rücken.

Konrad wich zurück.

»Fürchten Sie nichts«, sagte Kastring. »Ich versichere Ihnen, daß ich nicht die Absicht habe, Sie zu töten. Nicht zum gegenwärtigen Zeitpunkt. Ich möchte Sie nur einladen, sich unserer Expedition anzuschließen.«

»Und wenn ich mich weigere?«

»Diese Frage stellt sich nicht. Meine Einladung war eher von der Art eines Befehls. Sie sollten tot sein. Weil das nicht der Fall zu sein scheint, interessieren Sie mich. Sie werden sich uns anschließen und mich mit Geschichten aus Ferlangen unterhalten. Ich muß zugeben, daß ich gestern abend ermüdet war, und so mag mein Gespräch nicht sehr lebhaft gewesen sein. Dafür entschuldige ich mich. In Zukunft werden wir viele Stunden miteinander reden, bis …«

»Bis?«

»Bis Sie sterben. Alle Dinge müssen zu einem Abschluß kommen, sogar das Leben, besonders das Leben. Wir werden geboren, um zu sterben. Daß wir nicht wissen, wann uns unser Schicksal ereilen wird, macht unser Leben so interessant, finden Sie nicht? Und Ihr Leben, das verspreche ich Ihnen, wird außerordentlich interessant sein.«

Konrad fühlte jemand hinter sich und wandte sich um. Es war die überlebende Peinigerin. Sie war jetzt bekleidet, trug Sandalen und ein loses Gewand, und sie hatte sich vom Blut gereinigt. Ihr Haar war im Nacken zusammengefaßt, aber es hatte noch immer die Farbe von Blut, geradeso wie ihre Augen und ihre Raubtierzähne.

Auf ihrer Stirn war das Hauptsymbol, das auf Kastrings Schild war: Das X mit zwei Querbalken war in ihre Stirn geschnitten und zeigte sich als eine lebhaft rote Narbe. Sie sah viel hagerer und weit weniger verführerisch aus, als sie im trügerischen Mondschein auf ihn gewirkt hatte, aber nicht weniger furchterregend. Das Stachelhalsband lag noch immer um ihren Hals, aber nun trug sie außerdem eine Halskette, an der ihr dünnes langes Messer hing. Diese Halskette schien aus menschlichen Fingerknochen zu bestehen.

»Ich glaube, ich habe sie noch nicht bekannt gemacht«, sagte Kastring. »Dies ist Silk. Oder vielleicht Satin. Ich fürchte, daß ich die beiden nie unterscheiden konnte. Aber das ist unwichtig. Sie braucht Ihren Namen so wenig zu wissen wie ich. Auch ist ihr Ihre Sprache nicht geläufig, aber Sie werden lernen, alles zu tun, was sie befiehlt. Von nun an werden Sie und Silk niemals weiter als einen Schritt voneinander entfernt sein. Vielleicht viel näher. Sie kann sehr angenehme Gesellschaft leisten, das dürfen Sie mir glauben. Und dann wird sie Ihnen eines Tages, vielleicht bald, vielleicht nicht so bald, das Lebenslicht ausblasen.«

Kastring sprach zu der Frau, die ernst nickte. Die ganze Zeit beobachtete sie Konrad, musterte seine Gestalt. Als Kastring geendet hatte, hob sie die Messerklinge, küßte sie und warf Konrad den Kuß zu. Ihn schauderte, als er an ihre gegabelte Zunge dachte, und wie sie letzte Nacht sein Blut geleckt hatte.

»Sie scheint Gefallen an Ihnen zu finden«, bemerkte Kastring.

Konrad schwieg. Nicht er würde sterben, gelobte er sich. Seine Peinigerin würde vor ihm den Tod finden. Entweder Sie oder Kastring …

»Das Reich, Ostland, Ferlangen!« rief Kastring und zog an den Zügeln seines Reittieres. »Unser geliebtes Heimatland erwartet unsere Rückkehr!« Das Einhorn bäumte sich auf, vollführte eine halbe Wendung und galoppierte in südwestliche Richtung davon.

»Gibt es Wasser?« fragte Konrad seine Bewacherin.

»Etwas zu Essen? Etwas Anzuziehen?« Er begleitete seine Fragen mit erläuternden Gesten.

Ihr Schwanz zuckte. Sie brachte ein paar gegrunzte Silben hervor und zeigte in die Richtung, die Kastring eingeschlagen hatte. Konrad beobachtete sie und blieb stehen. Die Frau zog ihr Messer und hob es, als wollte sie es werfen. Sie war nicht nahe genug, daß er sie erreichen konnte, bevor sie das Messer warf, und zu nahe, daß es ihn verfehlt hätte. Also wandte er sich um und folgte dem Reiter; seine Wächterin folgte ihm.

Er war von Ferlangen zu Fuß nach Kislev gegangen und hatte Wolfs Packpferd am Zügel geführt. Nun ging er zurück, diesmal mit einem tödlichen Schatten, der ihm jeden Schritt des Weges folgte.

Es war ein längerer Marsch, denn ohne die Flußfahrt mit einem Boot war die Reise viel weiter, und außerdem gab es viele Aufenthalte durch Kämpfe, Plünderungen von Dörfern, Folterungen und Opferungen von Gefangenen...

Konrad sah sehr wenig davon, wie er überhaupt nur wenig von Kastrings buntscheckigem Regiment zu sehen bekam. Sie waren keine reguläre Armee, die Befehlen folgte und in Formation marschierte. Sie teilten sich in kleinere Einheiten auf, wählten ihre eigenen Routen und kamen dann wieder für einen Überfall oder ein Massaker zusammen.

Er durfte Kleidungsstücke anlegen, die den Opfern abgenommen worden waren. Bald waren sie zerrissen und zerschlissen, denn wann immer Silk ihm einen Befehl gab, den er nicht sofort verstand oder den er nicht mit hinreichendem Eifer befolgte, bekam er ihr Messer zu spüren. Sein Körper war bedeckt von kleinen Stichverletzungen, als wäre er über und über von Insekten zerstochen.

Fluchtmöglichkeiten bestanden kaum und waren fast ohne Aussicht auf Erfolg. Silk wich keine Minute von ihm, und im weiteren Umkreis waren Kastrings Krieger und Tiermenschen, ein blutgieriger Haufen, dem nichts wichtiger schien als ihrem abscheulichem Götzen Blutopfer darzubringen. Es war schwierig zu beurteilen, wie viele zu Kastrings Truppe gehörten, da ihre Zahl sich ständig änderte, zunahm, wenn sie in den Gebieten, die sie durchzogen, neue Anhänger rekrutierten, und abnahm, wann immer es zu bewaffneten Zusammenstößen kam.

Sie führten nur geringe Vorräte mit sich. Es gab einige Troßwagen und eine Kutsche, die stets stark bewacht war. Konrad folgerte daraus, daß darin die heilige Messingrüstung und der Thron befördert wurde, aus denen der Altar bestand.

Die Truppen mußten sich von dem Land ernähren und die Dörfer und Gehöfte plündern, die sie zerstörten. Die meisten Krieger gingen zu Fuß, was bedeutete, daß sie sehr wenig tragen konnten. Eine Handvoll bevorzugter Kämpfer war beritten. Ihre Pferde hatten angefangen, ähnlich wie ihre Reiter zu mutieren. Sie stellten eine Eliteeinheit aus erfahrenen und gut bewaffneten Kämpfern dar.

Sie schienen inmitten der wüsten Haufen des Fußvolks seltsam fehl am Platz. Sie waren eher disziplinierte Ritter als berserkerhafte Wilde. Sie hatten ihren eigenen verbogenen Ehrenkodex, und es schien, daß ihre einzige Bestimmung der Kampf war, daß sie ihre erwählte Gottheit durch Blutvergießen auf dem Schlachtfeld ehrten, sei es ihr eigenes Blut oder das ihrer besiegten Feinde. Im Gegensatz dazu stand das Geschehen, wenn der kleinere Mond voll war und Blutopfer dargebracht wurden, diesmal in Gestalt hilfloser Gefangener, die rituell gefoltert und abscheulich hingemordet wurden, um den obszönen Forderungen des Chaoskultes Genüge zu tun.

Am anderen Ende der Rangfolge standen die barbarischen, kaum der Sprache mächtigen Ungeheuer, in zottige Felle oder Lumpen gehüllt und bewaffnet mit allen geeigneten Gegenständen, die sie hatten an sich bringen können. Zwischen diesen beiden Extremen befand sich die Mehrzahl von Kastrings Renegaten, Wesen, die weder Mensch noch Ungeheuer waren, sondern mehr oder minder abscheuliche Verbindungen von Mensch und Tier.

Von dieser Art waren die Gegner, die Konrad von den Kämpfen im Grenzland am besten kannte: Kreaturen, deren Gliedmaßen zu Waffen geworden waren, die zusätzliche Augen, Ohren oder Münder hatten, deren Gesichter mit ihren Rümpfen verschmolzen waren, die zum Teil Insekten waren und an Stelle von Armen lange Scheren an Gelenken trugen, oder die zum Teil Vögel waren, mit gefährlichen Schnäbeln und großen Schwingen statt Armen, die zum Teil Reptilien waren, gepanzert mit Schuppenhäuten, oder solche, die Tierköpfe auf menschlichen Körpern oder menschliche Köpfe auf Tierkörpern trugen.

Ihre Körper waren vorherrschend rot und schwarz, die Farben des Blutes und des Todes; ihre Felle oder ihr Gefieder, ihre Schuppen oder Pelze, Schalen oder Häute waren gestreift oder gefleckt in Abwandlungen dieser zwei Grundtöne. Viele hatten Augen ohne Pupillen, die vollständig weiß waren. Sie schienen blind, konnten aber sehen.

Und sie waren vereint unter demselben Symbol, demselben Wappen, das ihre Banner und Kastrings Schild zierte, das in Silks Stirn gebrannt war – das bösartige Zeichen Khornes, des Blutgottes, einer der vier großen Mächte des Chaos.

Dieses Symbol war das Zeichen des Todes, die unheilige Signatur des Seelenjägers.

Durch dieses Zeichen auf der Stirn verkündeten Silk und andere, die ähnlich gekennzeichnet waren, ihre treue Gefolgschaft zum Herrn der Finsternis. Nicht wenige hatten Hörner, die während ihres Wachstums so geformt waren, daß sie überkreuz wuchsen und Khornes Zeichen nachbildeten.

Die Anhänger dieses blutrünstigen Gottes verehrten ihn durch Abschlachtung, durch Kampf, durch Blutopfer. Jeder Tod war dem größeren Ruhm Khornes gewidmet, und nicht nur Feinde konnten solche Opfergaben werden. Wenn ein Tod verlangt wurde, dann konnte es auch der Tod eines anderen Anhängers sein – wie es geschehen war, als Silk ihre Zwillingsschwester köpfte.

Für Khornes Gefolgsleute war jeder andere eine mögliche Opfergabe. Sie hatten keine Freunde, keine Verbündeten, nur künftige Opfer. Mit jedem Tag, der verging, wuchs die Wahrscheinlichkeit, daß Konrad das nächste Blutopfer sein würde.

Doch bis dahin war jeder Tag, den er überlebte, ein weiterer Sieg.

Und es vergingen nicht nur die Tage, sondern Wochen und Monate, bis die Mordbrenner Kislev durchquert hatten und in das Reich eindrangen. Die Leichen unschuldiger, gräßlich zu Tode gemarterter Opfer oder auch erschlagener Verbündeter säumten jede Meile der Marschroute.

Mit Konrad war es soweit gekommen, daß er betete, die Mordbrenner würden genug Opfer finden und jemand anderen erschlagen, irgendeinen anderen, wenn nur er überlebte. Er mußte überleben, sagte er sich, um Silk und Kastring zu töten. Dieses Ziel war alles, was ihn bewegte, der einzige Gedanke, der ihn aufrechterhielt.

Krysten war in den Hintergrund seines Denkens getreten. Schon begann er das Mädchen zu vergessen. Er hatte sie weniger als ein Jahr gekannt, und wann immer er versuchte, sie sich vorzustellen, drängte sich Elyssas Erinnerungsbild davor. Er wollte sich ihrer nicht erinnern, weil er glaubte, er habe sie betrogen. Wäre er nicht mit Wolf und Anvila ausgezogen, einen

Schatz zu suchen, über dessen Existenz nichts Genaueres bekannt war, könnte Krysten vielleicht noch am Leben sein. Bei nüchterner Einschätzung mußte er sich jedoch sagen, daß sie inzwischen mit an Sicherheit grenzender Wahrscheinlichkeit tot war. Er hoffte um ihretwillen, daß es sich so verhielt, denn die Legionen der Verdammten machten nur Gefangene, um sie zu foltern und zu erniedrigen und schließlich zu opfern.

Er selbst fühlte sich nie in unmittelbarer Gefahr, obwohl er von Tag zu Tag um sein Leben bangte. Je länger er mit dem gesetzlosen Haufen zog, desto mehr stumpfte er ab, bis es beinahe so war, als hätten alle Folterungen und alles Gemetzel nichts mit ihm zu tun, als beobachtete er sie aus der Ferne, ein unbeteiligter Zuschauer der Ereignisse um ihn her. Sogar die ihm zugedachten Bestrafungen schienen wenig mit ihm zu tun zu haben. Sein Körper mochte unter dem Schmerz zusammenzucken, aber seine Gedanken waren anderswo. Die Verdrängung ging soweit, daß er sich bisweilen einbildete, er reise lediglich in dieselbe Richtung wie Kastrings Kriegshaufen. Sie benutzten dieselbe Route, und das sei alles, was sie gemeinsam hätten.

Bei alledem war ihm bewußt, daß sein gegenwärtiger Zustand nicht von Dauer sein konnte, daß etwas geschehen mußte. Und etwas würde geschehen. Die verdrängte Wirklichkeit würde zurückkehren, wenn er von Angesicht zu Angesicht dem unausweichlichen Tod gegenüberstünde, den Kastring ihm angekündigt hatte; oder er würde auf andere Art und Weise aus seiner Geistesabwesenheit gerissen. Er würde es merken, wenn es geschah, aber dann mochte es zu spät sein.

Als die Zeit verging, suchte er andere Erklärungen dafür, daß Kastring ihn am Leben ließ. Konrads quälende Ungewißheit schien ihm ein makabres Vergnügen zu bereiten. Vielleicht würden sie Ferlangen erreichen, und dort, in seiner vermeintlichen Heimatstadt, würde Kastring ihn hinrichten lassen. Kastring wußte, daß Konrad ein Krieger war, ein Söldner, aber er wollte ihn wie ein Tier auf dem Hackklotz eines Metzgers sterben sehen.

»Sie sind ein Veteran vieler Kämpfe«, bemerkte Kastring eines Abends, als er Konrad und dessen geschwänzter Bewacherin gegenübersaß.

Die Frau warf Konrad Nahrungsbrocken zu. Seine Hände waren ihm auf den Rücken gebunden, und er mußte die Brocken vom Erdboden essen. Es war nur eine geringfügige Demütigung, aber Kastring und seine Harpyie hatten ihr Vergnügen daran.

»Sie haben viele Tode verursacht«, fuhr Kastring fort, »und darum ist Ihr eigener Tod von größerer Bedeutung als der von einem, der selbst nie ein anderes Leben genommen, das Blut anderer vergossen hat. Sie sind zu wertvoll, als daß man Sie ohne guten Grund opfern sollte. Ich denke, daß ich Ihren Abgang zur Feier eines besonderen Anlasses aufsparen werde.«

Er sah zu, wie Silk etwas Wasser auf den Boden goß und Konrad es durstig aufleckte. Dann sagte er etwas zu der Frau, und plötzlich drückte ihr Fuß Konrads Gesicht in die Erde, und die Spitze ihres Messers berührte seine Halsseite.

»Oder vielleicht werde ich es nicht so machen«, fügte er hinzu. Ein paar Sekunden später gab er einen weiteren Befehl, und Silk gab den Gefangenen frei.

Kastring genoß Konrads Demütigungen. Es befriedigte ihn, daß ein Krieger zum Sklaven geworden war, der von einer Frau herumkommandiert wurde. Konrad empfand nur Haß, der mit jedem Tag tiefer wurde. Aber es war ein kalter, berechnender Haß, nicht die vergebliche Wut unbeherrschten Sichaufbäumens.

An jenem ersten Abend, als er schwach und erschöpft gewesen war, waren Silk und Satin zuviel für ihn gewesen. Jetzt hätte er es mit beiden aufnehmen können, aber es gab nur noch eine.

Er wußte, daß er sie töten konnte; er konnte sogar Kastring töten; und oft überlegte er, daß der Preis seines eigenen Todes dafür nicht zu hoch sein würde. Dann aber dachte er wieder, daß er mit seinem Leben zuviel anderes anzufangen habe, daß die Vergeltung an seinen Peinigern nicht den eigenen Tod wert sei. Nicht, solange er wußte, daß er auch die nächste Nacht überleben würde. Und nicht, solange er noch auf den Zeitpunkt wartete, der früher oder später kommen mußte.

Es kam vor, daß mehrere Nächte ohne eine Opferung vergingen, und in diesem Zeitraum vermehrte sich die Zahl der von den Mordbrennern eingebrachten Gefangenen. Und dann kam wieder die Zeit der Folterungen, er würde an Hals und Handgelenken an einen Stamm gebunden und wieder der einzige Gefangene sein, der den Tagesanbruch erlebte.

Nur wenn Silk seine Seite verließ, um ihre gräßliche Rolle in der unmenschlichen Zeremonie zu spielen, blieb er sich selbst überlassen. Schließlich kehrte sie zurück zu ihm, nackt und blutbesudelt, erregt von den Schmerzen und dem Entsetzen und schließlich dem Tod, den sie ihren hilflosen Opfern bereitet hatte. Trotz ihrer Erscheinung war sie mehr Tier als Mensch. Ihr Schwanz und ihre gegabelte Zunge waren Ausdruck ihrer wahren Bestialität.

»Oder vielleicht sollten Sie sich uns anschließen«, schlug Kastring bei anderer Gelegenheit vor. Er war in guter Stimmung, da sie am Nachmittag eine kleine Garnison vernichtet hatten. »Wir sind immer interessiert, einen guten Mann für uns zu gewinnen. Obwohl Sie natürlich kein Mann sein müssen, und nicht einmal gut …«

Die Idee war abstoßend, aber Konrad gab vor, darüber nachzudenken, als er Kastring über das Lagerfeuer hinweg beobachtete. Es könnte ihn ein wenig länger am Leben erhalten.

»Was würde ich tun müssen?« fragte er.

»Töten. Darin sind Sie geübt, glaube ich. Aber von nun an würden Sie im geheiligten Namen Khornes töten. Sie waren Söldner, wie ich weiß; darum waren sie in Kislev. Sie töteten für Geld. Was für ein Grund soll das sein? Würden Sie nicht vorziehen, für einen heiligen Zweck zu töten, zum Ruhm und zur Ehre des größten der Götter?«

Es traf nicht zu, daß Konrad für Geld getötet hatte. Während der Jahre, die er mit Wolf gearbeitet hatte, war er fast ohne Sold geblieben, aber er war ohnehin nicht sein Beweggrund gewesen. Er hatte einen Grund zum Töten gehabt, er hatte die Nordgrenze der Menschheit gegen die Übergriffe der Kreaturen aus den Ödländern des Nordens, den Bereichen des Chaos geschützt ...

Und nun war er inmitten dieser widerwärtigen Kreaturen. Er fühlte sich wie ein Verräter an seiner Rasse, daß er hier war, daß er lebte, wo so viele andere gestorben waren.

Die Mordbrennerhaufen hatten die erste Verteidigungslinie des Reiches durchbrochen und waren Hunderte von Meilen ins Land vorgedrungen. Dennoch war es kaum eine Invasion gewesen. Kastrings Banden hatten eine feurige Spur nach Ostland hineingebrannt, die erste Provinz innerhalb der Reichsgrenzen. Die Wilden hatten keinen Versuch unternommen, ihre Gegenwart zu tarnen, und ihr Vordringen hatte zu immer stärkerem Widerstand geführt.

Zuerst hatte Konrad sich gefragt, ob dies ein Teil des Gesamtplanes sei. Kastrings Mordbrenner schufen eine Ablenkung und zogen kaiserliche Truppen auf sich, während die Hauptmasse der finsteren Legionen sich anschickte, anderswo ins Reich einzufallen und gegen die größeren Städte vorzugehen. Doch solch eine Strategie war für die undisziplinierten Haufen viel zu durchdacht. Kastring schien berechnend und schlau, aber er unterschied sich nur wenig von den Kreaturen, die er befehligte. Alles, was er begehrte, war Blut, war Tod und Zerstörung.

So wahrte er seine Autorität, indem er seinen Gefolgsleuten Feinde und Opfer gab. Je größer die Truppenverbände, die sich ihnen entgegenstellten, desto günstiger war die Gelegenheit zum Abschlachten des Feindes, und desto mehr Gefangene konnten gemacht werden, um sie zu opfern.

»Wen muß ich töten?« fragte Konrad, obwohl er nur zu gut wußte, wie die unvermeidliche Antwort lauten würde.

»Wir haben mehrere geeignete Gefangene, glaube ich«, sagte Kastring. »Vielleicht möchten Sie sie in Augenschein nehmen und diejenigen auswählen, die Sie unserem großen Herrn und Meister darbringen wollen.«

Kastring hatte recht: Konrad hatte viele, viele Male getötet. Aber er hatte nie gemordet. Nun, so schien es, hatte er keine andere Wahl. Wenn er nicht einem Menschen das Leben nahm, würde er selbst ein Opfer werden. Und selbst wenn er sich weigerte, würde es denjenigen, den er zu töten hatte, nicht retten. Er würde so oder so sterben. Konrad mußte töten. Aber er konnte rasch töten und dem Opfer die Barmherzigkeit eines sofortigen Todes erweisen, statt der lang dauernden Qual der Folter.

»Sie werden uns töten, Herr?« fragte eine kleine Gestalt, die neben ihm angebunden war.

Er war ungefähr fünfzehn Jahre alt, und seine Augen angstgeweitet. Er war mit einer Gruppe anderer Gefangener hergebracht worden, Milizsoldaten aus der nächsten Stadt. Die anderen waren einem der übrigen Trupps übergeben worden, aber der Junge war von ihnen getrennt und mit Konrad zusammengeworfen worden. Seine Kleidung war blutbefleckt, sein Gesicht schmutzig und blutunterlaufen.

»Nein«, log Konrad. »Wenn sie das wollten, hätten sie es schon getan.«

»Was wird aus uns?«

»Ich weiß es nicht«, log er wieder.

Silk kauerte den beiden Gefangenen gegenüber und grinste. Dazu summte sie ein unmelodisches Lied und klopfte mit den Fingern an die Klinge ihres Messers an der Knochenhalskette.

»Woher sind Sie, Herr? Wann hat man Sie gefangen?«

Konrad sagte nichts. Er wollte jedes Gespräch vermeiden, weil er dem Ausdruck in den roten Augen der Frau ansah, daß der Junge als das Opfer auserwählt war, das er abschlachten sollte.

»Sie werden uns umbringen, Herr! Ich weiß es!«

Konrad versuchte ihm Mut zu machen. »Nein, sie fingen mich schon vor längerer Zeit, und ich lebe noch immer.«

»Sie will uns töten«, flüsterte der Junge. »Ich sehe es ihr an.«

Silk starrte zu ihm herüber, aber er blickte auf die Erde und wich ihrem Blick aus.

»Ist sie eine von diesen ›Mutanten‹?« Er sprach das Wort aus, als wäre es das erste Mal, daß er es zu gebrauchen wagte.

Konrad merkte, daß der Junge viel mehr von der Welt wußte, als er selbst im gleichen Alter gewußt hatte; er hatte von Mutanten erst gehört, nachdem er sein heimatliches Tal verlassen hatte. Das Dorf war von ihnen überrannt worden, und er hatte nicht einmal gewußt, wie sie genannt wurden. Für ihn waren sie nur Tiermenschen gewesen.

Chaos-Mutanten. Der Ursprung ihrer Mißbildungen lag in den verdorbenen Regionen nördlich von Kislev.

»Ich will nicht sterben, Herr!«

»Ich auch nicht«, sagte Konrad leise. Der Tod des Jungen, dachte er, war wahrscheinlich der Preis für sein eigenes Leben. Er blickte zum dunklen Himmel auf, der nur vom Sternenlicht erhellt war. Mannslieb würde erst in mehreren Stunden aufgehen, das war sicher; der kleinere Mond war weniger berechenbar, sowohl in den Zeiten seines Auf- und Unterganges wie auch in seinen Phasen, aber es schien, daß Morrslieb in dieser Nacht voll sein würde.

Der verängstigte Junge redete weiter, stellte Fragen über Fragen. Konrad sagte so wenig wie möglich. Unterdessen beobachtete ihn Silk und wartete. Endlich stieg der unregelmäßig geformte Mond über den Horizont – und ein gräßlicher Schrei zerriß die Stille, ein langgezogener heulender Schrei äußerster Qual.

Die versammelten Tiermenschen, die Mutanten, die Krieger Khornes hatten den Aufgang von Morrslieb durch die Opferung ihres ersten Gefangenen begrüßt.

Der Junge keuchte vor Entsetzen, und Silk lachte. Ohne ihre Partnerin war sie nicht immer die Scharfrichterin, obwohl selten eine Nacht des Todes verging, in der sie nicht an den Verstümmelungsorgien teilnahm.

Von seinem Platz konnte Konrad den Bereich, in dem der Altar errichtet worden war, nicht sehen. Seit jener ersten Nacht war er immer außer Sichtweite der Zone geblieben, wo die abscheulichen Menschenopfer dargebracht wurden; aber er hatte sich nie außer Hörweite der rituellen Abschlachtungen aufhalten können.

Heute abend befand er sich am äußeren Rand des Lagers, wo ein bewaldeter Hang in ein Tal hinabführte. Unten konnte er das leise Rauschen eines kleinen Flusses oder Baches hören. Als das blutige Zeremoniell begann, versuchte er sich auf die Geräusche des Wassers zu konzentrieren, statt auf die fürchterlichen Schreie der Gemarterten. Der Junge neben ihm zitterte und weinte.

»Hör auf!« sagte Konrad zu dem verzweifelten Jungen. »Sei still! Hör mich an!«

Der Junge verstummte. Seine Augen waren groß vor Angst. Konrad sah, daß er vor Entsetzen außer sich war.

»Es wird dir nichts geschehen. Wir werden beide davonkommen. Darum bist du bei mir. Darum haben sie dich von den anderen getrennt. Du sollst nicht getötet werden. Sie haben mich nicht getötet, und sie werden dich nicht töten.«

Der Junge starrte ihn an, und seine Miene verhärtete sich.

»Sie – Sie sind einer von ihnen!« beschuldigte er ihn, dann wandte er sich ab und legte die Stirn auf die angezogenen Knie.

Wenigstens war er still, dachte Konrad. Aber er mußte an die Worte des Jungen denken: Sie sind einer von ihnen ...

In einer Weise war es die Wahrheit, mußte er sich eingestehen. Seit vielen Wochen zog er mit den Wilden durch das Land. Und wenn er gezwungen wurde, den Jungen zu töten, würde es ihn wirklich zu einem dieser Mordbrenner machen – beinahe jedenfalls.

Kastring hatte ihn eingeladen, einer von Khornes Anhängern zu werden. Wenn er den Jungen vor Khornes Abbild tötete, konnte es als ein Initiationsritus betrachtet werden. Von welcher Art seine Absicht auch immer sein würde, die Abschlachtung eines Opfers wäre das erste Stadium seines Abstiegs in die Abgründe bestialischer Mutation. Kastring hatte als ein Mensch angefangen. Wie war es zu seiner Veränderung gekommen? War sie in den Ödländern des Chaos eingetreten, oder konnte die Mutation überall vorkommen?

Konrad hatte daran gedacht, daß er sein eigenes Leben retten könne, indem er das eines anderen opferte und den Jungen tötete; bedeutete das Menschenopfer vor Khornes Altar aber zugleich, daß er Khorne als seine Gottheit verehrte? In diesem Fall würde sein

Leben nicht mehr ihm gehören, wäre er für immer verloren. Mehr stand auf dem Spiel als sein bloßes Leben; schloß er sich dem barbarischen Haufen an, würde Khorne auch seinen unsterblichen Geist für sich beanspruchen.

Er wünschte, er wüßte mehr. Konrad war nie religiös gewesen. Es gab so viele Götter, die im Reich und in Kislev verehrt wurden, aber er hatte niemals engeren Kontakt mit ihren Anhängern und den Ritualen ihrer Gottesdienste gehabt. Er wußte das meiste über Sigmar Heldenhammer, der als eine Gottheit verehrt wurde. Wolf hatte dem Kult Sigmars angehört und betete stets zum Gründer des Reiches, bevor er in den Kampf zog.

Silk erhob sich. Im gleichen Augenblick wurde Konrad bewußt, daß Stille eingetreten war. Das letzte Opfer war gestorben.

Das vorletzte ...

Die Frau stieß ihre Sandalen von den Füßen, ließ ihr Gewand und die Halskette aus Fingerknochen fallen, band ihr blutrotes Haar auf und schüttelte es. Dann stand sie nackt vor ihnen, bewaffnet mit ihrem Messer; sie war bereit zu töten. Sie sprach ein paar Worte. Konrad erkannte den Befehl. Sie sagte ihm, er solle aufstehen, aber er ignorierte die Aufforderung. Sie sprang auf ihn zu, ihre lange Klinge berührte seinen Hals und durchstach die Haut. Sie wiederholte den Befehl.

Zwar würde sie ihn nicht töten, aber sie war äußerst geschickt im Zufügen von Schmerzen. Mit ein paar schnellen und genauen Schnitten konnte sie furchtbare Schmerzen erzeugen. Nun aber wandte sie sich dem Jungen zu und stach ihn in die Schulter. Er schrie auf. Sie bedeutete ihm mit einer Geste, aufzustehen, und er gehorchte. Mit schnellen, präzisen Schnitten schälte sie ihm die Kleider vom Körper, bis er nackt vor ihr stand. Die Hände waren ihm noch auf den Rücken gebunden.

Sie blickte zu Konrad, dann zog sie die Spitze ihres langen Messers langsam schräg über die Brust des Jungen, von rechts nach links. Er zitterte und begann zu weinen, als das Blut aus der Schnittwunde rann. Sie zog eine zweite diagonale Linie von links nach rechts, und ihre roten Augen beobachteten Konrad, während sie es tat. Er sah, daß sie dem Jungen das Zeichen Khornes in die Brust ritzte und damit fortfahren würde, wenn Konrad nicht gehorchte. Er stand auf. Aber Silk vollendete das Muster mit zwei schnellen Schnitten. Der Körper des Jungen war von blutigen Rinnsalen überlaufen.

Er schwankte, als sei er im Begriff, ohnmächtig zu werden, hielt sich aber aufrecht. Er schluchzte leise. Seine Verletzungen waren nur oberflächlich. Silk hatte ihn nicht töten wollen. Noch nicht.

Nun trat sie auf Konrad zu, und ihr Messer blitzte. Er zuckte, als sie ihm für seinen Ungehorsam die Wange aufschlitzte. Ihre Klinge arbeitete weiter, und nach ein paar Sekunden war auch er nackt. Sie knurrte einen Befehl, und Konrad schritt langsam vor ihr her zum Altar. Sie versetzte dem Jungen einen Stoß, und auch er stolperte vorwärts.

Die Anbeter Khornes erwarteten sie, dunkle Gestalten, die das gepanzerte Abbild Khornes umstanden. Einer von ihnen trat ihnen entgegen.

»Ich bin erfreut, daß Sie unsere Einladung annehmen konnten«, sagte Kastring. »Ist dies Ihr Gast?«

Der Junge stand bewegungslos da, starrte benommen auf den Altar mit der Rüstung, die Schädel und frischen Köpfe zu Füßen der sitzenden Messingfigur.

»Ich werde Sie töten, Kastring«, zischte Konrad.

»Sie scheinen die Situation mißzuverstehen«, erwiderte Kastring. »Die einzige Tötung, die Sie vornehmen werden, betrifft diesen jungen Herrn. Auch glaube ich nicht, daß dies für Sie der geeignetste Zeitpunkt ist, mir zu drohen. Ich bin derjenige, der Drohungen ausspricht. Und wie ich versprochen habe, werde ich Sie töten lassen. Zu gegebener Zeit.«

Silks langes Messer durchtrennte Konrads Handfesseln, und Kastring reichte ihm einen Dolch mit dem Griff voran. Konrad nahm ihn, und sobald er die Waffe in der Hand hielt, fühlte er die Spitze von Silks Messer im Nacken. Als Kastring zurücktrat, tat sie es auch.

Konrad und der Junge blieben allein in der Mitte des Kreises zurück, der sich um den Altar versammelt hatte. Der Boden unter ihren Füßen war naß von Blut. Der Junge wandte sich vom Altar ab, sah ihn an, den Dolch, und ihm ins Auge.

»Ich wußte, daß Sie einer von ihnen sind«, sagte er still und ließ den Kopf hängen.

Konrad hätte die Beschuldigung gern zurückgewiesen und ihm gesagt, daß er ihn schnell töten wollte, während jeder der anderen ihn langsam und unter gräßlichen Qualen umbringen würde. Aber es hatte keinen Sinn. Er würde nur zur Beruhigung seines eigenen Gewissens sprechen, nicht für den Jungen.

Die Götzenanbeter begannen mit dem rauhen Singsang ihrer Bluthymnen.

»Tun Sie es!« befahl Kastring. Seine Stimme übertönte alle gotteslästerlichen Gebete.

Konrad beobachtete die schattenhafte Gestalt des Sprechers und hielt den Dolch lose in der Hand, erprobte die Balance der Waffe, wog sie für ihren Flug durch die Nacht – und in Kastrings Kehle.

Bevor er handeln konnte, wurde ihm der Dolch plötzlich aus der Hand geschlagen. Silk hatte sich lautlos auf ihn gestürzt und stieß ihn beiseite. Konrad war auf den plötzlichen Angriff nicht gefaßt, verlor das Gleichgewicht und fiel. Sofort wälzte er sich weiter, da er glaubte, sie wolle sich mit dem Messer auf ihn stürzen. Ihr Ziel aber war der junge Ostländer …

Ihre Klinge stieß von unten aufwärts tief in seinen Brustkorb, und sein Todesschrei war schrecklich, langgezogen und ohrenzerreißend. Er fiel, und Silk ging mit ihm zu Boden, schnitt tief in seinen Rumpf. Nach ein paar Sekunden sprang sie auf. Mit einer Hand hob sie das blutige Messer, mit der anderen das zuckende Herz des Jungen.

Brüllender Beifall der Götzendiener erscholl, und ehrfürchtig legte sie das blutige Organ zu Füßen der Messingfigur nieder.

Konrad hatte den Dolch nicht finden können und war aufgesprungen, als er eine dunkle Gestalt auf sich zukommen sah. Er hörte, wie ein Schwert aus seiner geölten Scheide gezogen wurde, und wußte, daß es das Schwert mit dem Schlangengriff war.

Er wich langsam zurück, blickte schnell über die Schulter, um zu sehen, ob eine weitere Bedrohung hinter ihm war. Als er einen Moment später wieder zu Kastring blickte, war eine schmale Gestalt zwischen ihnen. Es war Silk, aber sie stand ihrem Herrn gegenüber und schien ihn mit der blutigen Klinge in ihrer Hand zu bedrohen.

Kastring machte halt und sagte etwas in der unbekannten Sprache. Silk sagte nichts, aber sie ging ihm nicht aus dem Weg.

»Sie mag Sie wirklich«, sagte Kastring. Er zwang sich zu einem verächtlichen Lachen, steckte sein Schwert wieder ein und wandte sich ab.

Silk sah Konrad an, und ihre Blicke begegneten einander. Aus irgendeinem Grund hatte sie den Jungen getötet, als Konrad es nicht über sich gebracht hatte, und sie hatte ihn gegen Kastrings Zorn verteidigt. Aber sie hatte auch Kastring das Leben gerettet, indem sie Konrad den Dolch aus der Hand geschlagen hatte. Warum sie sich eingemischt und ihn vor Kastring geschützt hatte, konnte er sich nicht denken. Was immer der Grund gewesen war, es mußte Unheil für sie beide bedeuten.

Die dunklen Gestalten ringsum verschmolzen mit der tieferen Finsternis und ließen sie allein mit dem Leichnam des Jungen und den Leichen der anderen Opfer, die vor Khornes Altar lagen.

Als sie einander in die Augen sahen, wurde Konrad unvermittelt klar, daß sie einst menschlich gewesen sein mußte. Und er wußte auch, daß dies der Augenblick war, auf den er gewartet hatte. Es war die Zeit seiner Erweckung.

Er ging fort, und Silk folgte ihm. Sie war einen Schritt hinter ihm, als er die Anhöhe über dem Fluß erreichte. Er wandte sich um, als die Frau das Messer hob, und stand bewegungslos, während sie es in den Stamm des Baumes neben ihm stieß. Die Klinge schimmerte zitternd. Mannslieb war aufgegangen, eine silbrige Sichel am Horizont, und verbreitete bereits weit helleres Licht als Morrslieb mit seinem matten Schein. Der Fluß lag tief unter ihnen, und am Rand seines Gesichtsfeldes bemerkte Konrad einen weiteren Schimmer talabwärts. Er war die Spiegelung von Mondlicht auf Metall.

Und ihm wurde endlich bewußt, was er zu tun hatte.

Die Frau drängte sich an ihn und hob das Gesicht zu ihm auf. Ganz gleich, wie oder warum, er haßte sie absolut, aber in diesem Augenblick erinnerte er sich, was er gedacht hatte, als er sie und Satin erblickt hatte: daß sie die schönsten Frauen waren, die er je gesehen hatte.

Bis jetzt hatte er sich den Verlockungen ihres Körpers immer verschlossen, ungeachtet der Quälereien, mit denen sie es ihm vergolten hatte. Wegen dieses Abends schuldete er ihr diesen einen, letzten Tribut an ihre verlorene Menschlichkeit, ihre vergessene Weiblichkeit.

Ihr Körper fühlte sich warm und weich an, und das überraschte ihn. Er versuchte das Blut auf ihrer Haut zu ignorieren, die raubtierhaften Augen, die gegabelte Zunge und den Schwanz. Er sank zu Boden und ließ sie die aktive Rolle übernehmen, als schulde er ihr nach wie vor Gehorsam.

Sie war für ihre Natur am wenigsten Tier, er für die

seine am meisten. Den Gipfel der Leidenschaft begrüßte sie nicht mit dem brünstigen Grunzen eines bestialischen Mutanten, sondern mit einem sanften Stöhnen. Er war derjenige, der primitiv knurrte und schnaufte, getrieben vom tiefsten Instinkt.

Dies war, wie Leben geschaffen wurde, wie Konrad seinen unbekannten Ursprung genommen hatte, wie Silk ihre wahre Existenz begonnen hatte, bevor ihr Körper vom Chaos korrumpiert, ihr Geist gestohlen und verbogen worden war.

Konrad streckte die Hand zu ihr aus, griff an ihr vorbei, und zum ersten Mal ließ er zu, daß ihre Lippen die seinen berührten. Wieder hatte er das Gefühl von Wärme und Weichheit. Sie küßten sich, und es war der Todeskuß.

Silk seufzte, als er das Messer in ihren Rücken und tief ins Herz stieß. Ihre Blicke begegneten einander zum letzten Mal, und ihre Augen waren naß von Tränen. Sie lehnte sich zurück und lächelte und starb so leicht, als wäre sie noch ein Mensch.

Konrad fing sie auf, als sie fiel, zog die Klinge heraus und blickte hinab ins Tal, suchte nach dem matten Schimmer von Mondlicht auf Metall, den er vor ein paar Minuten beobachtet hatte.

Den matten Schimmer einer bronzenen Rüstung …

6

Das Messer in der Hand, sprang Konrad in der Dunkelheit den steilen Hang hinunter. Endlich entwich er seinen unmenschlichen Häschern, aber als wichtiger empfand er, daß er die Verfolgung des geheimnisvollen bronzenen Ritters fortsetzen konnte.

Nur aus diesem Grund hatte er es so lange in Kastrings Horde ausgehalten. Es war beinahe wie *sehen,* aber die Natur der Vision war ihm bis jetzt völlig unbewußt geblieben, weil das Ereignis so weit voraus gewesen war.

Vom gepanzerten Ritter war nichts mehr zu sehen, aber das lag an den Lichtverhältnissen. Das Licht auf dem bewaldeten Hang war bei weitem nicht so gut, wie es oben im Freien gewesen war, und die Bäume behinderten überdies seine Sicht.

Er hatte Silk getötet; sie hatte zugelassen, daß sie in dem Augenblick starb, als sie das Wesen ihrer Menschlichkeit wiedergewonnen hatte. Konrads einziges Bedauern galt dem Umstand, daß es ihm nicht gelungen war, Kastring zu töten. Obschon frei von seinem roten Schatten, hatte er sich nicht die Zeit genommen, durch die Nacht zum Lager zurückzuschleichen und am Anführer der Mordbrenner Vergeltung zu üben. Unendlich viel wichtiger war ihm, den bronzenen Ritter zu finden, den er im Tal gesehen hatte. Er mußte ihn erreichen, bevor er außer Reichweite kam.

Er glitt aus und stolperte, fiel und rappelte sich wieder auf, prallte im Dunkeln gegen Baumstämme und brach durch Unterholz. Ohne auf die Schmerzen zu achten, sprang er den steilen, bewaldeten Talhang hinab. Einmal stürzte er in seinem hektischen Abstieg gegen einen Schößling, der unter seinem Anprall splitterte, und Konrad überschlug sich, bevor er an einem starken Stamm zum Halten kam. Kaum war die Benommenheit vergangen, sprang er wieder auf und jagte weiter. Als er das nächste Mal stolperte, stand kein Baumstamm im Wege, der seinen Fall aufhalten konnte. Er überschlug sich mehrere Male, bis er nicht mehr wußte, wo oben und unten war – und stürzte über einen Felsrand.

Als er durch die Luft fiel, sah er das schäumende Wasser des in der Schlucht eingeengten Flusses unter sich, verfehlte knapp einen scharfen Felsvorsprung und klatschte ins kalte Wasser. Er sank unter die Oberfläche, bekam rasch Auftrieb und wurde von der Strömung mitgerissen. Sie trug ihn durch gischtende Stromschnellen, er schluckte Wasser und erreichte mit Mühe und Not eine ruhigere Strecke unterhalb der Stromschnellen, wo er ans Ufer schwimmen und sich mit letzter Kraft auf die felsige Böschung ziehen konnte.

Erschöpft und halb betäubt blieb er eine Weile liegen, bis er zu Atem gekommen war und seine Schnittwunden, Prellungen und Abschürfungen untersuchen konnte. Das Messer war noch in seiner Hand. Dies war eine beinahe genaue Wiederholung seiner Flucht aus dem brennenden Dorf, als er, den Kris in der Faust, schwimmend das Weite gesucht hatte. Wenigstens hatte er damals noch Kleider gehabt; jetzt war das Messer alles, was er hatte.

Wie konnte er dem bronzenen Ritter nackt gegenübertreten, nur mit einem Messer bewaffnet? Er wußte es nicht, und es kümmerte ihn nicht, wenigstens nicht im Augenblick. Zuerst mußte er den rätselhaften Reiter finden.

Vor fünf Jahren war er einer Armee von Tiermenschen entkommen; diesmal war er den Fängen eines kleineren Haufens der bestialischen Mordbrenner entgangen. Und als er dies dachte, drangen von der Höhe die Geräusche von Verfolgern zu ihm herab ...

Laute Zurufe der Suchenden, das Geheul tierischer Wut durchschnitten die Nachtstille geradeso, wie die Messer, die sie mit sich führten, in Konrads Fleisch schneiden würden, sobald sie ihn gefunden hätten.

Er sah sich um, fand die Orientierung im dunklen, unübersichtlichen Gelände. Er hatte den Schimmer des Mondlichts auf der Bronzerüstung flußabwärts zur Linken gesehen, also war dies die Richtung, die er einschlagen mußte. Er eilte am Flußufer entlang, und neben ihm rauschte das schäumende Wasser vorüber, schneller noch als er vorankommen konnte. Er übersprang dunkle Wurzeln, umging Felsblöcke und schwang sich über umgestürzte Bäume. Er hatte einen guten Vorsprung, da seine Verfolger viel vorsichtiger über den Hang absteigen würden, als er es getan hatte. Manche würden versuchen, einen anderen Zugang zum Fluß zu finden, um ihm am Talausgang den Weg abzuschneiden. Bevor er in eine Falle geriet, mußte er ihr entweichen und den Reiter finden, den er zuerst vor einem halben Jahrzehnt gesehen hatte.

Er lief durch die Nacht, und alle Müdigkeit und Erschöpfung waren von ihm gewichen, alle Sinne hellwach und angespannt. Er fühlte den harten Boden unter den Füßen, schmeckte die kalte, feuchte Luft auf der Zunge, hörte den Fluß vorbeirauschen, beobachtete das Tal weiter voraus, witterte, ob die Luft ihm den durchdringenden Geruch der Tiermenschen zutrug – und sah, *sah* ...

Sein überhöhtes Bewußtsein warnte ihn nicht vor drohender Gefahr; unmittelbar hatte er nichts zu befürchten, es sei denn, seine Voraussicht ließ ihn wieder einmal im Stich.

Dann kam er jäh zum Stillstand und sprang hinter den Stamm eines mächtigen Baumes, denn weit voraus hatte er den Schimmer von Mondlicht auf Metall gesehen. Vorsichtig spähte er hinter dem Stamm hervor. Hundert Schritte entfernt stand ein Pferd, das vollständig von bronzener Rüstung bedeckt war. Aber vom Reiter war nichts zu sehen.

Konrad stieg ein Stück den Talhang hinauf und schlug im Schutz des Waldes einen Bogen, der ihn näher an das Pferd heranführte. Er bewegte sich langsam und leise, bemüht, jedes Knacken dürrer Zweige unter den bloßen Füßen zu vermeiden, und es schien eine Ewigkeit zu dauern, bis er das Tier zwischen sich und dem Fluß hatte.

Es bestand kein Zweifel, daß es dasselbe Tier war, das er vor mehr als fünf Jahren erstmals gesehen hatte. Die kunstvoll gearbeitete Panzerung, die es vom Kopf bis zu den Hufen umgab, war schon durch ihre Seltenheit unverkennbar. Vom Pferd selbst war nichts zu sehen. Der Schädel war unter einer sorgfältig ausgearbeiteten und verzierten Roßstirn verborgen, der zwei lange, spitze Hörner entragten. Diesen entsprachen in seiner Erinnerung zwei ebenso lange und spitze Hörner am Helm des Reiters. Der Schild hing noch von der gepanzerten Flanke des Pferdes, und die lange Lanze stand aufrecht daneben, hinter den Sattel geschnallt. Sogar das Riemenzeug war mit Bronze beschlagen oder so eingefärbt, daß es der Panzerung völlig angepaßt war.

Der Reiter mußte abgesessen sein, und das bedeutete, daß er verwundbarer war. Beschwert durch die Rüstung, konnte er sich nicht schnell bewegen. Gelang es Konrad, ihn zu überraschen, könnte er ihm das lange, dünne Dolchmesser zwischen Helm und Halsberge in die Kehle stoßen.

Aber es war nicht seine Absicht, den Bronzekrieger zu töten. Er war sich nicht sicher, was er wirklich von ihm wollte. Er mußte ihm alle möglichen Fragen stellen. War er wirklich Wolfs Zwillingsbruder? Und wo war er in diesem Augenblick?

Weit konnte er nicht sein. Konrad beobachtete die Umgebung aus dem Schutz des Waldrandes, soweit er die dunkle Schlucht überblicken konnte. Es war etwas Eigenartiges an dem Pferd. Es hatte sich nicht bewegt und stand in genau derselben Haltung, einer Statue gleich, die am Flußufer aufgestellt war. Es erinnerte ihn an die Reiterstandbilder großer Feldherrn und Kaiser, die er gelegentlich gesehen hatte, nur fehlte hier der Reiter. Es erinnerte ihn ein wenig an den Khorne geweihten Altar: eine leere gepanzerte Gestalt.

Unter anderen Umständen hätte Konrad beobachtet und gewartet, bis der Ritter zurückkäme; aber jetzt war die Zeit knapp. Kastrings Häscher konnten jeden Augenblick auftauchen. Er blickte zurück den Hang hinauf und bildete sich ein, er könne den dunklen Umriß des felsigen Vorsprunges ausmachen, von dem aus er den Bronzekrieger gesehen hatte. Nach dem Winkel zu urteilen, war dies genau der Ort, von dem Mannsliebs Mondlicht reflektiert worden war. Anscheinend hatte er von dort oben nur das Pferd gesehen, nicht den Reiter.

Konnte der Mann zum Fluß gegangen sein, um zu trinken, hatte dann das Gleichgewicht verloren und war ins Wasser gefallen? Das Gewicht der Rüstung mußte ihn daran gehindert haben, an die Oberfläche zu steigen, und so war er ertrunken.

Konrad verließ seinen Standort und schlich den Hang hinab auf das Pferd zu. Und dann sah er unter einem der Bäume, die am Ufer wuchsen, die Rüstung. Der Helm und die Panzerhandschuhe, den Brustharnisch, Plattenschurz, Armkacheln, Unterarmröhren, Beintaschen, Kniekacheln, Beinröhren und Panzerschuhe mit absteckbarem Schnabel. Alles lag am Boden, dazu Schwert und Scheide an einem aus Bronzegliedern geschmiedeten Gürtel. Es schien, daß die Rüstung aufgegeben worden war, liegengelassen. Wo konnte der Ritter sein? Hatte er die schwere Rüstung abgelegt, um zu schlafen, oder vielleicht zu baden?

Konrad bewegte sich vorsichtig näher und kniete nieder, um die Bronzegegenstände zu untersuchen. Er blickte zum Pferd. Wolf hatte gesagt, daß das Reittier der Zwilling von Mittnacht sei, seinem eigenen Pferd, und Konrad wußte, daß Mittnacht dressiert war, um im Kampf mit den Hufen auszuschlagen. Aber dieses Tier blieb weiter völlig regungslos stehen.

Ein Ruf in der Ferne schreckte Konrad auf. Er erhob sich rasch und zog sich ein paar Schritte zurück. Wenn es der unbekannte Krieger war, der gerufen hatte, war er ohne seine Rüstung und seine Waffen wehrlos, und Konrad hatte nichts zu befürchten. Dann ertönte ein Antwortruf, und er begriff, daß es seine Verfolger waren. Eine Handvoll der blutgierigen Mordbrenner war ein paar hundert Schritte entfernt und kam auf ihn zu.

Sein Blick fiel auf das Schwert, und er streckte die Hand danach aus, dann hielt er inne. Während des Angriffs auf sein Dorf hatte er sich mit dem abgezogenen Fell eines Tiermenschen getarnt. Diese Rüstung würde viel mehr als eine Tarnung sein, erkannte er.

Er ließ das Messer fallen und legte die Rüstung an. Er hätte schützende, wattierte Kleidung unter der Rüstung tragen sollen, um zu vermeiden, daß das kalte Metall seine Haut wundrieb, aber es war keine Unterkleidung dabei. Die Rüstung fühlte sich indessen nicht kalt an, wie er erwartet hatte, vielleicht, weil seine Haut durch die Nachtkühle noch kälter war.

Gewöhnlich war es sehr schwierig, in eine Rüstung hineinzukommen, und Hilfe war nötig, um die Riemen, Schnallen und Schlösser miteinander zu verbinden, aber Konrad hatte es eilig, und seine Hast schien ihm die Arbeit zu erleichtern; alle Teile paßten und waren leicht miteinander zu verbinden. Der Harnisch war als Küraß gearbeitet, und die Teile für Arme und

Beine waren ähnlich in ganzen Teilen verbunden, die leicht anzulegen und festzumachen waren. Er legte den Schwertgürtel um, befestigte die Halsberge am Harnisch und zog die Panzerhandschuhe an. Wie alles andere, hatten auch sie seine Größe. Weil ihm das Bücken schwergefallen wäre, hatte er den gehörnten Helm zuvor auf einen Block gelegt. Nun nahm er ihn auf.

Während seiner Jahre im Grenzland hatte er gewöhnlich Rüstungen oder Teile davon getragen, wenn es in den Kampf ging, aber nie die vollständige Ausrüstung. Er fand sie zu schwer und zu beengend. Die Bronzerüstung schien jedoch völlig verschieden. Schon fühlte er sich wohl darin, und das zusätzliche Gewicht machte sich kaum bemerkbar.

Er hatte keine Zeit, sich Gedanken darüber zu machen, denn nicht weit von ihm ertönte ein Heulen, und als er sich umwandte, sah er zwei ungeschlachte Gestalten am Flußufer daherkommen, hundsköpfige entartete Geschöpfe aus Kastrings Haufen. Ihre Waffen glänzten im Mondlicht.

Konrad setzte den Helm auf, schob das Visier herunter und wollte das Schwert ziehen. Dann fiel sein Blick auf das Pferd. Es hatte sich nicht von der Stelle bewegt. Er bemerkte, daß das Tier neben einem geneigten Block stand, den er nutzen konnte, um in den Sattel zu steigen. Kaum war es ihm gelungen, den Block zu erklettern und sich auf den Rücken des Pferdes zu ziehen, griff ihn bereits der erste der Tiermenschen an. Sein Schwertstreich traf Konrads Arm, und die Wucht des Hiebes hinterließ eine Delle in der Bronzerüstung und stieß ihn fast aus dem Sattel. Er schob die Panzerschuhe in die Steigbügel, ergriff die Zügel, und als er dies tat, bewegte sich das Pferd plötzlich zum ersten Mal. Es bäumte sich auf, und seine Vorderhufe schlugen den Angreifer zu Boden und zerstampften das häßliche Ungeheuer.

Konrad verstand, daß dies tatsächlich das Zwillingstier von Wolfs Pferd sein mußte.

Der zweite Wilde sprang auf den gleichen Felsblock, den Konrad erklettert hatte, und warf sich von dort auf den Reiter. Konrad hatte sein neues Schwert bereits gezogen. Sein Arm und die Waffe waren eins. Sie fuhren blitzend durch die Luft, und der Hundekopf wurde von seinem menschlichen Körper abgetrennt.

Konrad fühlte eine plötzliche Wärme, beinahe so, als hätte er ein Glas estalischen Likör auf einen Zug geleert. Doch statt eines angenehmen Glühens auf der Zunge und die Kehle hinunter bis in den Magen, erfüllte diese scheinbare Wärme seinen ganzen Körper, strahlte durch sein gesamtes Wesen aus; der Ursprung der Empfindung schien sein rechter Arm zu sein, sein Schwertarm.

Er war erfreut, daß er einen Feind erschlagen hatte; das mußte die Ursache der seltsamen Empfindung sein. Er hatte wieder Feuer in den Adern gefühlt, die Erregung des Kampfes. Soviel Zeit schien vergangen, seit er zuletzt ein Schwert in der Faust gehalten, ein Pferd geritten und im Kampf gestanden hatte. Er spähte durch den Augenschlitz des Visiers, begierig, mehr Feinde zu erschlagen. Und bald entdeckte er sie.

Er hatte nur ein wenig an den Zügeln gezogen, kaum den Körper bewegt, um das Pferd anzutreiben, als es schon reagierte. Es drehte auf der Hinterhand und trabte flußauf, wo weitere Verfolger im Mondschein aufgetaucht waren.

Innerhalb von Minuten vergoß Konrad soviel Blut wie während eines Opferrituals vor dem Altar Khrones – und die Zahl der Getöteten war noch größer. Sein Schwert zischte durch die Luft, zerschlug und zerteilte und mähte die Tiermenschen nieder. Konrad fühlte sich unverwundbar. Jedes Leben, das er nahm, gab ihm neue Energie. Mit jedem Tropfen Blut, den er vergoß, fühlte er sich mehr gekräftigt und belebt.

Das Pferd schien genau zu wissen, was es zu tun hatte, und er brauchte keinen Gedanken auf seine Handhabung zu wenden. Noch brauchte er an Töten zu denken; das geschah wie von selbst.

Die Kreaturen Khornes griffen mit Keulen und Schwertern, Speeren und Hellebarden an, aber sie alle ereilte das gleiche Schicksal. Sie starben.

Die bronzene Rüstung fing jeden Schlag auf, den Konrads Schild nicht abwehrte, und keiner der Mutanten kam zu einem zweiten Schlag. Sie alle wurden von seinem Schwert durchbohrt, oder ihre Gliedmaßen wurden von der niedersausenden scharfen Klinge abgetrennt, und sie endeten ihr Leben, wie ihre unglücklichen Opfer es getan hatten, durch Verbluten.

Verfolgertrupps, die den Höhenzug längs der Schlucht abgesucht hatten und dann abgestiegen waren, kamen flußaufwärts zurück, so daß Konrad von beiden Seiten angegriffen wurde. Ungeachtet des Schicksals, das ihre Kameraden ereilt hatte, zog sich nicht einer von ihnen zurück. Sie bestürmten ihn in blindwütiger Raserei, und der Talboden um den Kampfplatz bedeckte sich mit verstümmelten Kadavern. Nicht wenige wurden von der reißenden Strömung des Gebirgsflusses zu Tal getragen.

Konrad trieb die Schwertspitze in die Stirn eines pelzigen Ungeheuers, wo es sein drittes Auge hatte. Es wand sich am Boden und schlug krampfhaft um sich, bis es mit dem Nahen des Todes erlahmte. Es war Konrads letztes Opfer.

Stille trat ein, vollkommene Stille, die vom gleichförmigen Rauschen des Flusses scheinbar noch verstärkt wurde. Es gab keine Schreie und kein Stöhnen der Verwundeten. Es gab keine Verwundeten.

Die Chaosbrut war zu Dutzenden umgekommen, aber sie stellte nur einen Bruchteil jener dar, mit denen er unfreiwillig so weit gereist war, von Kislev bis ins

Reich. Alle Toten waren zu Fuß gewesen. Keiner von ihnen hatte zur berittenen Elite gehört.

Und keiner von ihnen war Kastring gewesen.

Konrad machte sich auf die Suche nach seinem verhaßten Gegenspieler.

Kastring mußte schließlich vermutet haben, daß alle, die er ausgesandt hatte, um Konrad zu verfolgen, tot waren. Er mußte den Kampfeslärm aus dem Tal gehört haben, das Waffengeklirr und die Todesschreie. Er mochte sogar oben von der Höhe im Mondlicht etwas vom Kampfgetümmel gesehen haben.

Um die steilen Hänge zu umgehen, hatte Konrad einen weiten Umweg über den Ausgang der Schlucht machen müssen. Obwohl das Gelände auch dort schwierig war, hatte sein Reittier ihn sicher hinaufgetragen. Er erinnerte sich, daß Mittnacht, Wolfs Pferd, das einzige Tier gewesen war, das durch das weglose Felsgelände zum vergessenen Zwergentempel hatte aufsteigen können.

Als Konrad auf der Höhe anlangte, war es beinahe Tag. Morrslieb war vom Himmel verschwunden, und Mannslieb verblaßte bereits und würde von der Sonne bald fast unsichtbar gemacht. Schon wurde es im Osten hell. Die Mordbrenner hatten ihr Lager offensichtlich in großer Eile verlassen. Sie hatten sich nicht einmal die Zeit genommen, die verstümmelten und enthaupteten Leichen ihrer Opfer zu beseitigen. Der Junge, den Silk getötet hatte, hatte seinen Kopf behalten. Unter seinem Brustkorb gähnte ein klaffendes Loch, wo die geschwänzte Frau hineingegriffen und ihm das Herz herausgerissen hatte. Wie die anderen, sah auch er aus, als wäre er seit Wochen tot, nicht erst seit Stunden.

Im Dämmerlicht bemerkte Konrad, daß der Boden, wo die Wilden gelagert hatten, leblos war. Alles Gras, alle Kräuter und Sträucher waren verwelkt und verrottet. Auch die Bäume würden bald absterben und geschwärzt und vom Schwamm befallen dastehen, die Äste verlieren und verfaulen. Es war, als wären Tonnen von Salz ausgeschüttet worden, nicht das Blut unschuldiger Opfer. Nichts würde hier wieder wachsen, nicht in absehbarer Zeit. Das Chaos hatte seinen Anspruch auf einen weiteren Teil des Reiches sichtbar gemacht.

Aber warum war Kastrings wilde Horde in solcher Hast aufgebrochen? Konnte er sie wirklich so in Schrecken versetzt haben? Das war die einzige Erklärung. Freilich wußten sie nicht, daß sie vor ihrem flüchtigen Gefangenen Reißaus genommen hatten; sie hielten ihn für den bronzenen Ritter, denn dieser hatte allem Anschein nach so viele von ihnen erschlagen.

Konrad hatte niemals gegen solch eine Übermacht gekämpft. Zwar hatte er mehr Kobolde in ihrem übelriechenden unterirdischen Schlupfwinkel getötet, aber ihre Furcht vor dem Tageslicht hatte ihm geholfen, und sie waren schlecht bewaffnet gewesen. Überdies hatte der Kampf gegen Khornes unsägliche Diener viel länger angedauert. Manche seiner Gegner waren hirnlose Berserker ohne Geschicklichkeit und Kampftechnik gewesen, aber unter den Mutanten waren wenigstens ebenso viele erfahrene Krieger gewesen.

Nach den Ereignissen der Nacht hätte er erschöpft sein sollen, doch fühlte er sich frisch und völlig neu belebt. Viele Wochen lang war er ein Gefangener gewesen, hatte niemals ausreichend zu essen bekommen und war immer müde und entmutigt gewesen. Nun aber war er auf wundersame Weise vollkommen ertüchtigt, wachsam und ohne eine Spur von Müdigkeit. Er fühlte sich nicht einmal hungrig oder durstig.

Er schritt den Lagerplatz ab und untersuchte den Boden nach Radspuren. Es gab zahlreiche Hufabdrücke, die in verschiedene Richtungen führten, aber diejenige, welche die Kutsche mit Khornes Altar und

Rüstung eingeschlagen hatte, mußte auch Kastring genommen haben. Die Radspuren führten nach Westen, tiefer ins Herz des Reiches. Konrad folgte der Fährte, den Sonnenaufgang im Rücken.

Erst wenige Minuten schienen vergangen, als er in der Ferne drei berittene Gestalten ausmachte. Sie hatten angehalten und versperrten ihm zu dritt nebeneinander den Weg. Er vermutete, daß es sich um die Nachhut handelte, die hier Widerstand leistete, um der Kutsche mit ihrer geheiligten Ladung das Entkommen zu ermöglichen.

Im Näherkommen sah Konrad, daß die Reiter auf mächtigen Tieren saßen, die vielleicht einmal Pferde gewesen waren. Jetzt waren sie gehörnt und mit scharfen Krallenfüßen bewehrt, schuppig und gepanzert, und Konrad hatte den Eindruck, daß Schuppenhaut und Panzerung miteinander verschmolzen waren. Das gleiche galt für die Reiter. Sie waren in Rot und Schwarz gekleidet, und es war schwierig zu unterscheiden, wo die Felle, die sie trugen, in ihre Haut übergingen, und wo die Messingrüstungen sich in metallischen Knochen fortsetzten. Die zwei Flankenreiter trugen kunstvolle Helme, die das Symbol Khornes trugen; aber der mittlere der drei war Kastring, ernst und nachdenklich.

Fünfzig Schritte vor den drei Rittern der Finsternis machte Konrad halt. Er steckte den linken Arm durch die Bügel seines Schildes, griff mit der Rechten zum Schwert und zog es. Er hatte es nicht vom Blut gereinigt, aber die Bronze war unbefleckt und schimmerte im rötlichen Widerschein des Sonnenaufgangs.

»Wer seid Ihr?« fragte Kastring.

Zuvor hatte er seinen Namen nicht wissen wollen, und Konrad überlegte, ob er sagen solle, daß er keinen habe; dann zog er es vor, stumm zu bleiben.

»Was wollt Ihr?« fragte Kastring. »Welchem Gott dient Ihr? Warum sucht Ihr Streit mit uns?«

Als Konrad Stillschweigen wahrte, zog Kastring sein Schwert mit dem Schlangengriff. Der Reiter zu seiner Linken war mit einer langstieligen Streitaxt bewaffnet, der dritte mit einem Morgenstern, einer Stachelkugel am Ende einer Kette.

Und als Kastring zum Zeichen des Angriffs sein Schwert hochriß, waren es diese beiden, die plötzlich gegen Konrad vorstürmten.

Ehe er sein Pferd anleiten konnte, setzte es sich in Bewegung und galoppierte auf die Chaoskrieger zu. Er ritt zwischen die beiden, sein Schild wehrte die Streitaxt ab, und die Kette des Morgensterns wickelte sich um sein erhobenes Schwert. Er riß die Waffe seinem Gegner aus der Hand, und in weniger als einer Sekunde waren die drei Kämpfer aneinander vorbei. Kastring hatte sich nicht von der Stelle bewegt, und Konrad erwartete, daß er im passenden Augenblick eingreifen würde. Doch der Mann blieb, wo er war, und beobachtete den Dreikampf.

Konrads Pferd wendete, ebenso wie die Reittiere seiner Gegner. Wieder jagten sie aufeinander zu, der eine noch mit der Streitaxt bewaffnet, der andere jetzt mit einem Schwert. Diesmal verlangsamten alle drei ihr Tempo, und seine beiden Gegner nahmen ihn in die Zange, aber er suchte nicht zu entkommen. Wieder wehrte er die Streitaxt mit dem Schild ab. Sie war eine schwerere Waffe, unhandlicher als das Schwert, und ihr Träger konnte weniger oft damit zuschlagen.

Konrads Schwert parierte den Angriff des anderen Gegners, daß die Funken flogen. Wieder und wieder klirrten die Klingen aufeinander. Aber dann wich Konrad im letzten Augenblick aus, und die Waffe seines Feindes verfehlte ihn. Nun stieß Konrad zu, und die Schwertspitze bohrte sich zwischen Brustplatte und Rückenschutz in die weiche Flanke des Feindes. Die Klinge stieß ganz durch den Körper. Als Konrad sie zurückzog, sackte sein Gegner vornüber, dann fiel er aus dem Sattel.

Unterdessen hatte Konrad seine Aufmerksamkeit dem verbliebenen Angreifer zugewandt. Er parierte einen weiteren Axthieb mit dem Schild, dann ließ er die Deckung sinken. Der Mann hob die Streitaxt zum nächsten Schlag, und Konrad stieß einfach mit dem Schwert zu, so daß die Klinge unmittelbar unter dem Helm in die Kehle drang. Er sägte mit dem Schwert nach links und rechts, und der Helm fiel polternd zu Boden. Der Kopf des Kriegers war noch darin.

Dennoch blieb der Reiter aufrecht im Sattel, und einen Augenblick dachte Konrad, der Zweikampf sei noch nicht vorüber. In der Vergangenheit hatte er viele Male gegen scheinbar tote Gegner gekämpft. Dann aber entfiel die Streitaxt dem Panzerhandschuh, auf der anderen Seite löste sich der Schild vom Arm, und zuletzt schlug der kopflose Leichnam dumpf auf die Erde.

Konrad sah Kastring nach seiner Lanze greifen, deren Schaft unter der gezähnten Klinge mit verschiedenen Talismanen geschmückt war, gebleichten Knochen und Haarsträhnen. Konrad steckte das Schwert in die Scheide und machte seine Lanze los. Sie ritten im Trab aufeinander zu, dann legten die Reiter ihre Lanzen ein, und die Tiere gingen in den Galopp über. Konrad spähte über den Schildrand die Länge seiner Lanze entlang, als der Abstand zwischen ihm und seinem unversöhnlichen Feind rasch zusammenschmolz.

Es war im Nu vorüber. Konrads Bronzeschild lenkte die Lanzenspitze ab, während seine eigene Lanze Kastrings Brust durchbohrte und ihn aufspießte. Kastring wurde rückwärts aus dem Sattel gerissen, durchbohrt wie ein Schaf vom Bratspieß. Er glitt von der Lanze und fiel zu Boden. Konrad ritt zu ihm und blickte auf ihn nieder.

»Wer seid Ihr?« keuchte Kastring. Blut schäumte aus seinem Mund und floß aus der klaffenden Wunde in seiner Brust.

Sein Blick war noch immer trotzig, stolz und hochmütig. Sogar sein Tod war wie ein Sieg. Er hatte für den Kampf gelebt, und dies war die Art und Weise, wie er den Tod hatte finden wollen. Sein eigenes Blut war ein letztes Opfer für Khorne. Konrad wünschte, er hätte Kastring demütigen, ihm einen entehrenden Tod bereiten können.

Er blieb still und sah zu, wie Kastring nach seinem Schwert tastete. Seine Hand bewegte sich mit quälender Langsamkeit, und bevor seine Finger sich um den Schlangengriff schließen konnten, glitt seine Hand zurück, und er war tot.

Konrad empfand nichts von dem Triumph, den er über die Niederlage und den Tod seines Feindes hätte verspüren sollen. Als die drei Krieger seinen Waffen zum Opfer gefallen waren, hatte er eine Aufwallung von Wärme in sich gespürt, wie es auch beim Tod jedes einzelnen Mutanten der Fall gewesen war; aber das war alles.

Er hängte Schild und Lanze wieder in ihre Sattelschlaufen, dann hob er die Hand, um das Helmvisier zu öffnen. Es bewegte sich nicht; es mußte irgendwie verklemmt sein. So sehr er sich abmühte, es hochzustoßen, es ließ sich nicht bewegen. Er schlug mit dem Panzerhandschuh von unten gegen das Visier, doch auch das half nicht.

Er begriff, daß er mehr Hebelkraft einsetzen mußte. Sein Schwertgriff könnte zu diesem Zweck geeignet sein. Er umfaßte den Schwertgriff, um die Waffe aus der Scheide zu ziehen, aber nichts geschah. Er mußte sie falsch eingesteckt haben, so daß sie sich verkeilt hatte. Mit beiden Händen umfaßte er den Griff und zog, so fest er konnte, aber es war ihm nicht möglich, das Schwert zu lockern.

Abermals versuchte er sein Glück mit dem Helmvisier, aber es klemmte noch immer. Als er sich daranmachte, den Helm in der Halsberge loszuschnallen und abzunehmen, ließen die Schnallen sich nicht öffnen.

Er entschied, daß seine Bemühungen weniger schwierig sein würden, wenn er am Boden wäre. Er versuchte vom Pferd zu steigen, entdeckte aber, daß auch das unmöglich war ...

Er konnte die Beine ein wenig bewegen, aber nicht die Rüstung selbst. Sie schien ein Teil der Rüstung seines Reittieres geworden zu sein.

Mann, Pferd und Rüstung, sie waren eins. Er war der bronzene Ritter.

Er war Bronze; er war Pferd; er war Mensch.

Das Pferd trug ihn, wohin ihn sein Weg führte, und die Rüstung versorgte ihn mit aller Nahrung, der er bedurfte. Die Rüstung nährte sich vom Leben, und die Lebenskraft nährte ihn.

Es war seine Funktion, die Leben zu finden, welche notwendig waren, um seine Rüstung, sein Pferd und sich selbst zu erhalten – die Leben zu finden und sie dann zu nehmen.

Er war ein Gefangener in der Bronzerüstung, aber sie und sein Reittier brauchten ihn, um den Tod zu bringen, den sie zum Überleben benötigten. Bei solchen Gelegenheiten ließ sich das Schwert aus der Scheide ziehen, so daß es seine Funktion erfüllte.

Dennoch besaß er einen Rest Unabhängigkeit. Er mußte nicht abschlachten, um Leben zu stehlen. Doch wenn er es nicht tat, nährte die Rüstung sich von seinem eigenen Leben und nahm ihm ein weiteres Stück Menschlichkeit. Er fühlte, wie die Bronze ein Teil von ihm wurde, wie er selbst ein Teil der Bronzerüstung. Dies war auch mit dem Pferd geschehen; Tier und Rüstung waren vollständig eins.

Und dies mußte auch dem früheren Träger der Rüstung geschehen sein. Sie hatte ihn schließlich ausgesaugt, war dann auseinandergefallen, um das nächste Opfer zu erwarten, das sie anlegen würde.

Er war der bronzene Krieger.

7

Der bronzene Ritter zog weiter und tötete, wann immer er es mußte, denn dies war die einzige Art und Weise, wie er überleben konnte.

Er war jedoch ein Krieger und tötete nur im Kampf. Und in einer Welt der Kriege und Schlachten, einem Land der Armeen, Söldner und Eindringlinge herrschte niemals Knappheit an Opfern.

Viele Krieger fielen unter seinem Schwert; viele Reiter wurden von seiner Lanze getötet.

Und dann gab es all die anderen, die ihr Leben ihm opferten, diejenigen, die keiner wirklichen militärischen Streitmacht angehörten, die bestialischen Kreaturen, die in ihm nicht mehr als einen weiteren Feind sahen, der abgeschlachtet werden mußte. Statt seiner waren jedoch sie es, die erschlagen wurden.

Das Bewußtsein spielte in alledem eine untergeordnete Rolle. Was er tat, war einfach seine Bestimmung. Er war die vollkommene Tötungsmaschine.

Er sah einen Feind. Er bekämpfte den Feind. Der Feind starb. Der Ritter war unbesiegbar, unverwundbar, und jeder Sieg gewährte ihm weitere Macht, seinen Feldzug gegen das Leben – sowohl menschliches wie auch nichtmenschliches – fortzusetzen.

Die Tage vergingen, Tage und Nächte ohne Zahl, und mit ihnen blieben die Meilen zurück, die ungezählten Meilen.

Und der bronzene Ritter zog weiter.

In seinem tiefsten Inneren war er sich des Schmerzes bewußt. Er fühlte keinen wirklichen Schmerz, denn

Maschinen waren empfindungslos gegen die Leiden, die lebende Geschöpfe befielen. Aber er ertrug eine andere Art von Schmerz, was bedeutete, daß die Schale, die sein inneres Wesen gefangenhielt, entschied, es sei wieder Zeit, ein Opfer zu erschlagen.

Er mußte bald töten, oder er würde einen weiteren Teil seines Selbst an seinen Kerkermeister verlieren. Wenn es keine andere Nahrungsquelle gab, würde er das nächste Opfer ersetzen; doch würde sein eigener Tod der langsamste sein.

Er mußte Erleichterung von dieser Bürde finden. Er mußte töten.

Jenseits des schmalen Augenschlitzes seines Helmvisiers verblaßte die Dunkelheit. Ein neuer Tag brach an, die Zeit, wenn Menschen und Nichtmenschen auf der Erde umhergingen, die Zeit zum Kämpfen, die Zeit für den Tod.

Und dort, vor ihm, stand sein Opfer …

So geschah es oft. Er brauchte nicht nach einem Gegner zu suchen, weil sie ihn suchten und zum Waffengang herausforderten. Er schenkte der silbrigen Gestalt nicht mehr Beachtung als irgendeiner der anderen, kümmerte sich nicht um ihre Worte. Nach so langer Zeit waren sie alle gleich.

Ungewöhnlich an diesem Gegner war, daß er zwar eine Rüstung wie ein Ritter trug, aber zu Fuß ging. Er stand auf einer Lichtung zwischen zwei Baumreihen, das Schwert in einer Hand, einen riesigen ovalen Schild in der anderen. Auch der bronzene Ritter zog sein Schwert. Sein Pferd verfiel in einen Trab und wurde schneller und schneller, als es sich seinem neuen Gegner näherte.

Aber dann, auf halbem Weg, zögerte das Tier plötzlich und verlangsamte seinen Schritt. Das hatte es noch nie getan; offensichtlich ging etwas nicht mit rechten Dingen zu. Bald faßte sich das Pferd wieder und trabte an, obwohl seine Beinbewegungen unsicher schienen.

Der Reiter wurde auf dem Sattel herumgestoßen, als sein Pferd schwankend vorwärts trabte. Er griff fester in die Zügel und versuchte das Tier mit dem Körper und den Beinen zu lenken. Dies hatte er bisher noch nie tun müssen.

Die gepanzerte Gestalt vor ihnen stand in unveränderter Haltung. Weder hob sie das Schwert in herausfordernder Geste, noch den Schild zur Abwehr.

Reiter und Pferd kamen näher und näher, aber letzteres verlangsamte wieder, und jedes seiner Beine schien sich unabhängig von den anderen zu bewegen. Es schwenkte vom Ziel ab, bevor es sich wieder auf den Gegner konzentrierte.

Ein einziger Schlag würde genügen, um die bewegungslose Gestalt zu fällen, und der Ritter hob sein Schwert – oder versuchte es …

Sein Arm weigerte sich, dem Befehl Folge zu leisten. Er konnte die Anspannung seiner Muskeln fühlen, aber die Rüstung, die seinen Arm umschloß, wollte sich nicht mit ihm bewegen. Sie war starr geworden. Dann brach das Pferd plötzlich unter ihm zusammen, und er wurde abgeworfen.

Er landete zu Füßen des Mannes in der silbernen Rüstung, und es war ihm nicht möglich, den Helm zu drehen, so daß seine Sicht auf einen schmalen Ausschnitt beschränkt blieb, der einen Teil des Himmels und sein gefallenes Pferd in wenigen Schritten Entfernung umfaßte.

Nun erst begriff er, daß er von dem Tier freigekommen war. Zum ersten Mal war er von ihm getrennt.

Es gab sehr wenig, woran er sich erinnern konnte. Es schien, daß er und das Pferd und ihre vereinten Rüstungen sein Leben lang eins gewesen waren. Undeutlich war er sich einer vorausgegangenen Existenz bewußt, und daß er einmal ein unabhängiges Leben geführt hatte, doch gelang es ihm nicht, sich auf irgendwelche Einzelheiten zu besinnen.

Er sah verschiedene Bewegungen zwischen sich und dem bewegungslosen Pferd, ein paar kleine und breite Gestalten untersuchten ihn und das Tier. Menschen, wie er einst einer gewesen war. Nein, erkannte er, eingegeben von einer fernen Erinnerung – Zwerge. Die Geschöpfe waren Zwerge. Er konnte vier von ihnen sehen.

Er hörte ihre aufgeregten Stimmen und barsches Gelächter, als sie einander beglückwünschten. Was sie sagten, war völlig bedeutungslos, bis er plötzlich ein Wort verstand, und dann ein anderes. Sie sprachen in ihrer eigenen Mundart, darum hatte er zuerst nichts verstanden. Aber er hatte die Zwergensprache einst leidlich verstanden, erinnerte er sich unbestimmt.

»Ist es nicht genauso, wie ich voraussagte?« sagte eine andere Stimme.

Diese verstand er vollkommen. Es war eine menschliche Stimme, und sie gebrauchte die Sprache, die einst seine eigene gewesen war. Aber er konnte nicht sehen, wer redete.

»Meine Zeitgenossen weigern sich, ihre Bibliotheken zu verlassen und in die wirkliche Welt hinauszugehen. Sie geben sich damit zufrieden, daß sie wiederholen, was seit Jahrhunderten getan worden ist. Was soll daran zukunftweisend sein? Ha! Die Zukunft! Sie sind die Vergangenheit, dies ist die Zukunft. Ich bin die Zukunft!«

Der Sprecher trat langsam näher und kam in Sicht. Es war der gepanzerte Ritter.

»Helft mir, diesen lächerlichen Aufzug abzulegen«, befahl er, und zwei der Zwerge halfen ihm die silberne Rüstung abzulegen.

Wie sich zeigte, war sie viel zu groß für ihn und hatte seine Körpergröße beträchtlich erhöht. Er war nicht mehr als mittelgroß, doch wirkte er in der Gesellschaft der vier Zwerge viel größer. Sein Haar war dunkel, von silbrigen Strähnen durchzogen, und hing ihm beinahe bis zum Gürtel; sein Bart war genauso lang.

Auch die Zwerge waren bärtig und langhaarig, doch war ihre Haarfarbe rot und rotbraun statt grau und schwarz. Sie glichen zusammengedrückten Menschen. Ihre Gestalten waren untersetzt, die Gliedmaßen dick und kurz und mit Stummelfingern, die Gesichter rundlich, mit kleinen Nasen und tiefliegenden Augen. Sie trugen dicke Wollkleidung, die behängt war mit Gürteln und Schultergurten, an denen sie ihre Waffen und Werkzeuge trugen.

Ihr menschlicher Anführer blickte auf den gefallenen Ritter nieder, und dieser konnte nicht mehr tun als hilflos aufzublicken. Konrad wünschte, er könnte seine eigene Rüstung ebenso leicht ablegen. Die Bronze hielt ihn gefangen. Er war im denkbar kleinsten Gefängnis eingesperrt, das genau die Größe seines Körpers hatte, und so konnte er sich nicht einmal den Bruchteil eines Zolls bewegen.

»Nun laßt mich sehen, was hier drinnen ist«, sagte der Mann und wandte sich dem gefallenen Pferd zu.

»Ist es auch sicher, Chef?« fragte einer der Zwerge.

»Sicher? Was ist sicher? Wenn du sicher sein willst, mußt du dir eine andere Stellung suchen. Alles birgt Gefahr, und so müssen wir alles riskieren.«

»Wir sind so weit gekommen, Ustnar«, sagte einer der anderen Zwerge, »daß es jetzt kein Zurück geben kann.«

»Richtig«, stimmte ihm ein dritter Zwerg zu. »Was bedeutet uns ein bißchen Verwerfungsgestein mehr?« Er lachte und stapfte näher zum gepanzerten Pferd. Dabei zog er dicke Arbeitshandschuhe an und griff zur Brechstange, die wie ein Schwert an seiner Seite hing.

Der vierte Zwerg brachte Hammer und Meißel zum Vorschein und ging gleichfalls zu dem gefallenen Tier. Sie machten sich an die Arbeit, indem sie ihr Werkzeug zwischen die Panzerplatten der Rüstung zwängten. Auch die anderen zwei gesellten sich nun zu ihnen und bearbeiteten das Metall.

Der Ritter konnte nur zusehen, wie die Bronze langsam und stückweise vom Tier entfernt wurde. Zuerst konnte er nicht allzu deutlich sehen, weil die Zwerge seine Sicht behinderten. Aber schließlich traten sie auf die andere Seite, gaben ihm das Blickfeld frei, und er sah, was er geritten hatte.

Es war ein Skelett. Von dem Pferd war nichts übrig als seine weißen Gebeine. Dem Sonnenlicht ausgesetzt, zerfiel das Skelett in weniger als einer Minute, und die Knochen wurden zu Staub.

»Wie lange wird es dauern, bis uns das gleiche zustößt, Chef?« fragte der Zwerg namens Ustnar.

»Je eher es mit dir geschieht, desto besser!« antwortete einer der anderen Zwerge.

Ustnar hob zornig seinen Hammer, dann machte er seinen Gefühlen Luft, indem er die Überreste der Knochen mit einem Fußtritt bedachte. Sein Stiefel wirbelte eine Wolke weißen Staubes auf.

»So werden wir alle enden, denke ich«, sagte er. »Bloß habe ich es nicht besonders eilig.«

»Der Reiter wird genauso sein«, sagte der Mensch. »Schlagt die Rüstung von den Knochen, sammelt meine Sachen ein, dann können wir alles aufs Fuhrwerk laden und wegfahren.«

Einer der Zwerge kam zu ihm, kniete nieder und steckte das Ende eines Meißels zwischen Helm und Halsberge. Das war genau die Methode, einen gepanzerten Ritter zu töten, erinnerte er sich; er hatte es oft genug getan. Ein Meißel oder ein Dolch oder ein Schwert, die Wirkung würde die gleiche sein. Er würde sterben.

Wieder versuchte er sich zu bewegen, zu sprechen, ein Signal zu geben, daß er noch am Leben sei, gefangen in der Bronzerüstung. Aber was würde das ausmachen? Selbst wenn sie wüßten, daß er am Leben war, würden sie ihn töten.

Der Zwerg hob den Hammer, um den Meißel in den

Spalt zu treiben, dann hielt er inne. Er ließ den Hammer sinken und beugte sich näher zum Helmvisier. Seine Augen begegneten denen im Inneren des Helms. Er zog die Stirn in Falten und nahm den Meißel heraus.

»He, Chef, ich glaube, sie sollten sich das ansehen.«

»Was ansehen?«

»Ich glaube, der lebt noch da drinnen. Ich kann seine Augen sehen.«

Ein weiterer Kopf beugte sich zum Visier, das Gesicht des Menschen erschien. Es war genauso bärtig wie das Zwergengesicht, doch statt dessen Stupsnase hatte er eine Adlernase. Seine hellen Augen blickten in die des Gefangenen.

»Du magst recht haben«, sagte er nach ein paar Sekunden.

»Das möchte ich sehen.«

Ustnars stämmige Gestalt schob den anderen Zwerg beiseite, und er starrte in den Sehschlitz des Visiers.

»Ich kann nichts sehen.«

»Augen«, sagte der Mann. »Da sind Augen. Wenn du mich verstehen kannst, schließe deine Augen.«

Er schloß die Augen.

»Öffne sie.«

Er tat es.

»Das beweist nichts«, sagte Ustnar. »Was immer da drinnen ist, ist nicht lebendig. Es ist eine Kreatur des Chaos. Wir sollten sie vernichten.«

»Gegenwärtig kann sie kein Unheil anrichten«, sagte der Mann. »Ich frage mich, ob ich sie da herausholen kann.«

»Nein, Chef! Wir müssen auf Nummer sicher gehen. Was es auch ist, töten Sie es!«

Ustnar holte mit seinem Hammer aus, aber der Mann stieß ihn beiseite und fuhr fort, in den Sehschlitz zu spähen.

»Das ist interessant«, sagte er, mehr zu sich selbst.

»Sehr interessant. Ja, ich denke, ich werde dieses Exemplar mitnehmen.« Er lächelte befriedigt, obwohl der Ausdruck hinter seinem buschigen Bart beinahe verborgen blieb. »Welch eine Herausforderung! Hebt ihn aufs Fuhrwerk.«

»Chef!« protestierte Ustnar.

»Tut, was ich sage!«

»Wird die Rüstung ihn nicht auflösen, bevor wir nach Middenheim kommen?« fragte der Zwerg, der zuerst die gefangenen Augen gesehen hatte.

»Das meine ich nicht. Die Kreatur ist jetzt reglos und kann sich nicht bewegen. Von welcher Art auch die Umstände dieses Unglücklichen darin sind, sie werden sich nicht verschlechtern, bevor wir in die Heimat zurückkehren. Es sei denn, er stirbt vorher.«

»Wir können kein Chaosungeziefer nach Middenheim zurückbringen«, beharrte Ustnar.

»Warum nicht?«

»Äh … Man wird uns erwischen. Wir werden nie an der Wache vorbeikommen.«

»Ustnar, wir beide wissen, daß ihr Zwerge in die Stadt gehen und sie verlassen könnt, wann ihr wollt. Wenn ihr mir das Geheimnis eurer Geheimgänge nicht verraten wollt, dann könnt ihr wenigstens mein neues Exemplar in die Stadt schaffen.«

»Nächste Woche ist Karneval, Chef«, sagte der andere Zwerg.

»Was hat das damit zu tun?« sagte der Mann.

»Das Fest fällt diesmal auf den Herbst, Chef. Bis dahin sind es nur noch ein paar Tage. Tausende von Besuchern werden in die Stadt strömen. Wir können dieses Ding leicht zwischen den Menschenmengen hineinschmuggeln und sagen, die Rüstung sei ein Kostüm für die Maskerade.«

Der Mann nickte, nachdenklich zuerst, dann mit mehr Nachdruck, als er zu einer Entscheidung fand. »Holt das Fuhrwerk. Baut meine Geräte ab.« Er beugte sich näher und spähte durch den Visierschlitz. Seine Augen waren nur eine Handbreit vom Metall entfernt. »Vor einer Minute haben Sie geblinzelt, unbekannter Freund, obwohl das ohne Bedeutung gewesen sein mag. Es ist jedenfalls meine Absicht, Sie aus der Rüstung herauszuholen. Seien Sie versichert, daß dies nichts mit Nächstenliebe von meiner Seite zu tun hat. Für mein Vorhaben habe ich meine eigenen Motive. Verstehen Sie?«

Er schloß die Augen, dann öffnete er sie wieder.

Er war noch immer ein Gefangener in der Bronzerüstung; allzu viel hatte sich nicht geändert. Mehrere Tage und Nächte lag er auf einem Fuhrwerk, unfähig zu jeder Bewegung, und litt Schmerzen.

Es war nicht jenes Gefühl, das er so lange ertragen hatte, das Bewußtsein, auf subtile Weise von der Rüstung verzehrt zu werden, die ihn einhüllte. Die Bronze mochte zu leblosem Metall geworden sein, aber jetzt quälte sie ihn. Seine Haut brannte, wo immer sie mit der Rüstung in Berührung kam, also überall. Es gab keine Linderung der Qual, weil die Rüstung ihn nach wie vor völlig unbeweglich festhielt. Er konnte keinen Muskel bewegen, nicht einmal einen Schrei konnte er ausstoßen.

Es gab kein Nachlassen, nicht einmal, um zu schlafen. Er schlief nie, weil seine Schmerzen es nicht zuließen. Ebensowenig gab es irgendeine Hoffnung auf ein endgültiges Vergessen, weil seine Bezwinger entschlossen schienen, ihn am Leben zu erhalten. Er war noch immer im selben Kerker gefangen, obwohl er einen Wärter gegen einen anderen ausgetauscht hatte; das Ergebnis war unendlich viel schlimmer.

Sein Körper brannte ständig in unaufhörlicher, höllischer Pein.

Und während er in der Rüstung litt, zitterte und erschauerte er. Es war die einzige Bewegung, zu der sein Körper fähig war.

Es gab das Licht, die Dunkelheit, die Tage, die Nächte, die Zeiten, wenn das Fuhrwerk in Bewegung war, und die Zeiten, wenn es stillstand. Es gab die Stimmen des Mannes und der Zwerge. Um seine geistige Gesundheit zu bewahren, versuchte er sich darauf zu konzentrieren, was gesagt wurde, aber bald wurde er abgelenkt von der Qual, die sein ganzes Wesen erfüllte.

Nach einer Ewigkeit richteten sie ihn auf und setzten ihn vorn auf den Kutschbock, neben den Zwerg, der zuerst seine Augen bemerkt hatte. Zwei andere lachten und scherzten, als sie seine Hüften und Knie beugten, um ihn aufrecht zu setzen; einer tat es nicht.

»Das wird nicht gehen, Chef.«

»Hört nicht auf ihn«, sagte der Zwerg an seiner Seite. »Er ist nur zufrieden, wenn er sich beklagen kann. Gebt ihm einen Beutel voll Goldstücke, einen Krug Bier, ein schönes Mädchen, und Ustnar ist das ärmste Schwein diesseits des Weltrandgebirges!«

Er und zwei Zwerge fuhren auf dem Wagen, die anderen waren beritten. Während der vergangenen Äonen hatte er nur den Himmel gesehen. Nun saß er für den letzten Teil der Reise nach Middenheim aufrecht.

Vor ihnen erblickte er den ragenden Felsen, auf dem die zweitgrößte Stadt des Reiches erbaut war – und er fragte sich, wieso er wußte, daß es die zweitgrößte Stadt war, und wieso er wußte, daß es das Reich gab. Vor ewigen Zeiten hatte jemand ihm von Middenheim erzählt, erinnerte er sich, jemand, der die Stadt des weißen Wolfes besucht hatte. Wolf? Das kam ihm bekannt vor, aber was für ein Wolf ...?

Das Felsplateau ragte hoch über die umgebenden Wälder, und sogar durch die Tränen, die ständig in seinen Augen brannten, konnte er in der Ferne Gebäude ausmachen, die auf der felsigen Höhe standen und an den steilen Flanken des feindlichen Gesteins zu kleben schienen. Weit voraus führte die Straße in Windungen und Kehren hinauf zur ragenden Stadt, überspannte Schluchten auf steinernen Brücken und einem kunstvollen Viadukt.

»Wir haben das erbaut«, sagte der Zwerg neben ihm. »Das heißt, unsere Vorfahren. Meine Vorfahren. Menschen können nichts bauen, was so lange halten würde. Die Menschen denken, sie hätten diese Stadt gegründet; aber das sieht ihnen ähnlich, nicht wahr? Der Berg wurde Faustschlag genannt, obwohl wir natürlich unseren eigenen Namen für ihn hatten. Ich langweile Sie nicht, oder? Sagen Sie mir einfach, daß ich den Mund halten soll, wenn Sie nichts hören wollen.« Er wandte den Kopf und grinste, dann ging sein Grinsen in ein Stirnrunzeln über.

»Ich hoffe, Listenreich weiß, was er tut«, fuhr er mit gedämpfter Stimme fort. »Sonst werden wir alle in der Patsche sitzen. Und nicht nur wir, fürchte ich. Ich wünschte, ich hätte nichts vom Karneval gesagt, aber wahrscheinlich hätte er uns überredet, daß wir Sie auf andere Weise in die Stadt schaffen. Kennen Sie den Karneval in Middenheim? Sie müssen davon gehört haben, er ist so berühmt, daß jeder im Land davon weiß!«

»Kannst du niemals deinen Mund halten, Varsung?« sagte Ustnar. »Wenn er da drinnen nicht schon tot ist, wirst du ihn noch zu Tode reden.«

»Es ist angenehm, ein vernünftiges Gespräch mit jemandem zu führen, der sich nicht dauernd beklagt.«

Ustnar stieg vom Kutschbock auf die Ladefläche des Fuhrwerks und ging zu den berittenen Zwergen. Der Mann namens Listenreich führte die Gruppe, während Varsung die Zügel hielt und weiter auf die stille gepanzerte Gestalt an seiner Seite einredete.

Die beiden Pferde zogen das Fuhrwerk die lange, kurvenreiche Steigungsstrecke hinauf und über den Viadukt zur Stadt. Es herrschte starker Verkehr auf der

Straße. Fuhrwerke und Kutschen, Reiter und zahlreiche Fußgänger strebten der Stadt zu und kamen schließlich zum Stillstand, als sie sich dem Tor näherten. Dort prüften die Stadtsoldaten jeden, der Einlaß in die Stadt begehrte. Endlich rückte Listenreich an die Spitze der Warteschlange vor. Varsung hielt die Pferde an, und sie warteten im Schatten der hohen Stadtmauern. Zwei Wachsoldaten taten Dienst. Einer leitete den Verkehr in beiden Richtungen durch das mächtige Stadttor, der andere ließ seinen Blick müßig über das Fuhrwerk gehen, starrte die gepanzerte Gestalt an, die auf dem Kutschbock saß, und wandte sich an Listenreich.

»Woher kommen Sie?«

»Ich bin aus Middenheim, und mein Name ist Listenreich. Alle diese Burschen stehen in meinem Sold.«

Der Wachsoldat nickte. »Ich kenne Sie«, sagte er, »aber nicht den in der Ritterrüstung. Wer steckt darin? Warum verkriecht er sich?«

»Wer?« fragte Listenreich.

»Er. Der in der Rüstung.«

»Es ist niemand in der Rüstung.«

Der Wachsoldat schaute verdutzt. Er schloß einen Moment die Augen, öffnete sie wieder, schüttelte den Kopf und starrte die Bronzegestalt an.

»Ich bin schon zu lange im Dienst«, murmelte er. Er winkte die Gruppe durch, und sie fuhren in die Stadt des weißen Wolfes ein.

»Ein feines Stückchen, Chef«, bemerkte Varsung.

»Nicht der Rede wert«, sagte der Mann. »Ich hoffe, daß niemand von der Gilde sehen wird, was wir hier haben. Sehen wir zu, daß wir meinen Gast rasch außer Sicht bringen.«

»Endlich daheim«, sagte Ustnar. »Auf dem verdammten Pferd ist es nicht auszuhalten, und das Holpern und Rütteln auf dem Fuhrwerk ist noch schlimmer. Hätte nie gedacht, daß wir es schaffen würden.«

»Das denkst du nie«, versetzte Varsung. »Manchmal glaube ich, du würdest froh sein, wenn wir nicht zurückkämen.«

»Gib acht auf dein loses Maul, du kleiner ...«

»Kleiner! Das mußt du gerade sagen, Knirps.«

»Hört auf zu streiten«, befahl Listenreich. »Wir alle haben genug zu tun. Dies ist erst der Anfang.«

Das Fuhrwerk bog in eine enge Einfahrt und hielt an. Der Gefangene in der Rüstung fühlte sich zum rückwärtigen Ende des Fahrzeugs geschleift, dann wurde alles dunkel. Der Wagen setzte sich wieder in Bewegung; die eisernen Radreifen rasselten über das Kopfsteinpflaster. Nach einer Weile hörte alle Bewegung auf. Er wurde aufgehoben und vom Fuhrwerk fortgetragen. Es blieb dunkel; er blieb vollständig bedeckt, getarnt gegen neugierige Blicke.

Er hörte Stiefeltritte auf Stufen, Flüche und Wortwechsel, Türen wurden geöffnet und wieder geschlossen, Schritte hallten durch enge Gänge und Treppen, weitere Türen wurden geöffnet und geschlossen, und endlich trat wieder Stille ein. Mit der Stille kam Helligkeit, schmale Streifen, die durch das Helmvisier schienen. Er lag auf dem Rücken und starrte an die hohe schmutzige Decke.

Seine Haut brannte nach wie vor, und die Flammen, die sein ganzes Wesen einzuhüllen schienen, hatten ihn noch nicht vollständig verzehrt; und noch immer zitterte er in der erbarmungslosen Umklammerung der Rüstung. Ein Gesicht erschien über ihm, das bärtige Antlitz Listenreichs. Er spähte durch den Visierschlitz.

»Zwinkern Sie!«

Er tat es. Dies war nahezu die einzige Bewegung, die er machen konnte, das Öffnen und Schließen der Augenlider. Das und die Bewegungen des Augapfels.

»Was ist mit ihm, Chef?«

»Ich kann es nicht erkennen. Es ist zu dunkel. Gib mir eine Laterne und einen Spiegel.«

Helles Licht fiel durch den Visierschlitz, und er zwinkerte weiter, um dem Mann zu zeigen, daß er noch da war, noch am Leben, noch ein Gefangener. Er glaubte seine eigenen Augen aus dem Spiegel zurückblicken zu sehen, und das erinnerte ihn beinahe an etwas. Er versuchte die Erinnerung festzuhalten, aber sie war zu flüchtig und entschwand.

»Ja. Er ist da drinnen.«

»Sie meinen, *es* ist da drinnen.« Ustnar beugte sich über den Helm. »Und wenn wir es da herausholen, was dann? Wir werden es töten müssen. Das könnten wir genauso gut jetzt tun, Chef. Würde uns später eine Menge Verdruß ersparen.«

»Das wird eine Menge Verwerfungsgestein erfordern«, sinnierte Listenreich, ohne den Zwerg zu beachten. Sie kamen außer Sicht. »Ich werde all das Zeug brauchen, das wir mitgebracht haben.«

»Alles, Chef?«

»Keine Sorge, Ustnar«, sagte Varsung. »Wir können von unseren üblichen Lieferanten jederzeit mehr bekommen.«

Die anderen Zwerge lachten, aber Ustnar nicht.

»An die Arbeit«, befahl Listenreich. »An die Arbeit!«

Er hörte ihn und die vier Zwerge im Raum umhergehen, hörte die Geräusche von Metall, das geschärft wurde, roch die Holzkohle, als ein Feuer entfacht wurde, und lauschte, als sie mit gedämpften Stimmen sprachen, als fürchteten sie Horcher an der Wand. Er versuchte alles um sich herum wahrzunehmen, um seine Aufmerksamkeit von der immerwährenden Qual abzulenken, die ihn zerriß.

Als die Zeit langsam verstrich, wurde ihm bewußt, daß einige seiner Sinne unbeeinträchtigt waren. Er hatte bisher nicht darüber nachgedacht. Er konnte sehen und hören und riechen. Die Rüstung war nicht imstande gewesen, ihn völlig zu zerstören. Und er konnte denken.

Es wurden einige Worte in der Zwergensprache gesprochen, und er fragte sich, warum er sie verstand. Er hatte in der Vergangenheit Zwerge gekannt, besonders einen. Aber wen? Was war an Spiegeln so bedeutsam? Er hatte beinahe sein Spiegelbild in dem Glas gesehen, das über sein Helmvisier gehalten worden war.

Sich selbst?

Listenreich beugte sich über ihn. »Wie ich schon sagte, möchte ich Sie aus der Chaosrüstung befreien, in der Sie gefangen sind.«

Chaos? Ein weiteres Wort, das vertraut schien, dessen Bedeutung er jedoch nicht verstand.

»Wenn es eine Möglichkeit gäbe, Ihnen ein Schlafmittel zu verabreichen, um Ihre unvermeidlichen Qualen zu lindern, dann würde ich es tun. Aber das scheint unmöglich. Ich sollte Sie warnen, daß dieses Experiment Ihnen Schmerzen bereiten wird.« Er lächelte und richtete sich auf. »Fangen wir an.«

Ein seltsamer Geruch war ihm in die Nase gedrungen, ein Geruch, den er nicht erkannte. Er sah Schatten an der Decke, die Umrisse der Bewohner des Raumes. Er hörte scharrende Geräusche, als etwas herangezogen wurde, und die Beleuchtung schien ein wenig nachzulassen. Er war in irgendeiner Weise umschlossen, aber was es war, blieb ihm verborgen; es war jenseits der Grenzen seines beschränkten Gesichtsfeldes.

Weitere Geräusche wurden vernehmbar, und er sah eine große metallene Vorrichtung, die von der gewölbten Decke auf ihn herabgelassen wurde. Sie schien eine Art Insekt zu sein, aus Metall hergestellt, und wurde von einer Serie von Ketten und Seilen gehalten. Von ihren unteren Rändern gingen verschiedene Hebel aus, die wie metallene Krallen aussahen. Sie senkten sich bis auf wenige Handbreit über ihn herab, dann kamen sie zur Ruhe.

Die Zwerge steckten eine Reihe von Stangen in die Seite der seltsamen Vorrichtung, mit denen sie die künstlichen Krallen bewegen konnten. Die Hebel bogen sich wie Arme, die Krallen öffneten und schlossen sich wie Finger. Das Ding war wie eine Spinne, die achtbeinig in einem Netz aus Ketten hing.

Als alles zu ihrer Zufriedenheit zu funktionieren schien, rasselten Ketten, und die stählerne Spinne glitt seitwärts aus seinem Gesichtsfeld.

Listenreich erteilte den Zwergen Befehle, und nach einer Weile kehrte die Spinne zurück. In jeder Kralle hielt sie ein Werkzeug; er sah einen Hammer und eine Säge, einen Meißel und ein Messer, eine Zange und einen Bohrer, und zwei Werkzeuge, die er nicht kannte. Sie glühten, aber nicht von Hitze allein. In der Mitte jedes Werkzeugs war ein Punkt absoluter Schwärze, die alles Licht in ihrer unmittelbaren Nähe zu absorbieren schien.

Offensichtlich wollten sie ihn mit dieser Ausrüstung öffnen. Nein, nicht ihn – die Bronzerüstung.

Aber er war die Bronzerüstung …

Entsetzt sah er die Spinne auf sich herabsinken. Die metallenen Arme begannen sich zu bewegen. Jeder handhabte ein Werkzeug, das die Rüstung bearbeitete, in der er gefangen war. Sie begannen sich lärmend in sein Metall zu fressen, sein Fleisch, die Bronze abzulösen, seine Haut abzuziehen.

Zuvor hatte er geglaubt, Qualen zu erleiden, aber sie waren nichts gewesen, verglichen mit dem, was er nun ertragen mußte. Er war überwältigt von absolutem Schmerz, von der Essenz aller Qualen. Er konnte nur die Augen fest zudrücken, um nicht Zeuge seiner eigenen Vivisektion zu werden. Doch selbst mit geschlossenen Augen konnte er die grelle Glut des mechanischen Insekts nicht dämpfen, das sich in seinen Körper fraß.

Zum ersten Mal seit undenklichen Zeiten gelang es ihm, ein Geräusch hervorzubringen, einen Schrei unerträglicher Schmerzen.

Und er hörte eine ferne Stimme sagen: »Er ist tot, Chef.«

8

Er war befreit von der Rüstung. Mehr noch: er war befreit von seinem Körper … er fühlte sich emporsteigen.

Aber wer war er?

Was war er?

Er war mehr als ein Körper, denn das war der Teil seines Selbst, den er zurückgelassen hatte.

Sein Wesen schwebte fort von seiner körperlichen Gestalt. Er hatte keine Augen, aber er konnte sehen. Und was er sah, war der menschliche Körper in der Rüstung.

Er schien in Deckenhöhe zu schweben, und die stählerne Spinne hätte ihm die Sicht versperrt, doch konnte sein augenloser Blick durch die Vorrichtung sehen.

Ein paar Stücke Bronze waren fortgerissen und gaben das Fleisch darunter frei. Oder was sein Fleisch gewesen war …

Was dort unten lag, war nicht mehr als ein Leichnam, ein lebloser Leichnam. Er war noch immer fast ganz von der Rüstung bedeckt, aber er sah durch die Bronze den abgezehrten Körper darunter.

Dieser war überzogen von einem roten Netz; die Arterien unter der durchscheinenden Haut waren deutlich sichtbar.

Eine metallene Abschirmung umgab die Gestalt. Hinter der Abschirmung hatten die vier Zwerge und der Mann Schutz gesucht. Der Mann trug eine silberne Rüstung, die Zwerge Helme und gepanzerte Handschuhe.

Die Zwerge bedienten die Hebel, welche die Krallen

der Spinne steuerten, und setzten die von den Krallen gehaltenen Werkzeuge ein. Sie konnten nur mittelbar beobachten, was sie taten, indem sie in Spiegel blickten, die über die metallene Abschirmung hinausragten.

Die glühenden Werkzeuge mit den schwarzen Zentren entfernten die Bronzerüstung stückweise von der Gestalt.

Aber die Gestalt war tot. *Er* war tot. Er verspürte keine Schmerzen mehr. Er fühlte nichts, weil er keine körperlichen Sinne mehr hatte.

Statt dessen waren seine Sinne weit mehr als nur körperlich. Er war nicht darauf beschränkt, was sein menschlicher Körper wahrnehmen konnte.

Sein Körper war tot, er aber war es nicht. Er war mehr als sein Körper, viel mehr.

Sein Wesen überlebte, und das war der unendlich größere Teil von ihm. Es war der Teil, welcher existiert hatte, bevor er geboren und dann bei der Geburt gefangen worden war – gerade so, wie sein Körper von der Bronzerüstung gefangen worden war.

Nun war sein Körper frei, wenn auch zu spät: Seine Befreiung hatte schließlich die sterbliche Verkörperung getötet.

Sie hatte auch seine Seele befreit.

Er blickte auf das hinab, was so lange ein Element von ihm gewesen war, das Fleisch und die Knochen, in denen er die materielle Welt bewohnt hatte. Er hatte seinen Körper ohne Bedauern aufgegeben, so leicht wie er einst ungewollte Kleider abgelegt hatte.

Es gab keine Verbindung mehr zwischen seiner zeitweiligen menschlichen Gestalt und seiner wahren Substanz.

Er stieg höher hinauf, durchstieß mit Leichtigkeit die gewölbte Decke, den massiven Fels, durchdrang die Gebäude an der Oberfläche, ihre Dachböden und Dächer, Balken und Ziegel, und gelangte hinaus in die Luft.

Middenheim lag unter ihm, eine Stadt, die auf dem schützenden Felsplateau angelegt und tief in das anstehende Gestein hineingehauen war. Sie glich einer Spielzeugfestung. Straßen und Dörfer, Flüsse und Wälder, alles lag wie eine lebende Landkarte ausgebreitet.

Tief unter ihm waren Hunderte, Tausende winziger, sich bewegender Punkte zu erkennen. Es waren Menschen, wie er einst einer gewesen war. Und sie waren bedeutungslos. Mit dem Entweichen aus seinem Körper waren auch seine Erinnerungen freigesetzt worden. Er erinnerte sich seines Lebens dort unten. Er erinnerte sich an Wolf.

Wolf war es gewesen, der ihm zuerst von Middenheim erzählt hatte; und er erinnerte sich, daß ein Zwerg ihn den Kampf mit einer Streitaxt gelehrt hatte und daß er von diesem Zwerg einiges von der alten Zwergensprache gelernt hatte.

Auch Krysten kam ihm nun wieder in den Sinn. Ihretwegen hatte er die Armee der Eindringlinge verfolgt, welche die Bergwerkssiedlung zerstört und fast alle ihre Bewohner ausgelöscht hatte; er hatte das Mädchen gesucht.

Von seinem Aussichtspunkt hätte er mit seinen wiederhergestellten und erhöhten Sinnen ohne besondere Mühe Krysten ausfindig machen können – wenn sie noch lebte.

Aber wozu? Er hatte Erinnerungen an das Mädchen, aber sie waren nicht mehr seine Erinnerungen. Er hatte andere Erinnerungen, wahre Erinnerungen an die Geisterwelt.

Und der gehörte er jetzt an.

Endlich befreit von seinen irdischen Banden, stieg er weiter empor, schneller und schneller.

Er sah die Landschaft unter sich zurückweichen, sah die ganze Ausdehnung des Reiches tief unter sich. Er konnte sogar die trostlose Wüstung des Dorfes erkennen, wo er die längste Zeit seiner menschlichen Existenz zugebracht hatte. Aber auch sie war jetzt ohne Bedeutung.

Er sah Kislev, dessen nördliche Grenze von den unnatürlichen Mischfarben bestimmt war, wo die Chaos-Ödländer begannen.

Die Krallensee, der Große Westliche Ozean, die Südliche See, das Blau, welches auf drei Seiten das Grün und Braun der Alten Welt begrenzte, er überblickte alles und mehr, einschließlich der Länder, die auf keiner Karte erschienen oder die ungenau vermessen waren oder von Kartographen, die sich nur auf die Erzählungen von Reisenden verlassen konnten, willkürlich dargestellt worden waren.

Höher und höher, über die entferntesten Länder, über sagenhafte Kontinente, über Inseln, die nie genannt, nie entdeckt worden waren, über unbekannte Meere und Ozeane.

Sie waren nichts. Die ganze Welt, diese bescheidene Kugel, war wie ein Sandkorn, die winzigen Monde, die sie umkreisten, wie zwei Staubteilchen.

Weiter als die Sonne, die ihrerseits nicht mehr als ein Lichtfunken war.

Weiter, schneller, höher, tiefer, vorüber an weiteren unbedeutenden Lichtpunkten, weiteren Sonnen, unendlich klein, unendlich an der Zahl.

In das Herz des Universums – und dann darüber hinaus, jenseits aller Entfernung und Zeit, bis eine Milliarde von Sternen zu einem einzigen Licht verschmolzen, verblaßten und verschwanden.

Er war allein in der absoluten Leere, verloren in ewiger Einsamkeit.

Ohne irgendeinen Bezugspunkt in der alles umfassenden Dunkelheit ließ er sich für immer treiben, schwebend im endlosen spektralen Kosmos.

Aber er entdeckte, daß es kein völliges Nichts geben konnte. Jenseits von Zeit und Raum und Unendlichkeit fühlte er sich unerbittlich zu seinesgleichen gezogen, zu seinem wahren Ursprung.

Zum Ozean der Geister, dem Meer der Seelen …

Ein Lichtschein kam näher und näher, wuchs, dehnte sich aus und löste sich in eine Unzahl von Einzelsternen auf. Eine andere Galaxis, ein Universum der Toten.

Doch es waren keine Sterne, keine weißglühenden Sonnen. Es waren Geister, die wahren Wesen der Existenz. Hier wohnten sie, Wesen ohne Substanz.

Er erinnerte sich, daß er früher hier gewesen war; viele Male, ungezählte Male.

Seine Perioden der Einkerkerung in einen materiellen Körper waren bedeutungslos, verglichen mit der Dauer seines Aufenthalts in einer Dimension ohne Materie, des Fortbestehens ohne Grenzen.

Gleichwohl war dies nicht ein Ort des Friedens und der Ruhe. Friede und Stillstand waren unmöglich. Das konnte nur Chaos und absoluten Verfall bedeuten, die völlige Abwesenheit von irgend etwas – von allem.

Und es konnte kein endgültiges Vakuum geben. Jenseits des Nichts war immer noch etwas.

Wie im körperlichen Leben, wo er gefangen gewesen war, gab es hier Krieg und Feuersbrunst. Einige Geister waren leicht überwältigt und ausgelöscht, andere bildeten Bündnisse zur Bekämpfung ihrer Feinde, und indem sie dies taten, schufen sie sich neue Feinde.

Das Firmament siedete und blubberte, war in immerwährender Unruhe. Es gab Gewinner und Verlierer, als ob die Nichtexistenz eine Spiegelung der greifbaren Welt wäre, wo das Leben so viele Geister als Geiseln festhielt.

Gleich zu gleich gesellt sich gern, und so wurde er in ein größeres Ganzes mächtiger und gegnerischer Kräfte von einzigartiger Entschlossenheit hineingezogen. Jede dieser Formationen stand jeder anderen, ähnlichen feindselig gegenüber.

Er gehörte keiner der größeren Einheiten an, doch war er nicht mehr völlig unabhängig. Nur durch Einheit kam Stärke zur Bezwingung der negativen Kräfte.

Er fühlte sich zu einer der kleineren Formationen hingezogen. Als er sich der Macht näherte und die Wärme der Anziehung verspürte, eilte er dem wahren Herzen seines Verlangens entgegen.

Dann hielt er an!

Und plötzlich bewegte er sich rückwärts, wurde gegen seinen Willen fortgezogen von seinem wahren Geschick. Er kämpfte und wehrte sich, doch ohne Erfolg. Langsam zuerst, aber unerbittlich, wurde er durch die Unendlichkeit gezogen, zurück dorthin, woher er gekommen war.

Seine Geschwindigkeit nahm zu, beschleunigte sich immer mehr, und in einem Augenblick blieb die allumfassende Geistexistenz, die seine Erfüllung gewesen war, zurück.

Er wurde fortgerissen durch die öden und leeren Zwischenräume, es war Geschwindigkeit ohne Entfernung, ohne zeitliche Beschränkung, ohne Licht.

Bis es Licht gab. Die funkelnden Sterne jagten auf ihn zu, umfingen ihn, trieben ihn mit noch größerer Geschwindigkeit an.

Schließlich bemerkte er, daß er unmittelbar auf einen Stern, eine Welt zuhielt, und er verstand die schreckliche Wahrheit, die er zu meiden gesucht hatte …

Es war die Welt, wo er vor kurzem gelebt hatte.

Er war für die Dauer von Äonen fort gewesen, eine Unendlichkeit selbst in kosmischen Begriffen, eine Zeit, während der ganze Galaxien untergegangen und neu geboren worden waren.

Er erinnerte sich, erinnerte sich an alles: Sein Leben, seinen Tod und alles, was dazwischen lag.

Gefangen in der bronzenen Rüstung hatte er den Tod erlitten.

Körperliches Leben bedeutete Leiden. Von der Geburt bis zum Tode gab es nur Schmerz und Qual.

Er erinnerte sich. Es würden ihm nur wenige Jahre des Lebens beschieden sein – ein bloßer Augenblick, gemessen am wahren Maßstab –, und doch würde seine Dauer ewig scheinen.

Er erinnerte sich. Geboren und aufgewachsen in einem Dorf inmitten der Wälder, hatte er gelernt, mit dem Bogen als seiner ersten Waffe umzugehen. Dann der Überfall auf das Dorf. Er war kurz zuvor fortgegangen und so dem Tod entronnen, aber Evane war geblieben. Bei seiner Rückkehr hatten die Kobolde alles zerstört. Er fand seine erste Liebe, zumindest das meiste von ihr: Die Eindringlinge hatten den Kopf von ihrem Leichnam gestohlen.

Er erinnerte sich.

Immer schneller jagte er dahin, zurückgerissen von der unsichtbaren Rettungsleine, die er am liebsten durchtrennt hätte, aber der er nicht widerstehen konnte.

Zurück, zurück, fort von der Freiheit des Äthers, zurück in das Gefängnis des Fleisches.

Und wie alle Neugeborenen schrie er im Protest gegen die Niederlage seiner Geburt.

9

Konrad schrie.

»Ah!« sagte eine Stimme.

Er öffnete die Augen und merkte sofort, daß etwas mit seiner Sicht nicht stimmte. Er konnte sehen, aber alles schien sich ein wenig verändert zu haben, wenn er auch nicht wußte, wie. Eine Gestalt beugte sich über ihn. Es war Listenreich; er sah ihn deutlich.

»Ich war im Begriff, das Experiment als einen Erfolg zu werten, obwohl sein Gegenstand leider starb«, sagte Listenreich. »Es scheint, ich werde meine Folgerung berichtigen müssen.«

Sie waren noch immer in dem Raum, wo die Zwerge begonnen hatten, ihm die Bronzerüstung abzunehmen. Mit großer Anstrengung blickte Konrad an sich hinab. Es war, wie ihm bewußt wurde, die erste Bewegung, zu der er seit langer Zeit fähig war. Die Rüstung war fort, doch als er sich sah, stockte ihm der Atem.

Es schien kaum sein eigener Körper; er war völlig abgemagert und ausgezehrt, wenig mehr als ein von Haut überzogenes Skelett. Und war es seine Haut? Sein gesamter Körper, Rumpf wie Gliedmaßen, war so rot, daß er wie abgehäutet aussah, als wäre seine Haut mit der Rüstung abgeschält worden. Er öffnete den Mund, um zu sprechen, aber keine Worte kamen hervor; seine Lippen schienen gefroren.

»Sie haben große Schmerzen«, sagte Listenreich. »Oder Sie würden große Schmerzen haben, hätte ich Ihnen nicht eine lindernde Infusion verabreicht, als ich sah, daß Sie noch lebten. Bemühen Sie sich nicht, zu sprechen oder sich zu bewegen. Dafür bleibt noch genug Zeit. Ihr Körper muß sich erneuern, und Sie müssen wieder zu Kräften kommen. Dann werden wir sprechen.«

Konrad bemerkte, daß die Zwerge in dem abgedunkelten Raum ihre Geräte abbauten, und er hörte die Geräusche ihrer Arbeit. Über ihm hing die Spinnenvorrichtung, deren Krallen die Bronzerüstung entfernt hatten.

Ein paar Minuten konnten vergangen sein, das war alles, doch schien er eine Ewigkeit von dieser Erde fort gewesen zu sein.

Aber Zeit war relativ. Sie konnte gedehnt und zusammengepreßt werden, verzerrt und verbogen. Während seiner unendlichen Reise war ein ganzes Zeitalter hier auf der Welt der Menschen nur eine Sekunde gewesen.

Er steckte wieder in seinem Körper – obwohl er vermutete, daß dieser Körper nicht der seinige gewesen war, während er in der Rüstung gesteckt hatte. Schon erschien ihm seine metaphysische Erfahrung wie ein Traum. Dies war die Wirklichkeit; was während seiner Bewußtlosigkeit geschehen war, bedeutete nichts als die Sinnestäuschungen und Phantasien seines gequälten Verstandes, der Befreiung von den Qualen seines Körpers suchte.

Bewußtlosigkeit? Oder war er wirklich für ein paar Sekunden tot gewesen? War sein Herz stillgestanden und hatte dann wieder zu schlagen begonnen?

Er versuchte sich zu konzentrieren, in seinem Verstand zu ordnen, was er von seiner epischen, übernatürlichen Reise noch wußte. Er mußte später darüber sprechen, wenn er jemanden fand, der imstande wäre, seine Erinnerungen zu deuten.

Er war jedoch überzeugt, daß die jüngste Erinnerung nicht verblassen würde. Er hatte sich anscheinend seines früheren Lebens erinnert. Doch war sein Gedächtnis verwirrt gewesen, nicht ganz genau. Es schien, als hätte er Eltern gehabt, Eltern, die er gekannt hatte …

Er wünschte, er hätte sich mehr auf diese Erinnerung konzentriert, denn sie lag weiter zurück als jede andere, die er jemals hatte herbeirufen können. Wenn er sich wieder auf ihre Einzelheiten besinnen könnte, würde sie ihm einen wesentlichen Hinweis auf seine rätselhafte Vergangenheit geben.

Dann wurde ihm klar, daß es nicht seine eigene Vergangenheit gewesen war, die er gesehen hatte, sondern die eines anderen. In einem Alter, als Konrad längst keine Eltern mehr gehabt hatte, hatte diese andere Person Eltern. Das frühe Leben hatte viele Ähnlichkeiten mit dem, das er kannte, wie etwa die Zerstörung des Heimatdorfes. Nur schien es ein benachbartes Dorf gewesen zu sein, das niedergebrannt worden war. Auch waren Kobolde dafür verantwortlich gewesen, nicht eine Horde mutierter Tiermenschen.

Und nicht Elyssa war bei dem Angriff ums Leben gekommen, sondern jemand namens Evane.

Der Name stand klar in seinem Gedächtnis. Er hatte ihn nie zuvor gehört, wo also war sie gewesen? Warum schien sie in seiner Erinnerung so wichtig? Oder in der Erinnerung eines anderen …

»Ich werde mich um Sie kümmern«, sagte Listenreich. »Nach all den Schwierigkeiten, die ich auf mich genommen habe, wäre es ein Jammer, Sie jetzt zu verlieren.«

Er strich sich mit den Fingern durch den langen Bart und nickte befriedigt. Trotz der grauen Strähnen in seinem ungebändigten Bart und Haupthaar war er wahrscheinlich nicht älter als vierzig. Listenreich war ein Zauberer, das wußte Konrad. Nur ein Zauberer konnte ihn aus dem Gefängnis der Rüstung befreit haben. Und nur ein Zauberer konnte den bronzenen Krieger besiegt haben.

Nun war Konrad in der Domäne des Zauberers,

einem unterirdischen Schlupfwinkel, herausgehauen aus dem anstehenden Fels tief unter der Stadt Middenheim. Was wollte Listenreich mit ihm? Für seine Freiheit würde er einen Preis zahlen müssen. Der Zauberer erwartete eine Belohnung für das Erreichte. Konrad verstand, daß materielle Güter nicht die Art von Entschädigung waren, die Listenreich von ihm erwartete, zumal er wissen mußte, daß Konrad nichts besaß. Es war bekannt, daß Zauberer mehr als bloßes Geld verlangten.

Er war Kastring entkommen, nur um von der Bronzerüstung gefangen zu werden. Hatte er wieder eine Gefangenschaft gegen eine andere eingetauscht? Sicher war nur, daß er einstweilen völlig hilflos war, entweder wegen seines geschwächten Körpers oder wegen des Trankes, den Listenreich ihm verabreicht hatte.

»Als erstes«, sagte der Zauberer, »muß ich Sie aus meinem Laboratorium fortschaffen.« Er rief zwei seiner Zwerge herbei. »Bringt ihn zum letzten Raum im östlichen Korridor, und geht vorsichtig mit ihm um.«

»Wird gemacht, Chef«, sagte Varsung.

Er und der andere Zwerg hoben Konrad auf einen fahrbaren Tisch und schoben ihn zur Tür hinaus und durch lange, niedrige Gänge. Listenreich ging voraus und sperrte schließlich eine Tür am Ende des niedrigsten und engsten Ganges auf. Varsung ging hinein und zündete die Laterne an, die vom nackten Fels der kleinen Kammer hing. Konrad wurde in die Kammer gerollt und auf einen Strohsack am Boden gelegt.

»Holt Gertraud und Rita«, befahl Listenreich, und der andere Zwerg zog sich zurück. »Du kannst unterdessen Feuer machen«, sagte er zu Varsung, der sich sogleich an einem offenen Kamin zu schaffen machte.

»Es ist kalt hier«, sagte der Zauberer zu Konrad, »und Sie müssen unbedeckt bleiben. Das ist die einzige Art und Weise, wie Ihre Wunden heilen werden. Sie bedürfen ständiger Aufmerksamkeit und Pflege. Jemand wird immer bei Ihnen sein und mich rufen, wenn Sie meinen Beistand brauchen.«

Nicht lange danach betraten zwei junge Frauen den Raum. Sie waren beide schlank und blond und betrachteten Konrad, während Listenreich zu ihnen sprach. Er tat es mit gedämpfter Stimme, und Konrad hörte nicht, was gesagt wurde. Nach einem kurzen Blick zu Konrad verließ der Zauberer die Kammer. Varsung nickte Konrad zu, machte mit dem Daumen das alte Zwergenzeichen für ›viel Glück‹ und folgte Listenreich hinaus. Die Tür wurde von außen verriegelt.

Konrad mochte in seinen eigenen Körper zurückgekehrt sein, doch war er hilflos wie ein Neugeborener – und wurde so behandelt. Er konnte nichts selbständig tun, und so besorgten Gertraud und Rita alle Verrichtungen für ihn.

Die Zeit verging sehr langsam. Tief unter der Erdoberfläche hatte er keine Möglichkeit, den Gang der Stunden und Tage zu messen. Die einzige Veränderung bestand im Wechsel seiner Betreuerinnen. Er hörte, wie die schweren Riegel zurückgeschoben wurden, dann öffnete sich die Tür, und die beiden jungen Frauen tauschten die Plätze. Wenn eine von ihnen Hilfe benötigte, zog sie an einem Seil, das draußen im Gang eine Glocke läutete.

Sie fütterten ihn, säuberten ihn und gaben ihm die verschiedenen heilkräftigen Tränke. In dem Maße, wie seine Haut sich über dem rohen Fleisch erneuerte, nahmen die Schmerzen seltsamerweise zu. Es war, als ob seine Haut ein neuer Käfig wäre, wie die Bronzerüstung es gewesen war, bloß war dieser zu eng für seinen Körper.

Zuerst war er so gut wie bewegungsunfähig. Wenn Rita und Gertraud einander ablösten, verlagerten sie seine Position auf dem Strohsack. Diejenige, welche die Kammer verließ, nahm dann die Decke mit, auf der er gelegen hatte und die befleckt vom Blut seiner offenen

Stellen war. Als er allmählich zu Kräften kam und seine Knochen sich nicht mehr durch die Haut abzeichneten, vermied er sorgsam jede eigene Bewegung. Er wollte Listenreich nicht wissen lassen, wie weit seine Genesung fortgeschritten war.

In dieser Zeit hatte Konrad eine Entdeckung gemacht. Schon bald nach seinem Wiedererwachen zum Leben bemerkte er, daß etwas mit seinen Augen nicht in Ordnung war.

Aber das war unrichtig, tatsächlich traf das Gegenteil zu. Sein Sehvermögen war jetzt vollkommen. Früher waren seine Augen nie in völliger Übereinstimmung gewesen. Sein linkes Auge hatte das Talent besessen, die Zukunft zu sehen. Es konnte ihn vor Gefahr warnen; häufig sah er, was geschehen würde, einige Augenblicke bevor es wirklich geschah. Das Talent war im Laufe der Jahre nur noch gelegentlich aufgetreten und unzuverlässig geworden. So war aus einem Vorteil ein Hindernis geworden.

Jetzt schien es vollständig geschwunden zu sein, doch hatte er keinen Beweis, da die Gleichförmigkeit seines Lebens in der unterirdischen Kammer einer Erprobung im Wege stand. Dennoch war er überzeugt, daß er die Fähigkeit, Gefahr vorauszusehen, eingebüßt hatte.

Wann hatte er sie verloren? Während seiner Einkerkerung in der Rüstung war sein Sehvermögen alles gewesen, was ihm geblieben war. Vielleicht hatte er sein Talent verloren, als die Bronzerüstung entfernt worden war. Oder vielleicht war es während seiner scheinbaren Abwesenheit von seinem Körper geschehen ...

Was immer die Ursache gewesen war, Konrad begrüßte den Verlust. Seit er bemerkt hatte, daß andere nicht wie er Gefahr voraussehen konnten, war ihm unbehaglich zumute gewesen. Niemand sollte solche besonderen Fähigkeiten haben. Warum war ihm diese Gabe zuteil geworden? In mancher Hinsicht glich es einer Mutation. Und die gewöhnlichste Mutation der Welt war jene, die Tiermenschen befiel. Sie waren deformierte Ungeheuer, und ihre Wesensart widerspiegelte die unverträgliche Mischung ihrer Erbanlagen. Sein Talent, so hatte er bisweilen befürchtet, mochte die Vorstufe zu ähnlichen Veränderungen sein.

Von nun an mußte er sich allein auf seine gewöhnlichen fünf Sinne und die Fähigkeiten verlassen, die er mit den Jahren entwickelt hatte. Und sobald es möglich war, würde er sie alle einsetzen, um seine Flucht zu bewerkstelligen.

Er hatte keine Ahnung, welche Pläne der Zauberer mit ihm hatte, und er wollte nicht abwarten, bis die Verwirklichung ihn überraschte. Hin und wieder kam Listenreich ihn besuchen, und des öfteren war auch Varsung bei ihm. Sie versuchten ihn zu Reaktionen zu bewegen, doch ohne Erfolg. Konrad ließ nicht einmal erkennen, daß er der Sprache fähig war. Er lag einfach unbeweglich und stumm auf seinem Strohsack.

Er konnte nur denken. Meistens dachte er über die Vergangenheit nach, seine eigene und die ebenso geheimnisvolle Vergangenheit seiner falschen Erinnerungen …

Eine Sekunde war alles, was er brauchte. Er wußte, daß er äußerst wachsam sein mußte, denn der richtige Augenblick würde früher oder später kommen, und wenn er käme, mußte er genutzt werden. Und schließlich kam er.

Wenn Gertraud und Rita die Plätze tauschten, war die günstigste Gelegenheit zu einem Fluchtversuch, aber sie waren nie allein. Einer der Zwerge war stets dabei und bewachte die Tür.

Er hörte, wie der Riegel zurückgezogen wurde, und wunderte sich, weil Gertraud kaum eine Stunde bei ihm gewesen war. Varsung kam herein. Wenn er oder Listenreich ihn besuchte, stand einer der anderen

Zwerge immer draußen im Gang. Diesmal war der Gang leer. Es war eine nur unvollkommene Gelegenheit, aber für Konrad mußte sie ausreichen. Varsung hatte ihm den Rücken zugekehrt und sprach mit Gertraud.

Konrad fuhr von seinem Lager hoch und streckte die Hand nach dem Griff des Kurzschwertes aus, das der Zwerg am Gürtel trug. Als er es hatte, stieß er den Zwerg mit beiden Beinen beiseite, sprang zur Tür hinaus und in den Gang. Aber irgendwie gaben die Beine unter ihm nach, und er fiel zu Boden.

»Es freut mich, zu sehen, daß Sie sich bewegen können«, sagte Listenreich, der ein paar Schritte entfernt stand.

Konrad hielt noch Varsungs Kurzschwert in der Rechten, leistete aber keinen Widerstand, als der Zwerg es ihm abnahm. Er begriff, daß sie ihn hereingelegt hatten. Sie wußten, daß er nicht so schwach war, wie er vorgab. Offenbar war er jedoch viel schwächer, als er selbst gedacht hatte. Er rappelte sich auf. Ihn schwindelte.

»Was haben Sie mit mir vor?« fragte er.

»Ist das alles?« versetzte der Zauberer. »Ist das alles, was Sie zu sagen haben? Nicht *Danke für meine Rettung?* Dankbarkeit, Höflichkeit – haben Sie diese Worte jemals gehört? Gibt es so etwas, wo Sie herkommen?«

Konrad lehnte an der Wand des Ganges und nickte zögernd.

»Wie heißen Sie?« fragte Listenreich.

»Konrad.«

»Woher kommen Sie?«

»Aus einem Dorf mehrere Tagesreisen von hier, aber ich war die letzten fünf Jahre in Kislev.«

»Bringt ihn wieder hinein«, sagte Listenreich.

Varsung und Gertraud halfen Konrad zurück in die Kammer und setzten ihn auf den Strohsack. Gertraud füllte einen Becher mit Wasser.

»Habt ihr kein Bier?« sagte Konrad. »Ich habe genug vom Wasser.«

»Ich glaube, er hat sich gut erholt, Chef«, sagte Varsung grinsend.

»So scheint es.« Listenreich trat in den Raum. »Geht jetzt. Holt ihm einen Krug Bier.«

Die anderen beiden gingen. Die Tür wurde geschlossen, blieb aber unversperrt. Listenreich war ein Zauberer; er benötigte keine Riegel, um Konrad gefangenzuhalten. Er setzte sich auf den Stuhl, und sie sahen einander an. Konrad blickte weg, um nicht hypnotisiert zu werden.

»Ich danke Ihnen«, sagte er schließlich, um das Schweigen zu brechen.

Als wäre es ein Signal gewesen, kam Gertraud zurück, reichte Konrad einen vollen Bierkrug und ging wieder.

»Was ich mit Ihnen anfangen möchte?« fragte Listenreich in Beantwortung von Konrads Frage. »Nichts.«

Konrad starrte ihn an. Er war mißtrauischer denn je. Der Zauberer mußte etwas von ihm wollen. Er wischte sich die Lippen mit dem Handrücken. »Nichts?«

»Sobald Sie ganz wiederhergestellt sind, steht es Ihnen frei zu gehen.«

»Sie lassen mich gehen? Warum ist die Tür verriegelt, wenn ich frei bin?«

»Ich wollte nicht, daß Sie zu Schaden kommen, das ist alles. Was geschah, als Sie vor ein paar Minuten hinausstürzten? Sie fielen um. Sie sind noch nicht stark genug, um zu gehen. Wenn Sie es sind, können Sie tun und lassen, was Sie wollen.«

»Ich kann einfach hier hinausgehen?«

»Ja, obwohl das vielleicht keine so gute Idee wäre.«

»Warum nicht?«

»Die braven Bürger von Middenheim würden wahrscheinlich Anstoß nehmen, wenn ein nackter Mann durch die Straßen ginge. Die Stadtsoldaten würden Sie festnehmen, und ihre Gastfreundschaft ist bei weitem weniger großzügig als die meinige, das dürfen Sie mir glauben.«

»Sie könnten mir Kleider geben, oder welche leihen.«

»Das denke ich nicht. Ich habe schon genug getan, finden Sie nicht? Sie sind kein Bettler, Sie würden mich nicht um mehr bitten. Und ich bin sicher, daß Sie kein Dieb sind, also würden Sie nichts stehlen, nicht nach all den Ausgaben, die ich um Ihretwillen auf mich genommen habe.«

»Sie wünschen, daß ich Sie entschädige?«

»Keineswegs. Sie haben keine finanziellen Mittel, vermute ich.«

»Sie wollen kein Geld, aber Sie wollen etwas anderes. Was?«

Listenreich zuckte die Achseln. »Ich bin nicht sicher, noch nicht. Aber ich halte Sie für einen ehrenhaften Mann. Ich habe Ihnen einen großen Dienst erwiesen – zumindest nehme ich das an. Sie wünschten nicht, in der Bronzerüstung zu bleiben, nicht wahr?«

»Nein.«

»Wie ich sagte, ich habe Ihnen einen großen Dienst erwiesen, und ich bin sicher, daß ich einen Dienst finden werde, den Sie mir zum Dank erweisen können. Ich denke, das ist vernünftig, nicht wahr?«

Konrad nickte. Er vermutete, daß der Zauberer bereits wußte, welche Gegenleistung er wollte, aber es hatte keinen Sinn, ihn zu bedrängen, da er offensichtlich noch nicht damit herausrücken wollte.

»Wie haben Sie mich von dem Bronzepferd heruntergebracht? Und wie holten Sie mich aus der Rüstung?«

»Zwei Fragen, aber beinahe die gleiche Antwort.« Listenreich stand auf. »Ich glaube aber, daß Sie nach Ihren jüngsten Anstrengungen ausruhen sollten. Wir werden dieses Thema in naher Zukunft erörtern. Gibt es einstweilen etwas, was Sie wünschen?«

Konrad überlegte einen Moment, bevor er antwortete. »Ein Buch? Das Nichtstun langweilt mich. Ich würde gern etwas lesen.«

Der Zauberer zog eine Braue hoch, offensichtlich beeindruckt, daß Konrad lesen konnte. »Was für ein Buch? Dichtung? Wissenschaft? Geographie? Philosophie? Geschichte?«

»Geschichte.«

»Ich werde aus meiner Bibliothek etwas auswählen.« Listenreich verließ die Kammer und schloß die Tür. Sie blieb unverriegelt. Zum ersten Mal war Konrad allein.

Nach einer Weile kam Varsung herein. Er trug Kleider und drei Bücher in den Armen.

»Danke«, sagte Konrad. »Und Dank auch für …«

»Was?« Der Zwerg runzelte die Brauen.

»Für die Beobachtung, daß ich am Leben war.«

»Ach ja! Sobald ich deine Augen sah, wußte ich, daß Leben darin war.« Er rieb sich den Rücken, wo Konrad ihn getreten hatte, und machte ein Gesicht. »Beinahe wünschte ich, ich hätte es nicht bemerkt.«

Der Zwerg hatte ein großes Wagnis auf sich genommen, als er Konrad erlaubt hatte, ihm das Kurzschwert abzunehmen; er hatte nicht wissen können, ob Konrad ihn mit der Klinge niederstoßen würde oder nicht.

Varsung sah, daß Konrads Blick zu seinem Schwert ging, und grinste. Er zog die Waffe mit der rechten Hand aus der Scheide, dann stieß er sie in seine linke Handfläche. Doch sobald die Spitze seine Haut berührte, löste sich die ganze Klinge auf, zerfiel wie zerbrochenes Glas.

»Ich wünschte, Listenreich würde all meine Gegner mit Waffen ausrüsten!« lachte der Zwerg.

Wie es schien, war also kein Risiko dabei gewesen. Der Zauberer hatte das Schwert gemacht, um Konrad in die Falle zu locken. Konrad schüttelte den Kopf. Er hätte es sich denken sollen: Zwerge waren gewöhnlich mit Streitäxten bewaffnet.

»Welche Farbe haben meine Augen?« fragte Konrad.

Varsung sah ihn mißtrauisch an.

»Es ist kein Trick«, versicherte Konrad. »Ich möchte wissen, welche Farbe sie haben.«

Der Zwerg hob die Laterne hoch und trat näher. Er hielt das Licht vor Konrads Gesicht und sah ihm abwechselnd in beide Augen.

»Sie sind ... verschieden«, sagte er. »Zuerst scheinen sie gleich, grüngrau. Aber das linke ist in Wirklichkeit mehr gelb, beinahe golden.«

Konrad nickte. Seine Augen mochten jetzt beide das gleiche Sehvermögen haben, aber es schien, daß sie nicht identisch waren. Die Farben blieben verschieden.

»Ich muß gehen«, sagte Varsung. »Wenn du was brauchst, mach einfach die Tür auf und rufe.«

Konrad sah ihm nach, dann hob er die drei Bücher auf und las die geprägten Titel auf den Ledereinbänden. *Das geteilte Reich* lautete der Titel eines Buches; *Jahre der Verzweiflung: Die Vampirkaiserin* lautete das zweite, und das dritte trug den einfachen Titel *Sigmar.*

Das war der Band, den er als ersten zur Hand nahm, und er zog die Laterne näher. Eines der wenigen Bücher, die es in der Bergwerkssiedlung gegeben hatte, war ein zerlesenes Exemplar einer anderen Biographie Sigmar Heldenhammers gewesen. Konrad hatte sie mehrmals gelesen, obwohl viele Seiten fehlten.

Er schlug das Buch auf und begann zu lesen. Doch als seine Augen müßig die aufgeschlagene Seite überflogen, war eines der ersten Wörter, die er sah, ein bekannter Name.

Evane ...

Konrad las, was er nie zuvor gelesen hatte.

Er wußte, daß Sigmar vor zweieinhalbtausend Jahren als der Sohn Tafals geboren worden war, des Stammesherzogs der Unberogen. Er hatte am südlichen Rand des Großen Waldes in einem befestigten Dorf gelebt.

Was Konrad bis dahin nicht gewußt hatte, war, daß es in der Nähe ein anderes Dorf gab. Sein Häuptling war Quant, ein Lehnsmann von Tafal, und dieser hatte Sigmar im Gebrauch von Pfeil und Bogen unterwiesen. Quant hatte einen Sohn namens Errol und eine Tochter namens Evane. Die drei Kinder wuchsen als enge Freunde zusammen auf, und als die Jahre vergingen, wurde das Verhältnis zwischen Sigmar und Evane noch enger. Es war eine ausgemachte Sache, daß die beiden heiraten würden, sobald sie das erforderliche Alter erreichten. Aber dann hatten die Kobolde Quants Dorf angegriffen ...

Sigmar erreichte das Dorf als erster, da er auf der Jagd die unheilverkündende Rauchwolke gesehen hatte. Die ganze Siedlung war geplündert und zerstört, alle Bewohner abgeschlachtet. Er fand Evanes Körper, aber die häßlichen Mordbrenner hatten ihren Kopf als grausige Trophäe mitgenommen.

Diese schreckliche Episode hatte Sigmars weiteres Leben bestimmt. Ihr war es zuzuschreiben, daß er ein solch erbitterter Feind der grünen Horden geworden war und sich ihre Vernichtung zum Ziel gesetzt hatte. Ganz allein hatte er den Krieg gegen die scheußlichen Kreaturen begonnen, und mit den Jahren stellte er eine Armee aus Freiwilligen auf, die darauf eingeschworen waren, daß sie die Kobolde besiegen und aus der bekannten Welt vertreiben würden.

Konrad hatte bis zu seiner seltsamen Traumvision, als er von seiner unendlichen Reise durch das Universum zurückgekehrt war, nichts von Evane gewußt. Warum sollte er von einer Person geträumt haben, die er nicht kannte und die seit zweieinhalb Jahrtausenden tot war? Er mußte ihren Namen anderswo gehört haben, vielleicht von einem Geschichtenerzähler, der die berühmte Sage eines Nachts am Lagerfeuer im Grenzland von Kislev erzählt hatte. Es war die einzige Erklärung, und darum hatte er in seinem Traum die Legende von Sigmar mit seinem eigenen früheren Leben durcheinandergebracht. Der Angriff auf sein Heimatdorf, bei dem Elyssa erschlagen worden war, war sehr ähnlich verlaufen. In Elyssas Fall hatte er jedoch nicht einmal einen enthaupteten Leichnam gefunden.

Er dachte an Krysten, die jetzt sicherlich tot war. Im Grenzland war das Leben kurz; er hatte dort viele gute Männer und Freunde verloren. Er versuchte sich zu überzeugen, daß Krysten nichts anderes sei als seine Kameraden im Kampf, weil das ihren Verlust erträglicher machen könnte, aber er wußte, daß es nicht so war.

Er las weiter und versuchte sich in der epischen Erzählung zu verlieren. Durch das Bündnis seiner Legionen mit den Zwergen, den alten Feinden der Kobolde, hatte Sigmar diese schließlich in der Schlacht am Schwarzfeuerpaß besiegt. Dort erwarb Sigmar seinen Namen ›Heldenhammer‹, weil er so viele Feinde mit dem legendären Ghalmaraz erschlagen hatte.

In mancher Hinsicht, dachte Konrad, ähnelte sein eigenes Leben dem Sigmars. Evane und Elyssa waren beide ermordet worden, von Kobolden oder Tiermenschen. Beide waren Opfer verstärkter Feindseligkeiten dieser nichtmenschlichen Kräfte geworden. Sigmar hatte in einer Zeit gelebt, die zu den unruhigsten in der Geschichte der bekannten Welt zählte, und nun ging eine weitere Ära relativen Friedens zu Ende; zum ersten Mal seit zwei Jahrhunderten war das Reich selbst in Gefahr. Seine Grenzen waren von Kastrings verfluchten Mordbrennern bereits überschritten, und es mußte noch viele andere marodierende Haufen aus dem Chaos geben, die durch Kislev gegen das Reich zogen.

Chaos. Es war wieder eine Zeit des Chaos.

Wie Sigmar war auch Konrad ein Krieger geworden, der gegen die Horden der Zerstörung kämpfte; und wie Sigmar hatte auch er gegen die Kobolde gekämpft, als er in ihren unterirdischen Schlupfwinkel vorgedrungen war, um Wolf zu retten. Statt eines Streithammers hatte er jedoch eine Doppelaxt gebraucht, um an der grünen Horde Vergeltung zu üben.

Aber Sigmar, dachte er kläglich, war niemals unter einer befestigten Stadt eingesperrt gewesen, gefangen von einem verrückten Zauberer.

Er schloß die Augen bei der Erinnerung. Er hatte die Doppelaxt gebraucht, weil er sein Schwert weggeworfen hatte, als er den Schamanen der Kobolde, der Wolf gefoltert hatte, mit seinem letzten Pfeil getötet hatte. Für den Kampf gegen die Übermacht hatte sich die Axt als eine bessere Waffe erwiesen. Mit der schweren Doppelklinge hatte er eine breite Schneise in die andrängende Teufelsbrut geschlagen.

Doch damals hatte er geglaubt, er gebrauche einen Streithammer …

Er hatte das seither verdrängt und lieber vergessen, was er nicht erklären konnte; aber etwas von solcher Bedeutung konnte nicht leicht dem Vergessen anheimfallen. Er erinnerte sich seiner Besessenheit während des Kampfes, als ob eine unbekannte Macht sein Handeln beherrscht hätte. Wann immer er im Kampf stand, steuerten seine kämpferischen Instinkte den Körper. Oft, so schien es, war Denken überflüssig; der Kampf fand auf einer anderen Ebene statt. Wenn er sich die Zeit genommen hätte, zu überlegen, was er tun solle, die tollkühnen Risiken zu hinterfragen, die er in der Vergangenheit häufig eingegangen war, dann würde er in den meisten Fällen gezögert haben – und Zögern hätte Scheitern bedeutet. Das Glück begünstigte den Mutigen.

So war es während des Kampfes in der unterirdischen Höhle jedoch nicht gewesen. Dort hatte etwas Größeres als bloße Reaktion und Geschicklichkeit seine Kampfesweise bestimmt; ein Gefühl, daß er nicht allein gegen die Kobolde stand. Damals hatte er gedacht, seine unbekannten Vorfahren würden ihn anleiten, eine ganze geisterhafte Legion, die sich bis in die ferne Vorzeit erstreckte.

Ähnlich hatte er während seines Traumfluges durch das Sternenmeer empfunden, als er zu jener unvorstellbar hellen Lichtquelle gezogen worden war, wo er seine Bestimmung zu finden gehofft hatte.

Krysten war von Träumen immer fasziniert gewesen. Sie waren der Zugang des Menschen zur Geisterwelt, behauptete sie. Wenn die Menschen schliefen, waren ihre Seelen frei und konnten hinausschweifen; Träume waren die Abenteuer der Seele und konnten von Sehern gedeutet werden. Konrad hatte ihr nicht geglaubt und sie oft damit aufgezogen.

Jetzt war er sich nicht mehr so sicher. Er hatte noch nie etwas wie die Vision erlebt, die über ihn gekommen war, als die Bronzerüstung entfernt wurde. Im Gegensatz zu anderen Träumen hatte jene Vision keinen Zusammenhang mit irgend etwas gehabt, was ihm je widerfahren war; und anders als viele gewöhnlichere Träume hatte sie sich nicht wiederholt.

Am folgenden Morgen fragte Listenreich: »Wie sind Sie in die Bronzerüstung geraten?«

Sie waren in der Kammer, wo Konrad seine lange Genesungszeit verbracht hatte. Nun, da er sich nicht mehr verstellen mußte, ging er im Raum auf und ab. Er erklärte mit knappen Worten, was geschehen war. Er war ein Gefangener von Kastrings Mutantenhaufen gewesen und geflohen, hatte die Rüstung gefunden und angelegt, um sich gegen seine Verfolger zu wehren. Was er sagte, entsprach der Wahrheit, aber er enthüllte nicht alles.

Er sagte nicht, daß er den bronzenen Ritter zum ersten Mal schon fünf Jahre zuvor gesehen hatte, als der geheimnisvolle Krieger in sein Dorf geritten war; er sagte nicht, daß er das Bild des Ritters durch eine Linse in den alten Zwergentempel reflektiert gesehen hatte; er verschwieg auch, daß er den geheimnisvollen Reiter verfolgt hatte.

Der Zauberer nickte. »Wie Sie sagen, können Sie nicht sehr lange in der Rüstung gewesen sein, sonst wäre von Ihnen nichts als Gebeine übriggeblieben, wie es dem Pferd geschah. Und von Ihrem Vorgänger muß noch weniger geblieben sein; ich vermute, daß er vollkommen absorbiert wurde. Die Bronzerüstung nährt sich von Leben, dem Leben, das sie erschlägt oder dem Leben in ihr.«

»Aber was hat es damit auf sich?«

»Eine Schöpfung des Chaos«, sagte Listenreich einfach, als ob die Antwort auf der Hand läge. »Was sonst? Ich hatte schon früher von dieser Kreatur gehört. Seit vielen Jahren durchstreifte sie die bekannte Welt. Als gemeldet wurde, daß sie in der Nähe von Middenheim gesehen worden sei, wurden mehrere Ritter ausgesandt, um Nachforschungen anzustellen. Ich hörte, daß sie nicht zurückgekehrt waren, und dachte, der Fall sei meiner Aufmerksamkeit würdig.«

»Warum?«

Listenreich starrte mit schmalen Augen ins Leere, und es war beinahe so, als hätte er die Frage nicht verstanden. »Warum? Warum? Weil das Phänomen da war, sozusagen vor unserer Haustür!«

Als Konrad vor fünf Jahren mit Wolf über den bronzenen Ritter gesprochen hatte, hatte Wolf erklärt, der Ritter sei sein Zwillingsbruder. Aber vor wie langer Zeit war sein Zwillingsbruder der rätselhafte Ritter geworden? Hatte er als erster die Rüstung getragen? Wie viele andere waren nach ihm in der Rüstung gefangen gewesen und zugrunde gegangen?

Er glaubte, daß er eine lange Reihe von Vorgängern gehabt haben müsse. Er war lediglich der letzte gewesen. Es war sicherlich kein Zufall, daß er die Rüstung gefunden hatte. Je länger er darüber nachdachte, desto wahrscheinlicher schien es, daß sie auf ihn gewartet hatte, als ob sie füreinander gemacht wären, daß es sein Schicksal gewesen sei, der bronzene Ritter zu werden …

»Der Krieger schien unbesiegbar«, sagte Konrad. »Wie haben Sie ihn überwunden?«

Er merkte, daß er sprach, als ob der Ritter jemand oder etwas anderes gewesen wäre, daß er nichts mit ihm zu tun gehabt habe. Aber es entsprach der Wahrheit. Der Ritter war die Bronzerüstung selbst gewesen, und Konrad hatte lediglich in ihr gesteckt. Er war ein Diener, der einfach die Befehle seines Herrn ausführte.

»Die beste Methode, eine Kreatur des Chaos zu bekämpfen«, erwiderte Listenreich, »ist mit Chaos.«

Konrad wartete auf eine genauere Erklärung.

»Verwerfungsgestein«, sagte Listenreich. Er sprach das Wort aus, als wäre es ein Zauberbann. »Verwerfungsgestein«, wiederholte er und nickte bekräftigend, als wäre in diesem Wort die Antwort auf alles enthalten.

Das Wort war vertraut, aber Konrad wußte über seine Bedeutung noch weniger als von der Natur des Chaos.

»Die Wirkung des Verwerfungsgesteins führt zu Mutationen«, erklärte Listenreich. »Ohne Verwerfungsgestein würde es keine Tiermenschen geben. Die Bronzerüstung war eine Rüstung aus dem Chaos, geschmiedet mit pulverisiertem Verwerfungsgestein. Verwerfungsgestein muß mit Verwerfungsgestein bekämpft werden. Gleiches stößt sich ab, genauso wie zwei Magnetsteine einander abstoßen.«

Wieder wartete Konrad und hoffte, daß der Rest der Erklärung mehr Sinn ergeben würde. Sein Unverständnis mußte offensichtlich sein, denn Listenreich fuhr fort:

»Ich stellte mich als der nächste Herausforderer des Chaosreiters auf und zog ihn zwischen zwei Baumreihen, die dergestalt mit Verwerfungsgestein behängt waren, daß sie Resonanz erzeugten und einander verstärkten.« Er blickte zu Konrad, um zu sehen, ob er der Erklärung folgte, dann fuhr er fort: »Das so angeordnete Verwerfungsgestein hob die Wirkung des Verwerfungsgesteins in der Rüstung auf. Das war der einzige Effekt, der das Pferd aufhielt, und so brach es zusammen. Weil Sie noch nicht vollständig verschmolzen waren, wurden sie abgeworfen. Verstehen Sie?«

Konrad bejahte, und beinahe verstand er.

»Als Varsung erkannte, daß Sie noch nicht von der Rüstung verschlungen waren, entschied ich mich für den Versuch, die Rüstung von Ihnen zu entfernen. Ich will hier nicht auf technische Einzelheiten eingehen. Es genügt, wenn ich sage: Wieder arbeitete ich mit Verwerfungsgestein, und wieder hatte ich Erfolg.«

»Ich war in der Chaosrüstung gefangen«, sagte Konrad. Die Richtung, die seine Gedanken nahmen, gefiel ihm nicht. »Das bedeutet, daß ich vom Chaos befleckt worden bin!«

»Ja«, stimmte Listenreich ihm zu, »aber es war nicht bloß die Rüstung, die Sie infizierte. Es gab darüber hinaus das Verwerfungsgestein, das benötigt wurde, um Sie aus der Rüstung herauszubekommen.«

»Sie hätten mich sterben lassen sollen.«

»Sterben?« Listenreich zwinkerte verdutzt. »Wieso?«

»Weil ich vom Bösen angesteckt bin.«

Der Zauberer kratzte sich am Kopf. »Was ist dieses Böse?« Er betonte das Wort, als wäre es fremd und er wüßte nicht, wie er es betonen solle.

»Die Horden aus den Ödländern des Nordens, die Mutanten, die Tiermenschen, Chaos! Das ist das Böse.« Konrad stieß das Wort hervor, als wäre es giftig – und das war es, ein Gift, das durch seine Adern strömte, seinen ganzen Körper verdarb.

Er kannte das Böse. Fünf Jahre hatte er es bekämpft, das Bergwerk verteidigt und versucht, die Mächte der Finsternis an den Grenzen von Kislev aufzuhalten.

»Das Chaos und das Böse sind nicht das gleiche, glauben Sie mir«, sagte Listenreich. »Das Böse ist eine Schöpfung von Menschen und Nichtmenschen. Das Chaos ist einfach. Es existiert, es ist weder gut noch böse. Nur die Art und Weise, wie wir von ihm beeinflußt werden, führt zu unserer Einschätzung, es entweder als ›gut‹ oder ›böse‹ zu bezeichnen.«

Konrad sagte nichts. Er hatte sein Hin und Her eingestellt und überlegte, was mit ihm geschehen war.

»Ist Wasser gut oder böse?« fragte Listenreich. »Es ist keines von beiden, es ist einfach da. Wenn wir Wasser trinken, um unseren Durst zu löschen, werden wir sagen, daß es gut ist. Wenn jemand darin ertrinkt, könnten wir sagen, daß es böse ist – es sei denn, der Ertrunkene ist unser Feind gewesen. Aber die Wörter ›gut‹ und ›böse‹ haben keine absolute Bedeutung. Ein Feuer ist gut, wenn es uns im Winter wärmt, aber schlecht, wenn es unsere Häuser niederbrennt. Feuer ist nicht gut, Feuer ist nicht böse. Es ist keines von beiden – oder es ist beides zugleich.«

Konrad starrte auf seine Hände, hielt Ausschau nach Anzeichen von Haarwuchs auf den Handflächen, von Fingernägeln, die sich verdickten und zu Krallen krümmten. Listenreich konnte ihn mit klugen Worten nicht täuschen. Er war vom Chaos infiziert, und sein Körper mußte angefangen haben, sich zu verändern, obwohl noch keine Spuren von Mutation zu sehen waren. Doch so angestrengt er sich untersuchte, er fand nur neue Haut, die alte Wunden bedeckte.

»Seit Jahren arbeite ich mit Verwerfungsgestein«, sagte Listenreich. »Sobald es gereinigt und verfeinert ist, darf man es getrost als harmlos bezeichnen. Es sei denn, man würde es schlucken.« Er lachte. »Und selbst dann ist die Gefahr einer Mutation sehr gering. Wenn ich genug Proben von Versuchspersonen habe, möchte ich genau feststellen, wie gering. Ich denke dabei an eine bestimmte Gruppe.« Er nickte schlau. »Ja, in pulverisiertem Zustand ist es harmlos. Zugegeben, gelegentlich ergibt sich die Notwendigkeit, daß ich etwas vom Rohmaterial verwenden muß, doch treffe ich stets die erforderlichen Vorsichtsmaßnahmen. Ich bin so sehr Mensch, wie Sie es sind, Konrad.«

»Sie sind ein Zauberer.«

»Auch Zauberer sind Menschen, doch ziehe ich es vor, mich als einen Mann der Wissenschaft zu betrachten.« Listenreich stand auf. »Lassen Sie uns in mein Laboratorium gehen.« Er schritt zur Tür und winkte Konrad, ihm zu folgen.

Sie durchwanderten eine Anzahl schmaler Gänge, alle aus dem anstehenden Gestein gehauen, bis sie in den Bereich kamen, wo Konrad von der Rüstung befreit worden war. Einige Frauen standen in der Mitte des Raumes und lösten verschiedene Pulver in zahlreichen Behältern mit Flüssigkeiten auf, dann füllten sie diese in Glasflaschen verschiedener Größen ab. Zwei Zwerge arbeiteten in einem Winkel mit kleinen Metallstücken. Einer von ihnen war Ustnar. Er blickte mehrere Sekunden zu Konrad hinüber, bevor er sich wieder seiner Arbeit zuwandte.

»Soweit es mich betrifft«, sagte Listenreich, »ist der Name ›Zauberer‹ in Verruf geraten, besonders in Middenheim. Seit die Kunst legalisiert wurde, ist sie immer mehr reglementiert worden und dadurch in Rückstand geraten. Es gibt heutzutage keine Fortschritte in der Magie. Dafür sorgen die Gilden. Niemandem ist es erlaubt, etwas Neues zu versuchen. Es gibt so viele Regeln und Bestimmungen, daß man seines Lebens nicht mehr froh wird. Unsere Vorgänger erreichten viel mehr, als sie im geheimen wirken mußten.« Er sah sich in der Höhle um. »Wie ich es tue.«

Auch Konrad blickte sich um und betrachtete die von der Decke hängende Vorrichtung, deren Stahlkrallen die Bronzerüstung von seinem Körper entfernt hatten und die er sich als eine Spinne vorgestellt hatte. Listenreich sprach weiter, obwohl die Aufmerksamkeit seines Zuhörers abgelenkt war. Konrad nahm die Türen in Augenschein und suchte nach möglichen Waffen. Er ließ sich von den Worten des Zauberers nicht hypnotisieren. Noch immer hatte er die Absicht, sobald wie möglich zu entkommen.

»Der einzige Grund, aus dem Magie legalisiert wurde«, fuhr Listenreich fort, »war ihre militärische Anwendbarkeit. Aber mit der Zauberei hat es weit mehr auf sich als die Entwicklung neuer Waffen und neuer Verteidigungsmethoden. Versucht man jedoch, Mittel für reine Forschungsvorhaben zu bekommen, so zeigt sich, daß es unmöglich ist. Auf diesem Gebiet aber werden die größten Fortschritte gemacht. Ich mußte all meine Experimente selbst finanzieren, wissen Sie. Und ich muß mich im Untergrund der Stadt verbergen und hoffen, daß die Kollegen aus meinem Gewerbe nicht merken, was ich tue. Ich muß hier sein, weil ich Zugang zur Bibliothek der Gilde und den verschiedenen technischen und wissenschaftlichen Kenntnissen brauche, die ich von der Universität erhalten kann. Verstehen Sie?«

»Ah, ja.«

Konrad wußte sehr wenig von Magie, und er war immer sehr mißtrauisch gegen solch unnatürliche Kräfte gewesen. An der Grenze wollte Wolf keine Kriegszauberer beschäftigen, aber er war sehr altmodisch und glaubte nicht an irgendwelche Neuerungen, wie etwa Schießpulver. »Traue niemals einem Zauberer«, hatte er oft gesagt. »Sie legen dich herein, sie betrügen dich, und du merkst es nicht einmal. Erst viel später.«

Konrad hatte allerdings gute Gründe, der Zauberei dankbar zu sein. Sein Arm war durch Elfenmagie gerettet worden, und es schien, daß der Zauber fortgewirkt und ihn gegen Kastrings Schlangenschwert geschützt hatte. Mochte Listenreich noch so viel von Verwerfungsgestein reden, Konrad wußte, daß es Magie war, die ihn aus der Rüstung befreit hatte. Das war etwas, worüber er mehr lernen sollte, wenn auch vielleicht nicht jetzt.

»Sie sind immer ein Zauberer gewesen?« fragte er, um Listenreich bei Laune zu halten.

»Selbstverständlich. Es ist meine Berufung. Alle meine Vorfahren sind Zauberer gewesen. Gerüchtweise verlautet, daß einige von ihnen Scharlatane waren, aber diese erwähnen wir nie. Ich bin im Grunde ein Naturforscher mit einer starken Neigung zur Alchimie, aber ich versuche mich auf allen Gebieten. Warum sollte man sie trennen? Ein Meisterkoch kann viele Mahlzeiten zubereiten, er braucht sich nicht auf ein Gericht zu beschränken.« Er schüttelte bekümmert den Kopf. »Ich verzweifle an der Zukunft. Die Akademien scheinen sich damit zufriedenzugeben, schlaue und geschäftstüchtige junge Magier auszubilden, die kein Interesse an den alten Künsten haben. Ihnen liegt nur an dem Geld, das sie machen können, an kostspieligen Häusern und eleganten Kutschen – und an kostspieligen und eleganten Frauen.«

»Was ist aus der Bronzerüstung geworden?«

»Wie? Ach, sie wurde eingeschmolzen. Ich mußte das Verwerfungsgestein extrahieren. Es war viel davon erforderlich, um den bronzenen Ritter aufzuhalten, und noch einmal so viel, um Sie aus der Rüstung zu befreien. Rohes Verwerfungsgestein ebenso wie pulverisiertes Zeug. Meine Vorräte bedürfen der Ergänzung, was nicht einfach ist, weil es verboten ist, Verwerfungsgestein zu besitzen.«

»Was ist Verwerfungsgestein?« fragte Konrad, der inzwischen alles gesehen hatte, was er sehen mußte.

»Darüber wird viel gestritten. Es ist eine Substanz, die nicht von dieser Welt ist, so wird allgemein angenommen. Manche sagen, Morrslieb sei aus Verwerfungsgestein, aber wie kann es einen Beweis geben? Niemand ist dort gewesen, um es festzustellen. Oder wenn jemand dort war, ist er nicht zurückgekehrt, um davon zu berichten ...«

Konrad blickte zu Listenreich und sah ihn lächeln.

»Es gibt jedoch leichter zugängliche Quellen. Verwerfungsgestein kommt in größeren Mengen beispielsweise in den Chaos-Ödländern des Nordens vor. Wie ich schon sagte, geht die gegenwärtig vorherrschende Theorie davon aus, daß das Verwerfungsgestein die Ödländer sogar geschaffen hat und für alle Mutationen verantwortlich ist, die dort entstanden sind. Es ist ein faszinierender Stoff, und ich habe erst damit begonnen, seine Verwendungsmöglichkeiten zu erforschen. Natürlich wird es wegen seines Potentials als gefährlich und darum illegal betrachtet. Aber was soll's? Auch Magie war illegal; heute ist sie legal. Verwerfungsgestein ist illegal; eines Tages wird es legal sein. Gegenwärtig kann es nicht eingesetzt werden, es sei denn in kaiserlichen Diensten, was immer das bedeutet. Gesetze werden nur gemacht, um den Gesetzgebern zu nützen. Wenn es ein Gesetz gibt, das etwas verhindert, frage ich mich immer, wer dieses Gesetz gemacht hat. Man darf Gesetz und Gerechtigkeit nicht durcheinanderbringen, sie haben nichts miteinander zu tun ... Sie haben vom göttlichen Ursprung der Gesetze und den Göttern des Gesetzes gehört?« fragte der Zauberer. »Theologen glauben, daß auch sie die Schöpfung des Chaos sind. Und soweit es mich betrifft, werden Gesetz und Chaos beide zum gleichen Zweck gebraucht: Um Unwissenheit und Verzweiflung zu züchten und die Kräfte brutaler Stärke über Vernunft und Aufklärung zu setzen. Gesetze werden von unseren Herrschern auferlegt, um ihre Macht zu erhalten. Darum versuche ich alle Regeln der Magierkollegen zu mißachten.«

Während er sprach, ging der Zauberer langsam in der Höhle umher und nahm alles in Augenschein, was dort geschah. Nun blieb er stehen und wandte sich zu Konrad.

»Es kostete mich eine ganze Menge Verwerfungsgestein, Sie zu befreien«, sagte er.

»Das sagten Sie bereits.«

»Ich brauche mehr, um meine Forschungen fortzuführen.«

Konrad wußte, was als nächstes kam. »Ich möchte, daß Sie mir mehr Verwerfungsgestein besorgen«, sagte Listenreich.

»Wo bekomme ich es?«

»Sie mögen von ihnen gehört haben. Sie werden Skaven genannt ...«

10

Konrad hatte in der Tat von den Skaven gehört. Drei dieser Rattenmenschen hatten ihn an dem Tag, als sein Heimatdorf von den wilden Horden angegriffen worden war, an der Flucht gehindert und ihn gezwungen, zurückzukehren und am Sturm auf das Dorf teilzunehmen. So war er wider Willen Zeuge der unsäglichen Greueltaten geworden, die von der Armee der Tiermenschen und ihren Verbündeten verübt worden waren. Möglicherweise erklärte dies, daß er Skaven immer sehr viel mehr gehaßt hatte als alle anderen Geschöpfe des Chaos. Oder vielleicht war es so, weil sie bei aller Verschiedenheit den Menschen so ähnlich waren. Während seiner Dienstzeit als Söldner im Grenzland Kislevs war er wenigen von ihnen begegnet, und sie hatten sterben müssen.

Listenreich und seine Motive erschienen Konrad noch immer zweifelhaft. Es war jedenfalls die beste Politik, allen zu mißtrauen, und Konrad erinnerte sich wieder Wolfs Warnungen vor Zauberern. Wenn Listenreich für seine Hilfe eine Gegenleistung erwartete und Konrad die Möglichkeit erhielt, diese Schuld abzutragen, dann würde er sich mit der Regelung zufriedengeben, aber er wollte dem Magier nicht für immer verpflichtet sein. Lebenslange Knechtschaft war ein zu hoher Preis für die Rettung seines Lebens.

Die Zwerge und Menschen, die für Listenreich arbeiteten, schienen jedoch nicht in sklavischer Abhängigkeit zu leben. Die Zwerge waren kaum Diener zu nennen, weil sie oft wie Gleichgestellte mit dem Zauberer stritten, obwohl sie ihn ›Chef‹ nannten und ihn der

Höflichkeitsanrede würdigten. Konrad konnte nie feststellen, wie viele Leute Listenreich in seinen Diensten hatte, aber es waren wenigstens sechs Zwerge. Die unterirdischen Räume wurden von einem Dutzend Männern bewacht, es gab auch mehrere Frauen, die verschiedene Aufgaben zu erfüllen hatten, und alle wurden versorgt von einem Koch, der ein Halbling war.

Der Zauberer hatte eine ansehnliche Organisation aufgebaut und mußte sie irgendwie finanzieren. Konrad argwöhnte, daß dies durch den Handel mit Verwerfungsgestein geschah. Wenn es illegal war, konnten damit zweifellos hohe Gewinne erzielt werden. Listenreich hatte zwar erklärt, er brauche das Gestein für die Forschung, aber Konrad verstand, daß viel mehr dahinterstecken mußte.

Es unterlag keinem Zweifel, daß Listenreich ihm das Leben gerettet hatte, und Konrad war nicht der Mann, der seine Gläubiger betrog. Dieses eine Mal würde er tun, was der Zauberer verlangte. Ein zusätzlicher Anreiz lag darin, daß seine Feinde Skaven waren und sich ihm eine Gelegenheit bot, eine Anzahl der widerwärtigen Rattenwesen zu erschlagen.

Varsung übergab Konrad einen Gurt mit Schwert und Scheide. »Hier. Keine Sorge, es ist nicht wie das, welches du mir letzte Woche abgenommen hast.«

War es erst eine Woche her? Trotz der regelmäßigen Zeiten des Wachens und Schlafens konnte er sich nicht daran gewöhnen, die Tage zu messen, ohne die Sonne auf- und untergehen zu sehen. Bisher hatte man ihn noch nicht an die Oberfläche gelassen, wahrscheinlich, weil Listenreich dachte, er würde die Gelegenheit wahrnehmen, um das Weite zu suchen. Obwohl er nicht mehr eingesperrt war, blieb Konrad ein Gefangener. Es gelang ihm nicht, die Anlage von Listenreichs unterirdischer Behausung auszukundschaften. Es gab so viele verschiedene Ebenen und Gänge und überall massive, verschlossene Türen, daß es fast unmöglich war, einen Überblick zu gewinnen. Aber inzwischen hatte Konrad beschlossen, nicht fortzugehen, solange er seine Schuld nicht beglichen hätte.

Jeden Tag untersuchte er seinen Körper nach Hinweisen, daß eine Veränderung eingesetzt hätte, nach Hautverdickungen, die sich vielleicht zu Hornschuppen entwickelten, nach Veränderungen seiner Füße, die eine Umwandlung in Krallen oder Hufe einleiteten, nach Spuren von Behaarung, die sich zu einem Fell verdichteten, nach dem Wachstum von Schwimmhäuten zwischen den Fingern. Aber er fand nichts.

Er wußte, daß die Berührung von Waffen, die einem Mutanten gehört hatten, nicht zwangsläufig zu einer Mutation führte. Gleichwohl war es immer angezeigt, auch ein geringes Risiko zu vermeiden; dies war auch der Grund, daß solche Waffen niemals als Trophäen mitgenommen wurden. Er aber war ungezählte Tage und Wochen in der Bronzerüstung gewesen und beinahe ein Teil von ihr geworden …

Und wenn Verwerfungsgestein so harmlos war wie Listenreich behauptete, warum hatte er seine silberne Schutzrüstung getragen, während Konrad von der Bronze befreit worden war? Warum hatten die Zwerge Panzerhandschuhe getragen und hinter einer Schutzwand Deckung gesucht, während sie den Verlauf der Prozedur in Spiegeln beobachtet hatten?

Was Listenreich über das Chaos gesagt hatte, war Konrad zwar verständlich gewesen, doch war er unschlüssig, ob er etwas davon glauben sollte. Viele Leute gebrauchten das Wort ›Chaos‹, um alle Arten von unbekannten Phänomenen zu erklären. Wenn die nördlichen Ödländer eine Brutstätte von Mutanten und zugleich das Reich des Chaos waren, dann war es verständlich, daß das Chaos wegen der Natur der Geschöpfe, die es hervorbrachte, als das schlechthin Böse betrachtet wurde.

Und wie anders konnte man die übelwollenden Legionen beschreiben, die sich von Menschenfleisch nährten und warmes Blut tranken, die nur lebten, um zu foltern und zu verwüsten, abzuschlachten und zu zerstören, die weder Tiere noch Menschen waren, sondern auf einer weit tieferen Stufe standen; wie sollte man sie zutreffend beschreiben, außer als böse?

Ob man es ›Gesetz‹ oder ›Gerechtigkeit‹ nannte, was man solchen schädlichen Kräften entgegenstellte, war Konrad gleich. Es war die Seite, auf der er stand, das Banner, unter dem er kämpfen und wenn nötig sterben würde. Wenn die Skaven Listenreichs Feinde waren, dann war Konrad der eingeschworene Verbündete des Zauberers.

Er hatte die meiste Zeit seiner wachen Stunden mit Übungen verbracht, um wieder zu Kräften zu kommen und seine Gewandtheit und Reaktionsschnelligkeit zurückzugewinnen. Listenreich hatte viele Bücher, unter denen er wählen konnte, weit mehr Bände, als er für möglich gehalten hatte, aber ihr Reiz war bald verblaßt. Er fühlte sich noch nicht vollständig wiederhergestellt, aber er sehnte sich nach Taten, und endlich verkündete der Zauberer, daß es Zeit sei.

Konrad untersuchte die Schwertklinge eingehend. Es war eine ausgezeichnete Waffe, die von einem Meister seines Faches gemacht war. Er prüfte Schärfe und Biegsamkeit, erprobte das Gleichgewicht und übte die verschiedenen Hiebe und Stöße, bevor er sie in die geölte Scheide steckte. Wenn er die Waffe das nächste Mal zog, gelobte er bei sich, sollte sie Skavenblut kosten.

Er und vier Zwerge machten sich bereit für die Expedition tief in das verborgene Herz Middenheims. Die Zwerge waren dieselben, die Listenreich begleitet hatten, als er den bronzenen Ritter aufgehalten hatte, und die auch Konrad von der Rüstung befreit hatten. Varsung, Joukelm, Hjornur und Ustnar, der sie befehligte.

Varsung hatte ihm erzählt, daß es Sache der Zwerge sei, solche Beutezüge durchzuführen. Die menschlichen Wächter hatten Listenreichs Domäne gegen seine Feinde zu schützen. Es schien, daß er viele davon hatte, sowohl in Middenheim als auch unter der Erde. Skaven konnten Verwerfungsgestein wittern, und so versuchten sie immer wieder, es vom Zauberer zurückzugewinnen, der es ihnen geraubt hatte. Darum verwahrte er seinen Vorrat an verschiedenen Orten unter der Stadt und nahm es nur aus seinen mit Blei ausgeschlagenen Kisten, wenn es gebraucht wurde.

Listenreich hatte noch andere Bezugsquellen für Verwerfungsgestein. Dieses wurde offenbar häufig ins Reich geschmuggelt, aber es war ein sehr riskantes Unterfangen. Die Gefahr lag nicht nur im Potential des Gesteins, Mutationen zu erzeugen; auf den Handel mit Verwerfungsgestein stand die Todesstrafe, und außerdem liefen die Schmuggler Gefahr, daß die Skaven ihre Ware witterten und sie überfielen. Was sie ihren Opfern zufügten, ließ die Hinrichtung vergleichsweise mild erscheinen. Diese Faktoren trieben den Preis für Verwerfungsgestein in die Höhe, deshalb zog der Zauberer es vor, nicht dafür zu bezahlen. Statt dessen stahlen seine Zwerge es den Skaven.

Es war ein seltsames Gefühl, wieder eine Rüstung zu tragen, aber wenigstens war es eine Rüstung, die er ablegen konnte, wenn er wollte. Leder und Metall waren schwarz, um in den unterirdischen Gängen Tarnung zu bieten, und die vier Zwerge waren ähnlich gekleidet. Konrad trug einen Helm ohne Visier und einen Brustharnisch, im übrigen waren Rumpf und Arme durch ein langes Kettenhemd geschützt. Er trug Panzerhandschuhe und einen runden Schild ohne Emblem; außer seinem Schwert steckte ein Dolch in der Scheide an seiner Hüfte.

Die Zwerge waren alle mit Streitäxten und Dolchen bewaffnet und geschützt durch Rüstungen und leichte, mit zäher Haut bespannte Schilde wie Konrads. Middenheim war von ihren Vorfahren erbaut worden, zumindest im unterirdischen Teil, den sie als Zwerge bevorzugten. Das gesamte Gebiet unter der Stadt und weit darüber hinaus war zu einem Labyrinth von Gängen und Höhlenräumen ausgebaut worden. Listenreich hatte sich in einem Abschnitt dieses Labyrinths eingerichtet.

Es lag unter dem Netz von Tunnels, die von den Menschen zu ihren eigenen Zwecken angelegt worden waren, den Kellern, Abwasserleitungen und Fluchtwegen für den herrschenden Grafen und die Familien des städtischen Patriziats. Außerdem sollte es dort verborgene Tresorräume der Reichen geben, ferner Grüfte und Krypten für ihre Toten.

In alten Zeiten hatten unterirdische Gänge der Zwerge die gesamte bekannte Welt durchzogen und all ihre Bevölkerungszentren miteinander verbunden. Ein halbes Jahrhundert vor der Gründung des Reiches hatte Artur, der Herzog der Teutogens, die Zwerge in seinen Dienst gestellt und mit dem Bau der befestigten Stadt auf dem Felsplateau begonnen. Später war Artur im Zweikampf vom Oberhaupt der Unberogen besiegt worden, und die acht großen Stämme waren schließlich von Sigmar geeint worden.

Wegen der verhältnismäßig späten Gründung der Stadt war es unwahrscheinlich, daß die Zwerge Middenheim zu einem Teil ihres unterirdischen Netzwerkes gemacht hatten. Darüber sprachen sie jedoch mit keinem Menschen, ebenso hielten sie ihre eigenen versteckten Zugänge in die Stadt geheim.

Es schien jedoch, daß Middenheim Teil einer weiteren Anlage von unterirdischen Gängen war, die alle Regionen der Alten Welt miteinander verbanden. Viele dieser Gänge waren ursprünglich von den Zwergen angelegt, später aber aufgegeben und von anderen übernommen und erweitert worden. Wenige wußten von den schemenhaften Kreaturen, die heutzutage unter beinahe jeder Stadt des Reiches hausten, vielleicht sogar unter jeder Stadt der Welt: Es war die finstere und schädliche Brut der Skaven.

Listenreich hatte Konrad mehr über die Rattenmenschen erzählt, als dieser gewußt hatte. Sie galten als Hybridformen von Menschen und Ratten, wie er vermutet hatte, und ihre Mutation war durch Verwerfungsgestein verursacht worden. Im Gegensatz zu den meisten anderen Mutanten waren die Skaven jedoch schlau. Sie besaßen die tierische Findigkeit ihrer Nagetiervorfahren, verbunden mit der Intelligenz ihrer menschlichen Ahnen. Sie waren eine neue Rasse, geradeso wie Menschen und Elfen und Zwerge.

Sie hatten ihre eigene obskure Stadt, Skavenblight, die angeblich tief in den Sumpfländern Tileas verborgen lag. Einst eine von Menschen gegründete und bewohnte Stadt, lag sie jetzt in Ruinen. Wegen ihrer ausgedehnten, weitverzweigten unterirdischen Behausungen war man nirgends sicher vor den Skaven. Ursprünglich hatten sie unter verfallenen Städten gelebt, und es war ihre Absicht, daß jedes Bevölkerungszentrum in ähnlicher Weise verlassen und dem Verfall preisgegeben werden sollte, um es für ihre eigenen Zwecke zu nutzen. Dazu benötigten sie mehr und mehr Verwerfungsgestein.

»Indem ich den Skaven Verwerfungsgestein nehme«, hatte Listenreich erläutert, »trage ich zur Erhaltung Middenheims bei.«

Konrad war nicht sicher, wen der Zauberer mit diesem Argument überzeugen wollte, sich selbst oder Konrad. Es war offensichtlich, daß Listenreich der Stadt gegenüber keine Loyalität kannte. Aber Konrad bedurfte keiner Überzeugungsarbeit. Er war bereit, alles zu tun, was den Skaven schaden würde, wenngleich ihm nicht ganz klar war, warum er für die Expedition benötigt wurde. Die Zwerge hätten sich auch ohne ihn tief in die Unterwelt vorgewagt, um das kostbare Verwerfungsgestein zu erbeuten. Aber eine zusätzliche Klinge und ein starker Arm waren immer nützlich, und der Zauberer wußte, daß Konrad von Beruf Söldner gewesen war.

Ein Zwerg hatte ihm einst die Techniken des Kampfes in engen Tunnels beigebracht. Im Grenzland war er sein Lehrer im Umgang mit der Streitaxt gewesen und hatte geschworen, daß diese Waffe alles sei, was man unter der Erde brauche. In dem beengten Raum eines Ganges könne eine zweischneidige Streitaxt mit vernichtender Wirkung hin und her geschwungen werden; sie ließ sich auch werfen, und ihre hakenbesetzten Doppelklingen konnten einen Feind zerreißen.

Konrad hingegen bevorzugte ein Schwert. In einem engen Gang konnte ein Kämpfer ein Dutzend Feinde aufhalten, weil nur jeweils einer angreifen konnte. Oft war der Einzelkämpfer sogar im Vorteil, weil sein erster Gegner von den Nachdrängenden gegen seinen Willen vorwärts geschoben wurde. Es war schwierig zu kämpfen, wenn kein Raum für ein taktisches Zurückweichen vorhanden war, kein Platz, den Oberkörper zurückzunehmen und einem Hieb oder Stoß auszuweichen.

Die Gänge schienen der natürliche Lebensraum der Zwerge zu sein. Sie hatten die richtige Größe, weil die Gänge für ihre Rasse angelegt worden waren. Auch konnten sie im Dunkeln besser sehen als Menschen. Auch Skaven konnte das, dachte Konrad, und sie waren in den meisten Fällen von ähnlicher Größe wie die Zwerge. Diesen Zusammenhang hatte er bisher nie bedacht. Vielleicht war es einer der Hauptgründe, daß Zwerge die Rattenmenschen so sehr haßten. Aber die Zwerge haßten nahezu alles, von Elfen bis zu Kobolden …

Die einzige andere Rasse, die von den Zwergen geachtet wurde, waren die Menschen. Dieses Bündnis war ursprünglich von Sigmar geschmiedet worden, und jetzt setzte Konrad diese militärische Tradition fort. Ihre Mission galt dem Aufstöbern der Skaven, die unter Middenheim hausten, und der Erbeutung ihres Verwerfungsgesteins. Die Zwerge hatten früher schon ähnliche Unternehmungen durchgeführt, wie Varsung gesagt hatte, und angeblich große Mengen des begehrten Materials erbeutet. Die Skaven hatten nicht damit gerechnet, in ihrem Territorium angegriffen zu werden, und waren anfangs mit Leichtigkeit überwältigt worden. Später waren Angriffe auf die Domäne der Nager gefährlicher geworden und hatten weniger eingebracht. Die Skaven hatten ihre Vorräte an Verwerfungsgestein besser verborgen und verteidigt.

Der Angriffsplan war denkbar einfach: Ein schnelles Überrumpeln, ein Zusammenraffen der Beute, soviel sie tragen konnten, und ein ebenso schneller Rückzug. Dies sollte ein Überraschungsangriff werden, darum nahmen nur fünf Kämpfer daran teil.

Konrad benötigte keine Anweisungen für den Kampf, der in den fünf Jahren, die er in Kislev verbracht hatte, sein tägliches Brot gewesen war. Aber wie konnte er das Verwerfungsgestein finden? Woran erkannte er es?

»Wonach muß ich suchen?« hatte er gefragt.

»Die Zwerge wissen es«, hatte Listenreich erwidert – und so hatte Konrad sich an Varsung gewandt.

Wie sich herausstellte, gab es zwei Arten von Verwerfungsgestein. Seine Ursprünge waren angeblich außerirdisch, und das meiste davon wurde in faustgroßen Stücken gefunden. Dies war rohes Verwerfungsgestein und von schwarzer Farbe; es war tiefer als absolute Dunkelheit, weil es alles Licht zu absorbieren schien.

Konrad begriff, daß dies das Material war, welches verwendet worden war, um ihn aus der Bronzerüstung zu befreien; er erinnerte sich der tiefen Schwärze in der

Mitte der Werkzeuge, die von den Zwergen über die stählerne Spinne bedient worden waren. Rohes Verwerfungsgestein konnte vom menschlichen Auge nur schlecht wahrgenommen werden, weil es das Licht absorbierte; seine Ränder konnten nur durch Berührung genau bestimmt werden.

Die Skaven konnten Verwerfungsgestein auch von seinem Rohzustand in eine gereinigte, raffinierte Form überführen, ein Pulver, das als graues Verwerfungsgestein bekannt war. Es diente den Rattenmenschen in vielerlei Hinsicht. Sie konnten es verzehren oder in einen Trunk verrühren, bevor sie in den Kampf zogen, um ihre Kräfte zu mehren und ihre Geschicklichkeit im Kampf zu verbessern. Es wurde in ihren Waffen, in ihrer Magie und ihrem Gottesdienst verwendet. Verwerfungsgestein war für die Skaven unentbehrlich – und Konrad und die Zwerge wollten es ihnen rauben …

Pulverisiertes Verwerfungsgestein war für Menschen ungefährlich, hatte man ihm gesagt. Aber er hatte soviel Widersprüchliches gehört, daß er im Zweifel war, was er glauben sollte. Das einzige, worauf er vertraute, war das Schwert, das Varsung ihm gegeben hatte. Der bevorstehende Kampf erfüllte ihn mit erwartungsvoller Erregung. Er hatte Herzklopfen wie ein Neuling und fühlte sich nach langer Zeit wieder wirklich lebendig.

Die Zwerge überprüften ihre schwarzen Rüstungen und vergewisserten sich, daß alle Schnallen festgezogen und gesichert waren. Jeder Schild war so konstruiert, daß er in der Mitte eine Öllampe aufnehmen konnte. Diese Lampen waren in die Lederschichten eingelassen, um sie während des Kampfes zu schützen. Jetzt waren sie teilweise verdeckt, um nicht zuviel Licht abzugeben, und verbreiteten eine unheimliche trübe Helligkeit vor ihnen.

Konrad bemerkte, daß Ustnar ihn beobachtete. »Ich

hoffe, du warst es wert«, sagte der Zwerg, als er sich die Doppelaxt über die Schulter hängte.

Sie waren auf der untersten Ebene von Listenreichs Behausung, die Konrad bis dahin besucht hatte, aber vom Zauberer war nichts zu sehen. Zwei Wachen standen an der schweren Eichentür am Ende des Ganges. Der Gang selbst war noch um einiges schmaler und niedriger als die anderen in dem Komplex, und Konrad duckte sich, um nicht an die roh aus dem Fels gehauene Decke zu stoßen.

Die beiden Wächter zogen die Keile von der Tür, öffneten sie mit einem Ruck und sprangen zurück, die Hellebarden in die Dunkelheit gerichtet, als sie Seite an Seite standen. Die Laternen zeigten nichts als den dunklen Gang. Er führte geradeaus weiter und verlor sich jenseits des Lichtscheins der Öllampen in Finsternis. Die Soldaten traten beiseite.

Varsung ging als erster durch, Konrad war der zweite.

Konrads Anspannung wuchs, alle seine Sinne waren geschärft. Er hatte das Schwert gezogen, um auf einen überraschenden Angriff vorbereitet zu sein. Sie schienen zum Mittelpunkt der Welt abzusteigen, folgten einem Labyrinth von Gängen, das endlos in die Tiefe führte. Manchmal stießen sie auf ausgehauene Stufen, manchmal mußten sie über steile natürliche Felsen absteigen.

Varsung schien sich gut auszukennen, denn trotz der zahlreichen Kreuzungen und Gabelungen, an denen sie vorbeikamen, zögerte er nie. Konrad erkannte, daß er den Rückweg allein niemals finden würde; aber die Wahrscheinlichkeit, daß er vor diese Frage gestellt würde, war sehr gering: Wenn die Zwerge allesamt getötet wurden, dann würde ihn wahrscheinlich das gleiche Schicksal ereilen.

Die meisten Gänge waren aus dem Fels gehauen,

und an den Wänden waren noch die Narben der Spitzhacken zu sehen, mit denen die Erbauer gearbeitet hatten. Da und dort sah Konrad Runeninschriften von Namen, die in den Stein gehauen waren. Andere Gänge schienen natürliche Risse und Spalten im Untergrund zu sein. Die Erbauer des Labyrinths hatten diese Bruchflächen in der Gesteinsschicht ihrer Weganlage nutzbar gemacht.

Gelegentlich stießen sie auf herabgestürztes Gestein, das die Gänge teilweise blockierte. Aber jedesmal war noch Raum genug, um sich durchzuzwängen, denn irgendwer hatte den Durchgang freigemacht. Wann der Durchgang freigeräumt worden war, vor einem oder vor hundert Jahren, war nicht festzustellen.

Hier und dort war die Decke des Höhlenganges eingesunken, als wäre der Druck des lastenden Berges zu stark geworden. Sogar die Zwerge mußten sich bücken, um solche Engstellen zu passieren. Anderswo war der Boden emporgehoben worden, oder die Seitenwände waren zusammengeschoben; aber immer blieb genug Raum, um sich durchzuzwängen.

Es waren nicht nur Felsbrocken und Steine, Staub und Schutt von Jahrhunderten, die den Boden bedeckten, es fanden sich auch Gebeine unbestimmbaren Alters. Alle waren staubig, aber sauber abgenagt von den Raubtieren, die Konrad hinter jeder Ecke vermutete. Dann wandelte sich das Bild. Der Unterschied war nur gering, und anfangs bemerkte Konrad ihn kaum. Allmählich wurde ihm bewußt, daß die Gänge nicht so gerade und gleichmäßig angelegt waren, nicht so sauber aus dem Fels gehauen. Dies waren die Gänge, welche offenbar von den Skaven angelegt worden waren.

Er und die vier Zwerge sprachen während des ganzen Marsches kein Wort. Es gab nichts zu sagen, sie alle wußten, was zu tun war, und jedes Geräusch hallte weit in den leeren Gängen und würde ihre Anwesenheit vorzeitig verraten. Schon die Geräusche ihrer

Schritte und das Licht der abgeblendeten Laternen konnten nicht mehr lange unentdeckt bleiben.

Weiter und weiter stießen sie vor, und immer tiefer.

Sie gingen noch immer in der gleichen Reihenfolge. Varsung war der Ortskundige und führte die Gruppe, und Konrad folgte ihm. Ustnar ging hinter Konrad, und die zwei anderen Zwerge bildeten den Schluß.

Endlich machte Varsung halt und blickte an Konrad vorbei zu Ustnar. Der Ort schien sich durch keinerlei Besonderheit von den anderen Gängen zu unterscheiden, durch die sie gekommen waren, aber die Zwerge schienen diesen Teil des Ganges wiederzuerkennen. Konrad blickte über die Schulter und sah Ustnar nicken. Als er sich wieder nach vorn wandte, winkte Varsung ihm mitzukommen. Er folgte Varsung, sah sich aber nach ein paar Sekunden wieder um. Von den drei anderen war nichts zu sehen; Konrad und Varsung waren allein. Warteten die anderen ab, um zu sehen, was geschehen würde, oder hatten sie eine andere Route genommen? Konrad hielt es für einen Fehler, ihre Kräfte zu zersplittern, aber er sagte nichts.

An Varsungs vorsichtigen Bewegungen erkannte er, daß bald etwas geschehen mußte. Spannung baute sich auf und schärfte die Sinne.

Kurz darauf blieb Varsung plötzlich wieder stehen. Er war zwei Schritte voraus, und Konrad spähte an ihm vorbei ins Dunkel. Der Gang war sehr eng, und der Zwerg füllte ihn zum größten Teil aus. Der Lichtschein seiner Laterne reichte nur ein Dutzend Schritte weit, und Konrad konnte nichts erkennen. Er blickte kurz zurück, hielt Ausschau nach einem Lichtschimmer, aber von den anderen war nichts zu sehen. Als er wieder nach vorn spähte, bemerkte er, daß der Zwerg langsam zurückwich. Dann fiel er vor ihm zu Boden, und Konrad sah den Armbrustbolzen, der seine Kehle durchschlagen hatte …

Konrad sah mit einem Blick, daß er tot war. Ohne

einen Augenblick zu zögern, warf er seinen Schild weg, ergriff den Zwerg und hielt ihn aufrecht. Ein Körper war gewöhnlich ein weit besserer Schutz als ein Schild. Mit der linken Hand und Schulter hielt er den Zwerg aufrecht, duckte sich hinter ihm und spähte im Licht von Varsungs Laterne nach vorn.

Dort war nichts zu sehen, nur ein schmaler, gewundener Gang. Er dachte daran, die Laterne zu zerschlagen, weil sie seine Position wie ein Leuchtfeuer verriet. Ohne sie würde er jedoch blind sein, während die Skaven ihn noch immer sehen konnten.

Endlich war weiter voraus ein Geräusch zu vernehmen, wie ein Seufzen, und er spürte den Aufschlag, als Varsungs Körper gegen ihn zurückgestoßen wurde. Ein weiterer Armbrustbolzen.

Was sollte er tun? Er hätte sich zurückziehen und den toten Zwerg rückwärtsgehend mitschleifen können, aber ihm war bewußt, daß es kein Entkommen geben würde, da er den Rückweg nicht wußte. Selbst wenn er den Zwerg liegenließ und davonlief, würde es nicht helfen; er würde sich nur um so schneller verirren. An Ort und Stelle zu bleiben, war zwecklos. Er war festgenagelt. Wenn er blieb, würde ihn früher oder später der tödliche Bolzen treffen. Damit blieb ihm nur eine Wahl, die einzige für einen Krieger: vorwärts zu gehen.

Mit Varsung als Schutzschild konnte er nicht weitergehen. Der Leichnam war schon schwer genug, wenn er ihn als Schutzschild rückwärts schleifte; um mit ihm weiter vorzudringen, war er bei weitem zu schwer. Er tastete hinter sich, hob seinen Schild mit der Laterne auf, die noch brannte, hielt ihn vor sich und ließ Varsung zu Boden sinken. Wenn er sich duckte, bot ihm der Schild vollständige Deckung. Er nahm die Streitaxt des Zwerges an sich und steckte sie in den Gürtel. Dann ging er langsam und vorsichtig weiter vorwärts, spähte alle paar Sekunden über den Rand des Schildes.

Ein Armbrustbolzen prallte davon ab, der nächste aber verfehlte sein rechtes Ohr nur um eine Handbreit.

Nach dem Zeitaufwand zu urteilen, der zum Spannen einer Armbrust benötigt wurde, war nur ein Schütze vor ihm; der Gang war auch zu schmal, um mehr als einem Schützen Raum zu geben. Wenn er es nur mit einem einzelnen Wächter zu tun hatte, konnte er ihn vielleicht überwältigen, bevor er Alarm schlug. Nachdem er die Sekunden zwischen den Armbrustschüssen abgezählt hatte, wußte er, daß er unmittelbar nach einem Schuß vorwärtsstürmen konnte, ohne einen weiteren Armbrustbolzen befürchten zu müssen. Als der nächste in seinen Schild schlug, richtete er sich auf, soweit es möglich war, und rannte los.

Er hörte Stimmen, nichtmenschliche Stimmen von Skaven, und Dutzende von Schritten hallten im Gang. Ein ganzes Rudel stürzte ihm entgegen, wie es schien. Der Armbrustschütze war offenbar nicht allein gewesen, und nun hatten die anderen ihn beiseite gestoßen und gingen zum Angriff über.

Das war Konrad nur recht. Er machte halt, ging hinter dem Schild in Deckung, verhielt sich absolut still und wartete auf die Rattenwesen. Dann, als sie herangekommen waren, sprang er auf und schlug den ersten mit seinem Schild beiseite. Die Laterne ging zu Bruch, aber das Öl der Lampe spritzte über das Fell des Skaven, und die Flammen setzten den Nager in Brand. Er schrie mit schriller, fauchender Stimme, aber der Gang war jetzt heller beleuchtet als zuvor.

Der zweite Angreifer rannte direkt in Konrads Schwert und spießte sich auf. »Das ist für Varsung!« keuchte er, riß sein Schwert zurück und stieß es in den Körper des brennenden Skaven.

Die Todesschreie der beiden ersten Angreifer vereinigten sich in seinem Rücken zu einem unheiligen Wehklagen des Sterbens. Eine Sekunde später wurde dem nächsten Skaven mit einem Schwertstreich die

Kehle durchschlagen. Er gurgelte, Blut sprudelte aus dem Mund und ergoß sich aus seinem Hals. Konrad stieß wieder zu und traf den nächsten Gegner in die Brust, so daß er vom heißen Blut bespritzt wurde, und er lachte triumphierend. Vier waren erledigt, mochten noch hundert kommen!

Dem fünften Rattenmenschen schlitzte Konrads Schwert den Leib auf; er ging kreischend zu Boden, als die Klinge schon den nächsten Riesennager enthauptete. Die Körper häuften sich vor ihm zu einer pelzigen Brustwehr. Auch die Angreifer waren gut bewaffnet, und er fühlte Schnitte und Stiche, aber es war unerheblich. Seine Verletzungen konnten ihn nicht beeinträchtigen, solange sie oberflächlich blieben, und gewöhnlich fühlte er Wunden, die er sich im Kampf zuzog, erst später.

Er ging über die Kadaver seiner Feinde vor, trampelte die Toten nieder, parierte die Waffen der Sterbenden mit dem Schild und teilte mit seinem Schwert Tod und Verderben aus. Sie waren Ungeziefer, er war ihr Kammerjäger. Ihr Leben bedeutete nichts, und er vernichtete sie, als erschlüge er Insekten. Er dachte nicht nach, seine Reaktionen waren instinktiv, automatisch.

Dann waren plötzlich keine Gegner mehr vor ihm, der Gang war frei.

Die Flammen des brennenden Rattenpelzes waren erloschen, aber im Gang herrschte keine völlige Dunkelheit. Von voraus drang Lichtschein herein, ein mattes, geisterhaft grünes Leuchten, das vom Skavennest herrühren mußte.

Konrad hielt schnaufend inne und wischte sich das Blut vom Gesicht. Dann drang er langsam weiter vor, und nach kurzer Zeit weitete sich der Gang. Die Felsdecke wich in die Höhe zurück, und er sah sich auf einer Galerie über einer gigantischen Grube, einer Szene wie aus der Unterwelt der Verdammten. Die Galerie schien von kleinen roten Lichtern beleuchtet, die ihn umgaben, und erst verspätet erkannte er, daß jedes Paar Lichter ein rotäugiger Skaven war. Sie beobachteten ihn, aufgereiht an den Wänden eines Höhlenraumes, der einem Amphitheater ähnelte. Von der hohen Decke hingen Stalaktiten wie bedrohliche Waffen.

Rückzug durfte es nicht geben. Dies war der Ort, wo er Widerstand leisten und sein Leben so teuer wie möglich verkaufen mußte. Er stützte sich auf sein blutiges Schwert, schweratmend, und ließ den Blick über die Menge seiner Feinde gehen. Hunderte von Rattenwesen waren hier versammelt, alle gepanzert mit verschiedenen Teilen von Rüstungen und bewaffnet mit gesägten Messern und Schwertern und Speeren. Die dunklen Kleidungsstücke waren mit Schriftzeichen geschmückt, ihre Felle trugen die Brandzeichen ihrer Sippen, und die gleichen Embleme waren auf den zerfetzten Bannern, die ihre Standartenträger hielten.

Dann sah er, daß die Skaven nicht allein in der weiten Höhle waren. Tief unten waren Menschen – oder Kreaturen, die einst Menschen gewesen waren. Sie mühten sich mit beschwerlichen Arbeiten ab, Sklaven der Rattenwesen, die ihren unbekannten Pflichten zwischen großen, feurigen Schmelzöfen nachgingen.

Der Widerschein der grünlichen Flammen hatte den Gang erhellt. Der Lärm in der riesigen Höhle war ohrenbetäubend, die Hitze überwältigend, und es war schwer zu erkennen, was dort unten geschah, weil die Arbeitsprozesse einen dichten, erstickenden Rauch erzeugten, der sich in den oberen Regionen verteilte. Das Ganze schien eine bizarre Mischung von Schmiede und Alchimistenlabor zu sein, aber hundertfach vergrößert, die Werkstätten von Dämonen.

Konrad vermutete, daß hier das rohe Verwerfungsgestein gereinigt und pulverisiert wurde. Wahrscheinlich war die Verarbeitung so gefährlich, daß sie dafür Sklaven einsetzten. Aber nicht alle Sklaven waren menschlich, bemerkte Konrad; auch unter ihnen gab es eine Anzahl Skaven.

Als er umherblickte, mußte Konrad unwillkürlich an sein letztes unterirdisches Abenteuer zurückdenken. Auch dort hatte er allein gegen Hunderte von Feinden gestanden, doch diesmal waren seine Aussichten schlechter. Varsungs Streitaxt konnte die massive Doppelaxt nicht ersetzen, mit der er unter den troglodytischen Kobolden gewütet hatte.

Die Zeit schien stillzustehen, als er die Szene in sich aufnahm, aber tatsächlich geschah alles innerhalb weniger Sekunden, und schon war es wieder Zeit zum Kämpfen und zum Sterben. Konrad wußte, daß diese Auseinandersetzung unvermeidlich zu seinem eigenen Ende führen würde, aber vorher sollte sein Schwert noch ein paar weitere Feinde erschlagen ...

Auf der hohen, felsigen Galerie, wo er stand, sah er eine Gestalt in voller Rüstung rasch auf sich zukommen. Sie war mit Schwert und Schild bewaffnet, und als sie sich näherte, erkannte er, daß sie einem Menschen gehörte. Er hob seinen Schild und hielt das Schwert bereit. Sofort griff der andere an, und ihre Klingen schlugen hell aufeinander. Der metallische Klang ging in dem von unten heraufdringenden Lärm unter. Sie fochten.

Schon nach wenigen Augenblicken erkannte Konrad, daß sein Gegner ihm ebenbürtig war. Sie waren beide von ungefähr gleicher Größe, in Gewicht und Körperkraft einander ähnlich, ihre Bewaffnung war dieselbe und ihre Kampftechnik sehr ähnlich. Sein Feind parierte jeden Angriff, den Konrad führte, und beantwortete ihn mit einem entsprechenden Gegenangriff. Wann immer der andere zustieß oder einen Schwerthieb führte, erkannte Konrad den Angriff schon im Ansatz und parierte ihn mit erhobenem Schild oder dem Schwert.

Er hatte nie gegen solch einen Gegner gekämpft. Es schien, daß sie beide dieselben Techniken beherrschten, Meister derselben Taktik waren; als wären sie bei denselben Fechtlehrern in die Schule gegangen. Als ihre Schwerter aufeinander schlugen, die Klingen aneinander abglitten, bis die Knäufe gegeneinander stießen, starrte Konrad ins Gesicht seines Feindes. Im Schatten des Helms war nicht viel zu sehen – außer daß die Augen des Mannes verschieden waren.

Das linke Auge war grüngrau, das rechte golden. Es war, als sähe er in einen Spiegel …

Und Konrad erkannte, daß er sein Ebenbild bekämpfte!

Auf irgendeine Weise hatten die Skaven seinen Doppelgänger geschaffen. Darum wurde jeder Schwertstreich pariert und in gleicher Weise zurückgegeben, weil er und sein Spiegelbild vollkommen ausgeglichen waren. Das Duell konnte ewig dauern. Sie waren nicht genaue Spiegelbilder, weil sein Gegner das Schwert in der Rechten und den Schild in der Linken hielt, doch das schien ein unwesentliches Detail, und Konrad war ohnedies beidhändig im Umgang mit Waffen.

Er hätte sich bis zur völligen Erschöpfung selbst bekämpfen können. Es schien, daß sein Zwilling stärker war; seine Kräfte waren nicht durch das Gefängnis einer Bronzerüstung erschöpft und ausgelaugt gewesen. Durch Kraft und Ausdauer konnte er nicht gewinnen, weil er weniger davon besaß, noch konnte er den anderen durch Geschicklichkeit bezwingen, denn sie war gleichmäßig verteilt. Der einzige Weg zum Sieg lag darin, etwas zu tun, was er noch nie getan hatte, eine völlig verschiedene Technik anzuwenden. Eine andere Chance hatte er nicht.

»Wer bist du?« stieß er hervor. Er kannte die Antwort, aber er mußte auf Zeitgewinn spielen.

Sein Gegner gab ihm nichts, weder Zeit noch eine Antwort. Als Konrad wie ein Fechter parierte und dann wie ein barbarischer Krieger drauflosschlug, fragte er sich, welche Taktik er anwenden könne, die er noch nie gebraucht hatte. Er hatte vieles gelernt, war bei vielen Meistern in die Schule gegangen. Was konnte er tun, das vollständig gegen seine Ausbildung, gegen alle Erwartungen seines Doppelgängers sein würde? Inmitten eines tödlichen Duells war es schwierig nachzudenken, und es wollte ihm nichts einfallen. So oder so, es mußte etwas geschehen.

Er streckte den linken Arm von sich und schleuderte den Schild beiseite. Das lenkte seinen Gegner einen Augenblick ab. Er sah dem Schild nach. Dann warf Konrad sein Schwert weg.

Sein Gegner stand einen Augenblick bewegungslos, Schwert und Schild zu beiden Seiten und mit offener Deckung, und Konrad stieß mit dem rechten Fuß zu, traf ihn in den Magen und brachte ihn aus dem Gleichgewicht. Er riß die Arme hoch, um sich auf den Beinen zu halten, und im nächsten Augenblick setzte Konrad seinen behelmten Kopf als Rammbock ein und traf seinen Doppelgänger in die Mitte. Er ging zu Boden, und sofort war Konrad auf ihm, den Dolch in der Hand, und stieß ihm die Klinge tief in den Hals.

Ein Blutschwall hätte aus der Wunde quellen sollen. Statt dessen ergossen sich Maden aus der Öffnung …

Er hatte gegen einen Toten gekämpft. Aber der Tote konnte wieder sterben, und dieser regte sich nicht mehr – bis auf Hunderte weißer, wimmelnder Maden, die aus der klaffenden Halswunde krochen.

Plötzlich wurde Konrad von rückwärts ergriffen und von zwei großen Skavenkriegern in die Höhe gezogen. Der Dolch wurde ihm aus der Hand geschlagen, der Helm heruntergerissen. Eine haarige Kralle zog ihm Varsungs Streitaxt aus dem Gürtel. Er stieß nach den Beinen seiner Häscher und versuchte sie mit den Ellbogen wegzustoßen.

Dann fühlte er kalten Stahl an der Kehle. Die Waffe

wurde von einer dritten Gestalt gehalten, und Konrad mußte sich zurücklehnen, um von der spitzen Klinge nicht verletzt zu werden. Als er es tat, erkannte er die Waffe: Es war das Stilett, das er Krysten gegeben hatte.

Eine Stimme zischte: »Gib's auf …«

Die Stimme kam ihm bekannt vor. Die Gestalt mit dem Messer war im Schatten, und Konrad konnte nicht viel mehr als ihre Umrisse erkennen, aber die Größe und Haltung des anderen erkannte er beinahe.

»… Konrad.«

Das Fell war grau, und er hielt das Stilett in der linken Pfote, weil er keine rechte hatte.

Es war Heinler.

11

Etwas an Heinler war ihm sonderbar vorgekommen, aber nun fand es seine Erklärung: Er war kein Mensch gewesen, sondern ein Skaven.

Als Konrad ihn in der Söldnerkaserne der Bergwerkssiedlung getroffen hatte, hatte Heinler das Aussehen und die Haltung eines Menschen gehabt. Im Rückblick hatten seine Züge gewisse Anklänge an Nager gehabt; aber nun war er ein echter Skaven, eine Riesenratte, die wie ein Mensch ging. Damals mußte er seine Erscheinung verändert haben, oder er hatte Magie gebraucht, um Konrad vorzuspiegeln, daß er ein Mensch sei. Eine durch Zauber erzeugte Sinnestäuschung konnte nicht allzu schwierig gewesen sein, denn Heinler war allem Anschein nach einer der Mächtigen unter den Skaven: Er war ein grauer Seher.

Konrad hatte von Listenreich erstmals von diesen Geschöpfen erfahren. Der Zauberer hatte in seinem Wissensdrang alles über seine Feinde in Erfahrung gebracht, was er zusammentragen konnte. Graue Seher waren Skaven, die Verwerfungsgestein umwandeln konnten, und diese Fähigkeit verlieh ihnen vermehrte Macht. Sie waren große Zauberer, die unmittelbaren Diener der Dreizehn Herren der Zersetzung.

Die Dreizehn waren die Hohenpriester und Führer der monströsen Rattenmenschen. Viele waren eigenständige Herrscher, welche die wichtigsten Zentren der Skavenplage beherrschten, ihre unterirdischen Städte der Fäulnis und Zersetzung; andere lebten zurückgezogen, bedeutende Zauberer und Meister der Entropie. Nur zwölf von diesen Herren waren Skaven.

Der dreizehnte und höchste Platz im Kreis der Befehlshaber war für ihren Oberherrn bestimmt, die Gehörnte Ratte, eine der mächtigsten Gestalten im Pantheon des Chaos. Die Gehörnte Ratte war ein enger Verbündeter eines weiteren mächtigen Herrn des Chaos: Nurgle, dem Gott der Seuche und Pestilenz.

Heinler zischte den beiden kräftigen Skaven, die Konrad im Griff hielten, einen Befehl zu, und er wurde rückwärts durch einen langen dunklen Gang geschleift, hinab in eine feuchte Höhle, wo ein eiserner Kragen um seinen Hals geschlossen wurde. Der Kragen war an die Felswand gekettet. Es war, als hätten sie ein wildes Tier gefangen und angebunden, um es unter Kontrolle zu halten; als ob er ein Ungeheuer wäre, nicht sie.

Die beiden Krieger waren größer als Konrad, beide braun, und trugen Lederrüstungen und Kettenhemden über den Fellen. Sie waren mit Kurzschwertern bewaffnet und hielten die gesägten Klingen stets griffbereit. Beide waren Veteranen unter den Rattenmenschen, und ihre Gliedmaßen und häßlichen Gesichter wiesen zahlreiche Narben auf. Einem fehlte ein Auge, statt dessen war eine Silbermünze in die leere Augenhöhle eingebettet; dem anderen waren beide Ohren abgerissen. Sie trugen beide das gleiche Emblem in die Stirnen eingebrannt: Einen Kreis mit vier eingeschriebenen Linien, die sich in der Mitte trafen und ein Kreuz bildeten.

Es gab kaum Licht in der Höhle, weil die Skaven weder Laternen noch Kerzen benötigten, aber Konrad konnte sehen, daß er und seine drei Bewacher nicht allein waren. In der Höhle gab es weitere angekettete Gestalten. Keine von ihnen bewegte sich. Ob Menschen oder Nichtmenschen, sie waren alle tot. Ihre Leichen verwesten oder waren bereits Skelette, oder nur noch schimmlige, voneinander losgelöste Knochen …

Es stank nach Krankheit und Fäulnis. Der feuchte

Zersetzungsgestank erzeugte so starke Übelkeit, daß Konrad der Speichel in Fäden aus dem Mund rann und ihm kalter Schweiß auf die Stirn trat.

Im Halbdunkel sah er Heinler in einer Grimasse, die ein Skavengrinsen sein mochte, die Zähne blecken. Er trug ein schwarzes Samtgewand. Die Kapuze war zurückgeschlagen und zeigte purpurnes Seidenfutter. Eine goldene Schließe in Gestalt einer gehörnten Ratte, der Gottheit der Skaven, hielt das Gewand unter der Kehle zusammen.

»Als ich menschliche Gestalt annahm«, sagte er, »wünschte ich, deine Augen haben zu können.« Das zischelnde Flüstern unterschied sich stark von der Stimme, die er gebraucht hatte, als er sich als Bergmann und Sträfling ausgegeben hatte. Er setzte die Spitze des Stiletts an das untere Lid von Konrads linkem Auge.

»Und nun kann ich.«

Konrad zog den Kopf zurück und stieß mit dem rechten Bein zu, um dem grauen Seher die Rippen zu brechen. Aber Heinler sprang zurück, und Konrad wurde von der Kette zurückgehalten. Die beiden Wächter eilten hinzu und bearbeiteten ihn mit den Schwertgriffen. Konrad wehrte sich nach Kräften, versetzte einer der Kreaturen einen Kinnhaken, aber alles blieb ohne Wirkung. Ein Hagel von Schlägen zwang ihn nieder. Er konnte nichts tun als zu Boden sinken und zu versuchen, mit den Armen seinen Kopf zu schützen.

»Nein, nein!« schrien sie ihm in schrill flüsternden Parodien menschlicher Stimmen zu. »Aufhören! Aufhören!«

Heinler gab einen Befehl, und die beiden Skaven traten zurück.

»Es war ein Scherz«, sagte Heinler. »Wahrscheinlich lernte ich von Menschen diese Art Humor.«

Er klopfte mit dem Griff des Stiletts gegen die Wand,

und Konrad hatte Zeit, sich zu fragen, was Heinler bewogen haben mochte, die Waffe zu behalten.

»Diese beiden sind meine persönliche Leibwache«, warnte Heinler ihn, »und es kann sein, daß sie sich nicht zurückhalten können, wenn sie provoziert werden. Sie haben einen feinen Geruchssinn und möchten wissen, ob dein Geschmack deinem Geruch gleicht ...«

Warum sollte sein Geschmack oder Geruch sich von dem anderer Menschen unterscheiden? Er bezweifelte keinen Augenblick, daß die Skavenkrieger ihre Erfahrungen mit Menschenfleisch hatten. Darin glichen sie den Kreaturen, aus denen sie sich entwickelt hatten; Ratten waren Aasfresser, die jede Art von Fleisch verschlangen, ob lebendig oder tot, frisch oder verfault.

»Sie können das Verwerfungsgestein wittern«, erläuterte Heinler.

Draußen wurde ein Ruf laut, und Heinler wandte sich um, als ein weiterer Skaven zur rauh ausgehauenen Türöffnung hereinstürzte. Der Neuankömmling war kleiner, scheckig, unbewaffnet und ohne Rüstung. Konrad bemerkte, daß er zwei Schwänze hatte. Skaven widerstanden in hohem Maße Mutationen durch Verwerfungsgestein, aber sie konnten gleichwohl von verschiedenen körperlichen Veränderungen betroffen sein. Der zweischwänzige Nager verbeugte sich vor Heinler und sprach sehr schnell. Bevor er seine Meldung beendet hatte, eilte Heinler bereits aus der Höhle. Die zwei Leibwächter wollten ihm folgen, aber Heinler rief einen Befehl, und einer von ihnen blieb bei Konrad.

Der Wächter nahm im Eingang Aufstellung und spähte in den Gang hinaus. Nach einer Minute kehrte er zu seinem Gefangenen zurück und beugte sich über ihn. Konrad versuchte sich sitzend zurückzulehnen, hatte die Schultern aber bereits am feuchten Gestein. Die deformierte Schnauze näherte sich ihm, und er roch den abscheulichen Atem des Skaven. Die zwei Vorderzähne waren durch zugespitzte Metallkronen geschärft. Der Skaven entrollte eine lange Zunge und leckte das Blut von einer Wunde an Konrads Wange.

Er richtete sich auf. »Gut, gut«, zischte er und betrachtete ihn mit seinem einen Auge. »Wir sein Freunde, Freunde.« Er machte ein widerwärtiges, hustendes Geräusch, das ein Lachen sein mußte.

Konrad wischte sich mit dem Handrücken den klebrigen Skavenspeichel von der Wange und hoffte, daß Heinler bald zurückkehren würde. Was hatte ihn fortgeführt? Anscheinend hatte es einen Notfall gegeben, nach all dem Geschrei zu urteilen, das in der Ferne hörbar geworden war.

Im Verlauf seines Kampfes mit den Rattenmenschen war Konrad wiederholt verwundet worden, wenn auch nicht schwer. Nun machten sich die Schmerzen bemerkbar. Das Kettenhemd war von einem oder zwei schweren Hieben durchschnitten worden, und sein rechter Arm blutete, wo die metallenen Glieder gebrochen waren und den schützenden Lederärmel darunter aufgerissen hatten. Er versuchte die durchschlagenen Teile des Kettenhemdes nach außen zu biegen, damit sie sich nicht in die Wunde bohrten, die stark blutete. Er hoffte, der Einäugige würde es nicht bemerken, mußte sich aber sagen, daß der Rattenmensch das Blut nicht sehen mußte, um es wahrzunehmen.

Er schützte Müdigkeit vor, zog die Knie an, stützte die Ellbogen darauf und barg das Gesicht in den Händen. So konnte er sich schlafend stellen und dabei durch die Finger sehen.

Sein linkes Auge hatte ihn nicht vor der drohenden Gefahr gewarnt, als er und Varsung im Gang angegriffen worden waren. Dies konnte ein weiteres Zeichen gewesen sein, daß in entscheidenden Augenblicken nicht immer Verlaß auf sein unbeständiges Talent war, aber er wußte, daß es von weit größerer Bedeutung war: Es hatte bestätigt, daß die Gabe der Voraussicht ihn tatsächlich verlassen hatte.

Durch die Finger beobachtete er seinen Bewacher. Nachdem er von Konrads Blut gekostet hatte, war der Skaven noch gefährlicher als der Rest seiner finsteren Brut. Konrad wußte, daß es ein Entkommen nicht geben konnte, aber er mußte wachsam bleiben, um sich wenn nötig bis zum Letzten gegen menschenfresserische Neigungen zu wehren. Als hätte er seine Gedanken gelesen, öffnete sein Bewacher die spitze Schnauze und leckte sich die haarigen Lippen.

»Schmecken gut, gut«, bekräftigte er. »Später mehr.«

Konrad ließ die Hände vor dem Gesicht und tat, als hätte er nichts gehört.

Verwerfungsgestein, dachte er; Skaven konnten es riechen. Und Listenreich hatte Verwerfungsgestein gebraucht, um ihn aus der Bronzerüstung zu befreien.

Als er auf dem feuchtkalten Steinboden saß, umgeben von verwesenden Leichen und Skeletten, zwei Schritte entfernt von einem hungrigen Riesennager, beschäftigte sich sein Verstand mit den Ereignissen, die ihn in diese Lage gebracht hatten, um vielleicht einen Ausweg zu finden. Aber seine Überlegungen führten ihm nur die deprimierenden Fehler vor Augen, die er und die Zwerge gemacht hatten, angefangen von der unterlassenen Einsatzbesprechung vor dem Unternehmen über die fehlende Routenmarkierung bis zur verhängnisvollen Aufsplitterung ihrer kleinen Gruppe.

Endlich kehrte Heinler mit dem anderen Leibwächter zurück. Konrad rappelte sich auf, bereit für alles.

»Listenreich!« fauchte der Skaven.

Konrad blieb still, zeigte keine Reaktion.

»Ich fragte mich, was dich hierherbrachte, aber nun weiß ich es. Mehrere Pfund Verwerfungsgestein wurden gestohlen, sowohl rohes als auch gereinigtes Material. Es wurde von Zwergen geraubt, wie es scheint, aber sie müssen für Listenreich gearbeitet haben. Deine

Aktion war ein Ablenkungsmanöver, während der Raub stattfand.«

Konrad sagte noch immer nichts, aber die Worte des grauen Sehers machten ihm schlagartig klar, daß er getäuscht worden war. Listenreich hatte ihn mit dem Wissen hierhergeschickt, daß die Skaven das von ihm aufgenommene Verwerfungsgestein wittern und auf ihn gelenkt würden. Der Zauberer hatte damit gerechnet, daß Konrad gefangen oder getötet würde. Es kümmerte ihn nicht, was aus Konrad wurde, und er war sogar bereit, für ein paar Pfund Verwerfungsgestein Varsung zu opfern. Beide waren entbehrlich. Sie hatten nur den Zweck gehabt, die Aufmerksamkeit der Rattenmenschen auf sich zu lenken, während die drei anderen Zwerge Beute machten.

»Listenreich amüsierte mich einmal«, fuhr Heinler fort. »Die Vorstellung, daß ein Mensch mit Verwerfungsgestein arbeitet! Vielleicht empfand ich zuviel Sympathie, betrachtete ihn als einen Zaubererkollegen, trotz seiner Rasse. Dafür mußte ich bezahlen. Ich kann derartige Einmischungen und Störungen meiner wichtigen Arbeit nicht länger dulden. Er muß sterben!«

Heinler hielt Konrad das Stilett an die Kehle, und einen Moment glaubte Konrad, daß der Augenblick seines Todes gekommen sei.

»Ich kann dir helfen«, sagte Konrad mit gepreßter Stimme. Wenn er den Unterkiefer bewegte, bohrte sich die Spitze des Stiletts in seine Haut.

»Mir helfen?« sagte Heinler und machte das hustende Geräusch eines Gelächters, ließ aber die Waffe sinken.

»Ja«, bekräftigte Konrad. Sein erster Gedanke galt der Rettung des eigenen Lebens, er schuldete Listenreich nichts. Sein Schicksal war dem Zauberer gleichgültig. Für ihn war Konrad eine bloße Opfergabe gewesen, der Preis, den man für den Erwerb von Verwerfungsgestein zahlen mußte.

»Traue niemals einem Menschen«, flüsterte Heinler. »Das ist das erste, was junge Skaven lernen.«

Sein Blick ging von Konrads grünem Auge zu seinem goldenen. Konrad erinnerte sich seiner Drohung, ihm die Augen zu nehmen, und auch seines Doppelgängers, dessen Augen ein Spiegelbild seiner selbst waren.

Heinler war zweifellos für seinen Zwillingsgegner verantwortlich. Aber war es dem grauen Seher gelungen, eine identische Nachbildung Konrads zu erschaffen, oder war Konrad nur einer geschickten Sinnestäuschung zum Opfer gefallen und hatte geglaubt, er kämpfe gegen sich selbst?

»Wen bekämpfte ich dort draußen?« fragte er. »War ich es? War es eine Nachbildung? Oder kämpfte ich bloß gegen meinen eigenen Schatten?«

Heinler sah ihn eine Weile schweigend an, und Konrad dachte, daß er nicht antworten würde, doch schließlich sagte er: »Du warst es, Konrad. Oder beinahe. Mehr als deine Spiegelung, weniger als deine Entsprechung. Es hätte ein interessanter Wettkampf daraus werden können, vielleicht ein unendliches Duell, wenn ich nur gewußt hätte, daß du kommen würdest.«

»Aber wie?« Konrad schüttelte den Kopf. Er hatte so viele Fragen, daß er nicht wußte, wo er anfangen sollte; zudem glaubte er nicht, daß der Skavenzauberer sie wahrheitsgemäß beantworten würde.

Wenn Heinler seufzte, hörte es sich sehr menschlich an. »Ich reinige und verarbeite Verwerfungsgestein«, sagte er. »Das ist meine Aufgabe. Ich habe das Verfahren so organisiert, daß es beinahe ohne mich durchgeführt werden kann, was bedeutet, daß ich ein Steckenpferd brauche, um mich zu beschäftigen. So begann ich zu meiner Unterhaltung mit Wiedergeburt zu experimentieren.« Er blickte zu den Leichen in ihren verschiedenen Stadien des Zerfalls, die Konrad umgaben.

»Hier unter Middenheim ist ein idealer Ort, und ich werde bald wieder rekrutieren.« Er hob den Kopf, als könne er die Stadt weit über ihm sehen. »Vor mehreren Jahren hatten wir hier einige Schwierigkeiten, aber die Produktion steigt wieder, und mein Zeitvertreib kann von neuem zum Steckenpferd werden.«

Konrad begann zu verstehen, daß die Menschen, die er unten im Inferno bei der Arbeit gesehen hatte, allesamt Tote waren. Die Verarbeitung von Verwerfungsgestein mußte so gefährlich sein, daß nur die wiedererweckten Toten eingesetzt werden konnten. Der Doppelgänger, gegen den Konrad gekämpft hatte, war ebenfalls ein Untoter gewesen, ein Leben ohne Leben, dem sein eigenes Aussehen gegeben worden war.

Aber Heinler hatte zu erkennen gegeben, daß er von Konrads Anwesenheit nicht gewußt habe. Wie vertrug sich diese Behauptung damit, daß er seinen Zwilling bereit hatte, um mit ihm zu kämpfen?

»Stehst du unter Listenreichs Bann?« fragte der graue Seher, und es schien, daß er damit eine Frage aussprach, die Konrad selbst beschäftigte. »Wer bist du, Konrad?«

Ihre Blicke begegneten einander, aber Konrad zögerte, teils, weil er keine Antwort hatte, teils, weil er Heinler keine Informationen geben wollte. Aber er wich seinem Blick nicht aus.

»Warum hast du ein Ebenbild von mir gemacht?« fragte er.

»Zufall.«

Es gibt keinen Zufall. Wolf hatte ihm das so viele Male gesagt, und mit den Jahren war Konrad aus eigener Erfahrung zu der Überzeugung gelangt, daß es sich so verhielt. Alles war Teil eines größeren, wenngleich unverständlichen Musters der vielfach versponnenen Schicksalsfäden.

»Ich wandelte Leben um«, fuhr Heinler fort, »nahm einen von den Untoten und verfeinerte seine Erscheinung zu der eines anderen. Eine von ihnen warst zufällig du. Bevor wir uns trennten, nahm ich eine Probe von deinem Blut und ein wenig von deiner Haut. Das genügte, um ein lebensnahes Ebenbild zu schaffen. Ein ausgezeichneter Doppelgänger, sozusagen.«

Blut und Haut. Als Konrad das Bewußtsein wiedererlangt und sich als einen Gefangenen von Kastrings Mordbrennern wiedergefunden hatte, war ihm von beidem einiges abhandengekommen.

»Die Augen waren falsch«, sagte er, »die Farben vertauscht.«

»Mag sein. Oder vielleicht sind es deine Augen, die falsch sind.«

Um Heinler von seinen Augen abzulenken, sagte Konrad: »Du mußt gewußt haben, daß ich der Eindringling im Gang war. Darum schicktest du mir meinen Doppelgänger entgegen.«

»Ich hatte ein Abbild von einem menschlichen Krieger gemacht. Ich wollte sehen, wie er gegen einen echten menschlichen Kämpfer bestehen würde. Dieser Krieger warst du, Konrad. Ein zufälliges Zusammentreffen.«

Aber Konrad glaubte noch immer nicht, daß es Zufall gewesen war. Der Rattenzauberer mußte gelogen haben; wahrscheinlich war alles gelogen, was er sagte. Heinlers langer Ärmel bedeckte das Ende seines rechten Arms und die fehlende Pfote. Wenn er ein so großer Zauberer war, daß er ein Ebenbild des Lebens schaffen konnte, warum konnte er seine eigene fehlende Hand nicht ersetzen?

Der graue Seher sagte etwas zu seinen Leibwächtern, sie antworteten, und dann verließ der Ohrenlose die Höhle. Der Einäugige blieb an der Seite seines Herrn.

»Ich weiß nicht, was ich mit dir anfangen soll, Konrad«, sagte Heinler. »Ich spüre, daß …« Er schüttelte den Kopf, in einer menschlich anmutenden Geste, die sich von einer Rattengestalt wie der seinigen unwirklich ausnahm, ließ den Satz aber unvollendet.

Konrad wartete und hoffte, daß der andere vollenden würde, was er sagen wollte, und daß er vielleicht einen Hinweis auf das Rätsel geben könnte, das Konrads Herkunft war.

»Was suchtest du in der Bergwerkssiedlung?« fragte Konrad. »Wartetest du dort, um mich zu töten?«

»Das Messer? Hätte ich dich töten wollen, so wärst du tot gewesen.« Er blickte auf das Stilett und warf es in die Höhe. Es wirbelte herum und herum, aber er fing es mit Leichtigkeit am Griff wieder auf. »Immer noch gut mit dem Messer, wie?« sagte er mit der Stimme des Zwangsarbeiters aus dem Bergwerk. »Ich war ein Bergmann. Für einen Tag. Bis ich einen dunklen Dunst erzeugte, der die Wachttürme einhüllte, so daß die Plünderer überraschend angreifen konnten.«

»Warum gingst du mit mir, als ich den Tiermenschen folgte?«

Heinler sagte nichts.

»Gehorchtest du den Befehlen des Schädelgesichtigen?«

Der graue Seher antwortete noch immer nicht, aber sein Gesichtsausdruck veränderte sich seltsam. War es Zweifel? Konnte es sein, daß er die wahre Antwort nicht wußte? Vielleicht wußte er nicht viel mehr als Konrad. Heinler starrte ihn lange nachdenklich an, und Konrad wich seinem Blick nicht aus.

»Warum hast du mich nicht getötet?« fragte er. »Du warst es doch, der mich niederschlug, nicht wahr? Du riefst eine Warnung, ich wandte mich um, und du strecktest mich nieder.«

Der graue Seher ließ sich mit seiner Antwort Zeit. »Ich nahm dein Blut, ich nahm dein Fleisch«, sagte er, »das war alles, was ich wollte. Diesmal werde ich mehr nehmen, weit mehr.«

Er machte kehrt und verließ die Höhlenkammer,

und Konrad blieb mit dem einäugigen Rattenkrieger zurück.

Die Zeit verging, und es war beinahe wie in der Gefangenschaft in Listenreichs unterirdischer Kammer. Diese aber war mehrere Meilen entfernt, sowohl horizontal als auch vertikal, wie Konrad vermutete. Außerdem gab es einige weitere Unterschiede. Er war angekettet, es war stockfinster, er lag auf dem harten, feuchten Fels und bekam nichts zu essen. Wenigstens gelang es ihm, Zunge und Kehle feucht zu halten, indem er die Nässe aufsaugte, die an den Wänden herabsickerte.

Es gab keine verschlossene Tür, nur eine roh aus dem Fels gemeißelte Öffnung, aber obwohl er sich nicht befreien konnte, war immer ein Bewacher in der Nähe. Oft war es einer der beiden Leibwächter, denen er in seinen Gedanken die Namen Ohrenlos und Silberauge gegeben hatte. Wenn sie nicht Dienst taten, waren es Mitglieder derselben Sippe, die das gleiche Brandzeichen trugen. Der graue Seher selbst ließ sich nicht mehr blicken. Konrad rief oft nach ihm und hoffte, daß die Wachen ihren Führer verständigen würden, doch ohne Erfolg. Vielleicht war Heinler nicht einmal der Name des grauen Sehers, sondern bloß einer, den er erfunden hatte, als er menschliche Gestalt angenommen hatte.

Da die Kette an seinem eisernen Kragen ihm einen gewissen Spielraum ließ, sammelte er in seinem Umkreis Knochen auf. Viele lagen lose herum, und er brauchte sie nicht aus den verwesenden Leichen in seiner Nähe zu lösen. Er schlug die Knochen gegeneinander oder rieb sie am Felsgestein der Wand, bis sie splitterten und sich zuspitzen ließen. Mit diesen Knochen kratzte und bohrte er ins Felsgestein, als hätte er den Verstand verloren und wollte sich einen Fluchtweg graben. Die Skaven schienen sehr erheitert, und oft sah er ein paar von ihnen im Eingang stehen und ihr Nagerlachen heraushusten. Sie schienen nicht einmal besorgt, als er versuchte, den Eisenkragen von seinem Hals zu hebeln oder die Kette aus der Wand zu bohren. Bald gab er ersteres auf, denn der einzige Schaden, den er damit anrichtete, betraf seinen eigenen Hals.

Nachdem er mehrere Beinknochen zerbrochen hatte, war der rostige Bolzen mit dem Ring, an den die Kette geschmiedet war, noch immer fest in dem Stein verankert. Wahrscheinlich war er seit Jahrhunderten an Ort und Stelle, und in dieser Zeit mußten Hunderte von Gefangenen darangekettet und in dieser Zelle gestorben sein. Aber wenn er nicht für alle sichtbar versuchte, an dem massiven Eisen zu kratzen und zu hebeln oder in den nackten Fels zu meißeln, sammelte Konrad ein paar scharf zugespitzte Knochen, die als Waffen dienen konnten, wenn einer der Rattenmenschen in Reichweite kam. Doch nur selten kam einer nahe genug, daß er ihn mit den bloßen Händen erreichen konnte.

Ohne den Wechsel von Tag und Nacht hatte er keine Vorstellung davon, wie lange er in der Höhlenkammer angekettet lag. Er hatte immer wieder geschlafen, aber niemals war es ein gesunder, tiefer und ausgiebiger Schlaf, und bald hatte er jedes Gefühl für den Ablauf der Tage verloren.

Er dachte an Heinler und ihre erste Begegnung in der Söldnerkaserne der Bergwerkssiedlung. Durch Heinler war er Kastrings Gefangener geworden. Kastring war Elyssas Bruder, und Konrad war bei Elyssa gewesen, als sie den bronzenen Ritter zuerst gesehen hatten. Dann war Konrad selbst der bronzene Krieger geworden, und Listenreich hatte ihn aus der Rüstung befreit. Nun war er Heinlers Gefangener, und Heinler schien Listenreich zu kennen.

Es sah tatsächlich so aus, als ob alles miteinander verbunden wäre, jedes einzelne Vorkommnis, wie die Glieder in einer Kette – einer unsichtbaren Kette, die

Konrad immer gefangenhielt, ohne daß er sich seiner Gebundenheit jemals bewußt geworden wäre. Nun blieb ihm nichts übrig als die Situation zu überdenken, in die sein unsichtbarer Sklavenhalter ihn gebracht hatte, und zu versuchen, seinen Platz im größeren Gesamtplan zu ermitteln. Es schien keine Lösung zu geben, da er als vergessene Geisel der Skaven einen Endpunkt erreicht hatte, der den Schluß zuließ, daß seine Rolle beendet sein mußte. Er lag tief unter der Erdoberfläche, wo alle wirklichen Ereignisse geschahen, in der feuchten Dunkelheit eines Todeskerkers, wo er mit Sicherheit wie alle früheren Bewohner jämmerlich umkommen und verfaulen würde.

Wie immer lehnte er mit dem Rücken an der feuchten Wand und blickte durch die Dunkelheit zum etwas weniger finsteren Eingang gegenüber, als er hinter sich ein Geräusch zu hören glaubte. Aber das einzige hinter ihm war massives Felsgestein, und er begriff, daß er zu halluzinieren begann. Er litt unter Hungerphantasien.

Die Vorstellung, daß Heinler zurückkehren und seine Drohung, mehr Blut und Fleisch von ihm zu nehmen, wahr machen würde, begann ihren Schrecken zu verlieren, als die vom Hunger bewirkte Abstumpfung zunahm. Es wäre ein schnellerer Tod, wenn er auch keinen Gefallen daran finden konnte, daß sein untoter Doppelgänger nach seinem eigenen Tod weiter existieren würde.

Dann hörte er wieder das Geräusch, ein fernes Echo, das durch den Fels zu dringen schien. Er drückte das Ohr an die feuchte Oberfläche. Nun klang das Geräusch wie Hammerschläge auf einem Meißel, als arbeite jemand an einem Stollen. Vermutlich gab es andere Höhlenkammern in der Nähe, in denen weitere Gefangene eingekerkert waren. Einer von ihnen schlug mit einem Stein an die Kerkerwand, wie Konrad es mit Knochen getan hatte. Das war die einzig mögliche Erklärung.

Er stand auf und ging so weit zur Mitte der Kammer, wie die Kette es erlaubte. Von Anfang an hatte er sich in Bewegung gehalten, so gut er konnte, obwohl dies seine Kräfte rascher verausgabte als Untätigkeit. Jede Art von Aktivität hielt aber seine Sinne wach, und er trainierte regelmäßig seine Muskeln. Er ging zwei Schritte nach links, zwei Schritte nach rechts, weil dies der Spielraum war, den seine Kette ihm gewährte. Die roten Augen des Ohrenlosen beobachteten ihn.

Plötzlich ertönte ein Krachen und Poltern, und Konrad wurde zur anderen Seite der Höhlenkammer geschleudert. Er landete auf dem Rücken und starrte benommen zur niedrigen Decke auf. Die Höhle war voll von schwarzem Rauch, der ihn husten machte, und er konnte nicht verstehen, was vorging.

Auf einmal kauerte eine gedrungene Gestalt über ihm. Sie kam ihm bekannt vor, doch konnte er sie nicht benennen. Sie bewegte den Mund, aber er hörte keine Worte. Der krachende Donnerschlag mußte ihm das Gehör genommen haben. Die Gestalt zog ihn hoch. Ein Zwerg; es war ein Zwerg!

Er fühlte sich schwindlig und benommen, sah den Zwerg ein Wort formen und schüttelte den Kopf. Ein weiterer Zwerg und eine bärtige Gestalt kamen aus dem unförmigen Loch, das sie in die Höhlenwand gesprengt haben mußten. Die Zwerge hatten sich einen Zugang zu seinem Kerker verschafft. Die Explosion hatte das Ende der Kette aus dem Felsgestein befreit, aber sie hatte ihn auch vorübergehend betäubt.

»Varsung?« schrie eine Stimme. Auf einmal konnte er wieder hören und wußte, daß der Rufer Ustnar war, derselbe, der ihn stützte.

»Tot«, flüsterte er, dann lauter: »Tot!«

Der andere Zwerg schloß einen Moment die Augen, dann sagte er: »Wir müssen fort von hier!«

Doch ehe Konrad und die beiden Zwerge durch die

gesprengte Öffnung entkommen konnten, drang eine Rotte von Skaven in die Höhlenkammer ein.

Ustnar sprang ihnen entgegen und schwang die Streitaxt. Pelzige Gliedmaßen wurden abgetrennt und Körper fielen übereinander, aufgeschlitzt und schreiend. Konrad beteiligte sich am Kampf, so gut er konnte, und schwang das freie Ende seiner Kette, als wäre es eine Waffe. Sie wickelte sich um den Arm eines der Rattenmenschen, und er zog ihn näher zu sich. Es war der Ohrenlose.

Die gezähnte Klinge des Skaven stieß auf Konrad nieder, der sich duckte und dem Stoß ausweichen konnte. Dabei hob er einen der Knochen auf, die am Boden verstreut lagen, und stieß ihn den zum nächsten Dolchstoß ausholenden Nager durch den offenen Mund in die Kehle.

Der Ohrenlose fiel und verlor seine Waffe. Konrad ergriff einen anderen Knochen, den er zugespitzt hatte, und trieb ihn in des Skaven Brust. Blut quoll aus dem sich windenden Körper, aber er stieß mit weiteren Knochen auf ihn ein, bis er wie gespickt war. Und noch immer zuckte er, weigerte sich, den Tod anzunehmen.

»Los, komm!« rief eine Stimme. Es war Hjornur, der andere Zwerg.

Ustnar stand noch im Kampf gegen die Skaven, und die enge Höhlenkammer füllte sich mit übereinanderliegenden Körpern. Der Zwerg schien in seiner wütenden Raserei im Begriff, durch den Eingang in den Gang vorzudringen, um mehr Feinde zu finden, statt sich zurückzuziehen. Konrad wußte, wie ihm zumute war.

Hjornur winkte Konrad, und er hob die Kette auf und stieg geduckt durch die gesprengte Öffnung. Er sah eine weitere Gestalt voraus, die eine Laterne hielt, und als sie ihnen bedeutete, sich zu beeilen, erkannte er Joukelm. Er folgte ihm so schnell er konnte durch den Gang. Hinter ihnen bildeten Hjornur und Ustnar den Schluß. Sie waren ein gutes Stück zurück, aber er wartete nicht auf sie, denn er wollte um keinen Preis die undeutliche Gestalt Joukelms mit der Laterne aus den Augen verlieren, die hundert Schritte vor ihm durch den engen Felsstollen lief.

Ein dumpfes Krachen schlug betäubend an sein Ohr, und eine Druckwelle bitterer, staubiger Luft schleuderte ihn vorwärts. Blut rann aus seinen Nasenlöchern, eine weitere Staubwolke hüllte ihn ein, und er hustete. Halb erstickt und geschlagen von erneuerter Taubheit, wankte er weiter, getröstet von der Erkenntnis, daß die Zwerge eine zweite Ladung Schießpulver eingesetzt hatten, um den Gang hinter ihnen zum Einsturz zu bringen und so die Verfolger abzuhalten.

Konrad folgte dem matten Laternenschein erschöpft aufwärts, und mit jedem Schritt, den er stieg, näherte er sich Middenheim und Listenreichs unterirdischen Werkstätten.

12

»Habt Dank, daß ihr mich herausgeholt habt«, sagte Konrad.

»Wir sind nicht deinetwegen gekommen«, erwiderte Joukelm.

»Wir kamen wegen Varsung«, sagte Hjornur.

Konrad wußte es bereits, aber er sagte nichts weiter; die ersten Worte waren schwierig genug gewesen. Er trank noch etwas Wasser. Die Zwerge hatten keinen derartigen Ballast in die Skavendomäne mitgenommen, weil sie mit Bohrgerät, Waffen und Schießpulver beladen gewesen waren.

Nach langer und mühsamer Wanderung hatten sie endlich die labyrinthischen Ebenen unter der Stadt erreicht. Mehrmals dachte Konrad, er könne nicht weiter, seine Erschöpfung sei zu groß, aber die Zwerge hatten ihn die steilsten Passagen halb hinaufgezogen, halb hinaufgeschoben. Sie strengten sich an, als müßten sie ihn zurückbringen, weil sonst ihre ganze Mission gescheitert wäre. Er war voll Schweiß und Schmutz und Blut, bedeckt mit Schnittwunden und Prellungen, aber er lebte, er war frei, und das war jeden Schmerz und alle Entbehrung wert.

Er kleidete sich aus, badete seine frischen Verletzungen und wusch das getrocknete Blut, den Staub und den Schweiß ab. Aber er war nicht völlig nackt, denn der eiserne Kragen umschloß nach wie vor seinen Hals, und die rostigen Kettenglieder, die ihn an die Höhlenwand gefesselt hatten, hingen ihm über den Rücken herab. Er erinnerte sich der schwarzen Kettenglieder, die Wolf um den Hals getragen hatte. Er hatte gesagt, sie seien Teile einer Kette gewesen, die ihn einst gefangengehalten hatte, und er habe sie behalten, um sich stets zu erinnern, wie unerträglich die Einkerkerung gewesen war, und daß er in Zukunft lieber sterben als sich wieder gefangennehmen lassen wollte. Konrad bedurfte keiner solchen Erinnerung, und Joukelm befreite ihn mit ein paar genauen Schlägen seines Hammers auf den kalten Meißel vom eisernen Halsschmuck.

»Was ist geschehen?« fragte Ustnar endlich.

Konrad wußte genau, was der Zwerg meinte. »Es war die Sache eines Augenblicks«, antwortete er. »Ein Bolzen von einer Armbrust. Varsung wußte nicht mehr, was ihn getroffen hatte. Er litt keine Schmerzen, er war augenblicklich tot. Ich tötete den Armbrustschützen.«

Nur der letzte Satz entsprach nicht der Wahrheit, doch hatte er in dem Gang so viele Skaven getötet, daß darunter auch der mit der Armbrust gewesen sein konnte.

Ustnar starrte ihn an, aber Konrad hielt seinem Blick stand. »So ist es gewesen«, bekräftigte er.

Ustnar nickte und ging davon ins Halbdunkel der Höhle. Die anderen drei sahen ihm nach.

»Varsung war sein Bruder«, sagte Joukelm.

»Aber das ist nicht der Grund unserer Rückkehr gewesen«, sagte Hjornur. »Wir gingen zurück, weil Varsung ein Kamerad war.«

Konrad trank mehr Wasser, dann kaute er an einem trockenen Stück Brot. Sie hatten für ihre Rückkehr lange gebraucht, dachte er, aber vielleicht schien es ihm nur so. Nach dem Raub des Verwerfungsgesteins mußten die Skaven doppelt wachsam gewesen sein. Wahrscheinlich hatten die Zwerge eine andere Route in den Rattenbau genommen, vielleicht sogar einen neuen Stollen durch den Fels treiben müssen.

Er war jetzt überzeugt davon, daß Listenreich mit

ihrer zweiten Expedition nichts zu tun hatte. Der Zauberer hatte Konrad in den Tod geschickt, und mit ihm jeden anderen, der ihn begleitete. Es war Varsungs Pech, daß er derjenige gewesen war. Oder Listenreich hatte angeregt, daß Varsung ihn begleiten sollte, während die drei anderen zum Ziel ihres Beutezuges vorstießen.

»Habt ihr das Verwerfungsgestein bekommen?« fragte er.

Joukelm bejahte.

»Warum?«

»Was heißt ›warum‹?«

»Warum habt ihr es getan? Warum arbeitet ihr für Listenreich?«

»Wir arbeiten *mit* ihm«, sagte Hjornur.

»Aber ihr nennt ihn Chef«, widersprach Konrad.

»Nur um ihn bei Laune zu halten«, sagte Joukelm.

»Aber er ist derjenige, der die Befehle gibt. Er ist der Chef. Er will das Verwerfungsgestein, nicht ihr.« Konrad blickte von einem zum anderen.

»Wir sind Verbündete«, meinte Hjornur. »Wir beschaffen das Verwerfungsgestein, und Listenreich gebraucht es.«

»Nein, er gebraucht euch.«

»Vielleicht. Aber es kommt auf das Ergebnis an.«

»Der Tod Varsungs? War das nicht das Ergebnis?«

»Nein«, erwiderte Joukelm. »Niemand lebt ewig.«

»Varsung hatte dazu nicht viel Gelegenheit, oder?« sagte Konrad.

»Es gibt immer Verluste.«

Nun, da er sich allmählich erholte, verwirrte ihn die Art und Weise, wie die Zwerge Listenreich zu betrachten schienen. Erkannten sie nicht, daß er sie für seine eigenen zweifelhaften Zwecke mißbrauchte?

»Listenreich wollte die Skaven wissen lassen, daß ich dort war. Sie konnten das Verwerfungsgestein wittern, das ihr verwendetet, um mich aus der bronzenen Rüstung herauszubekommen. Varsung und ich dienten zur Ablenkung, damit ihr das Verwerfungsgestein stehlen konntet. Deshalb starb Varsung. Ihr wolltet das sicherlich nicht, nehme ich an. Denn ihr kamt mit der Hoffnung zurück, daß er noch am Leben sei.«

Joukelm zuckte die Achseln. »Wir hofften es, aber ...«

»Wir befinden uns im Krieg«, sagte Hjornur, »genauso wie du in Kislev.« Der Zwerg hatte wohl von Listenreich über Konrads Jahre an der Grenze gehört. »Du hast eine Goldmine gegen Tiermenschen verteidigt. Jeder, den du getötet hast, verlangsamte das Vordringen des Chaos um ein geringes, obwohl das vielleicht nicht dein Motiv war. Und wir sind hier am gleichen Kampf beteiligt.«

Konrad starrte die beiden an. Er konnte kaum glauben, was er hörte. Hatte der Magier sie hypnotisiert?

Die Reaktion Joukelms und Hjornurs stand dem, was er erwartet hatte, völlig entgegen. Zwerge waren von Natur aus aufbrausend, und er hatte gedacht, sie würden angesichts der Erkenntnis, daß Listenreich ihren Kameraden vorsätzlich als Köder gebraucht hatte, außer sich geraten. Ustnar war vom Tod seines Bruders naturgemäß betroffen, aber das war alles. Die beiden anderen schienen völlig unbekümmert, als wäre das Verhalten des Zauberers durchaus vernünftig gewesen.

Sie hatten nicht einmal Überraschung gezeigt, als Konrad ihnen vor Augen geführt hatte, daß der Geruch von Verwerfungsgestein die Skaven vor ihrer Annäherung gewarnt haben mußte. Aber der Grund war offensichtlich, das begriff er plötzlich: Die Zwerge wußten Bescheid. Sie wußten alles über Verwerfungsgestein und seine Wirkungen; sie wußten, daß Konrad von dem Geruch des Materials gesättigt war; sie wußten, daß die Skaven ihn durch den Geruch entdecken würden.

Und Ustnar? Hatte auch er gewußt, daß sein eigener Bruder durch Listenreichs Plan in Lebensgefahr geraten würde? Er mußte es gewußt haben, und Varsung desgleichen …

Das einzige Mitglied der Expedition, dem nicht bekannt gewesen war, daß die Skaven an Konrad den Geruch von Verwerfungsgestein wittern würden, war Konrad selbst gewesen.

Würde er die Witterung lebenslang mit sich herumtragen? Oder würde sie sich mit den Jahren verlieren? Er mußte Listenreich fragen. Er hatte kein Verlangen, jemals wieder mit Skaven zusammenzutreffen; wenn sie ihn aber witterten, würden sie ihn wegen des Verwerfungsgesteins, das sie suchten, überall verfolgen.

Trotz seiner Erleichterung über die wiedergewonnene Freiheit grollte Konrad weiterhin dem Zauberer, der ihn zum Köder gemacht hatte. Er hatte auch die Zwerge ausgenutzt. Obwohl sie es wußten, blieben sie loyal. Es machte keinen Sinn, aber Konrad war die Niederlage des gesunden Verstands angesichts der Unvernunft nichts Neues.

Nachdem er eine unbekannte Zahl von Stunden geschlafen und seine erste richtige Mahlzeit gegessen hatte, führten die Zwerge ihn durch das Netzwerk der Gänge höher hinauf und brachten ihn zurück in den Bereich, wo der Magier hauste. Die Wachen ließen sie durch, und so gelangten sie zum Zauberer. Als Listenreich Konrad und die anderen drei sah, würdigte er sie kaum eines Blickes, so vertieft war er in seine Arbeit am Zusammenbau einer unheimlich aussehenden Vorrichtung aus Kupfer.

»Halte dies«, sagte er zu Joukelm, und der Zwerg beeilte sich, der Aufforderung nachzukommen.

Konrad trat auf den Zauberer zu und blieb vor ihm stehen. Listenreich mußte gewußt haben, daß er von den Skaven gefangengehalten worden war, doch selbst als er seine augenblickliche Tätigkeit beendet hatte, ignorierte er Konrad. Dies war auch seine erste Begegnung mit den Zwergen seit ihrer Expedition in die Unterwelt der Nager. Da er sie selbst ausgesandt hatte, mußte er wissen, daß sie einige Zeit fort gewesen waren, aber er schenkte ihnen weiter keine Beachtung, verhielt sich so, als wäre nichts geschehen.

Während er in der Tiefe des Untergrunds angekettet gewesen war, hatte Konrad sich oft die Zeit mit Überlegungen der möglichen langsamen und schmerzhaften Methoden vertrieben, durch die er Listenreich umbringen könnte, sollte er ihm je wieder begegnen. Nun aber kam ihm die Idee solch einer Vergeltung absurd vor. In der Hitze des Kampfes, wenn das Blut in Wallung geraten war, bildete Vergeltung eine hervorragende Motivation, einen mächtigen Anreiz zum Handeln. Wenn ein Kamerad getötet oder schwer verwundet worden war, stürzten seine Freunde sich ungeachtet aller Gefahr ins Getümmel, um den Feind, der sie ihres Kampfgefährten beraubt hatte, zu erschlagen.

Gedanken an Vergeltung hatten Konrad geholfen zu überleben, aber die Flammen des Zornes waren erloschen, und er verspürte keine Feindseligkeit mehr. Vielleicht war er von den Zwergen beeinflußt worden, von der Gelassenheit, mit der sie den ganzen Vorfall behandelt hatten. Und daß Konrad sich in kaltblütiger Berechnung an dem Zauberer rächen würde, entsprach nicht seiner Natur. Die Vergangenheit war vorbei und erledigt. Er war befreit worden, und darauf allein kam es an. Nichts, was er Listenreich antun könnte, würde etwas ändern. Weder würde es ihn vor zukünftigen Gefahren retten, wenn er den Zauberer ins Jenseits beförderte, noch würde es ihm anderweitig zum Vorteil gereichen, denn er hatte nicht die Absicht, weiteren Umgang mit Listenreich zu pflegen.

Noch in dieser Stunde wollte er fortgehen. Zuerst benötigte er eine neue Ausrüstung, Waffen, ein Pferd und Geld. Das erklärte er Listenreich, sobald der Magier die Werkstatt verließ, nachdem er den drei Zwergen den Auftrag gegeben hatte, ein kompliziertes Geflecht aus Kupferrohren zu konstruieren, das beinahe ein Modell des Netzwerkes der unterirdischen Gänge hätte sein können, durch das ihre Unternehmung sie geführt hatte.

»Geld?« sagte der Zauberer. »Geld?« Er runzelte die Stirn, als ob es ein ihm unbekanntes Wort wäre. »Ich habe kein Geld.« Er wollte an Konrad vorbei, fand aber den Weg versperrt. »Es steht Ihnen frei zu gehen, wann immer Sie wollen.«

»Kleider, Rüstung, einen Helm, einen Schild, ein Schwert, ein Pferd«, wiederholte Konrad.

»Ich schulde Ihnen nichts.«

»Sie versuchten mich zu töten.«

»Das ist nicht wahr.«

»Sie schickten mich in die Höhlen der Skaven, obwohl Sie wußten, daß sie das Verwerfungsgestein wittern würden.«

»Ja.«

»Also versuchten Sie mich zu töten«, wiederholte Konrad.

»Nein. Ich verstehe nicht, warum Sie sich beklagen. Sie sind nicht tot. Wären Sie es, würden Sie nicht hier stehen und sich beklagen.«

»Der einzige Grund, daß ich nicht tot bin, ist der, daß die Zwerge mich gerettet haben. Und sie taten es nicht um meinetwillen. Sie wollten Varsung herausholen, der von den Skaven getötet wurde.«

»Das dachte ich mir.«

»Wußten Sie, daß er Ustnars Bruder war?«

»Alle Zwerge sind Brüder.«

»Sein wirklicher Bruder.«

»Was soll das besagen?«

Listenreich hatte ihm das Leben gerettet, und Listenreich hatte ihm beinahe das Leben genommen. Beides glich sich aus. Ursprünglich hatte der Zauberer behauptet, er verlange von Konrad, daß er das Verwerfungsgestein als Bezahlung für seine Rettung aus der Bronzerüstung beschaffe. Nach dieser Rechnung, dachte Konrad, stehe ihm noch etwas zu für die Rolle, die er in dem Unternehmen gespielt hatte.

»Ich werde gehen, sobald Sie bezahlen, was mir für die Beschaffung des Verwerfungsgesteins zusteht«, sagte er.

»Aber Sie beschafften keins. Sie kamen nicht zurück.«

»Ich bin jetzt zurückgekommen. Und wenn ich nicht gegangen und wenn Varsung nicht gefallen wäre, hätten die anderen drei kein Verwerfungsgestein erbeutet.«

»Nicht unbedingt«, sagte Listenreich, und wieder wollte er an Konrad vorbei.

Konrad legte die flache Hand auf Listenreichs Brust, um ihn zurückzuhalten. Es war das erste Mal, daß er ihn berührte.

»Ich glaube nicht, daß es klug von Ihnen wäre, mir zu drohen«, sagte Listenreich.

Und Konrad erinnerte sich, mit wem er es zu tun hatte: einem Zauberer …

Selbst ohne eine Waffe hätte er Listenreich notfalls in einer Sekunde erschlagen können. Ein toter Magier konnte keinen Zauberbann aussprechen. Konrad ließ die Hand sinken, fragte sich aber, wie schnell Listenreich sich hätte schützen können. War es möglich, einen Abwehrzauber zu aktivieren, der schneller war als die Reflexe eines geübten Kriegers? Wäre der Zauberer gestorben, bevor er einen tödlichen Fluch hätte ausstoßen können?

»Sie brauchen nicht zu gehen«, sagte Listenreich. »Ich kann Ihnen alles geben, was Sie hier brauchen.«

»Ha! Sie bieten mir eine Stellung an? Sie möchten, daß ich zurückgehe und die Skaven wieder meine Witterung aufnehmen lasse, damit die Zwerge mehr Verwerfungsgestein erbeuten können? Ich mag ein Söldner sein, Listenreich, ich mag vom Schwert leben, aber ich bin nicht dumm. Ich gehe, bevor die Skaven hier erscheinen.«

»Hier erscheinen?« echote der Zauberer, und zum ersten Mal sah er Konrad an, statt durch ihn hindurch. »Was wollen Sie damit sagen?«

»Sie kommen, um Ihnen das Handwerk zu legen. Sie haben genug davon, daß Sie ihnen das Verwerfungsgestein stehlen. Sie haben vor, Ihnen das Lebenslicht auszublasen.«

»Das sind bloße Vermutungen.«

»Sie wissen, wer Sie sind, Listenreich, und wahrscheinlich wissen sie, wo Sie sind. Sie werden Sie töten. Und ich habe nicht vor, hier zu sein, wenn sie kommen.«

Zum ersten Mal sah der Zauberer verwirrt aus. Er schien sich nie mit der Möglichkeit beschäftigt zu haben, daß die Skaven etwas gegen ihn unternehmen könnten; er schien zu glauben, daß er ewig von ihnen weiterstehlen könne, ohne daß sie etwas dagegen tun würden.

»Haben Sie sich das ausgedacht?« Diesmal war Zweifel in seinem Tonfall.

»Nein. Heinler sagte es mir.«

»Und wer ist Heinler?«

»Ihr Anführer. Ein grauer Seher.«

Listenreich starrte ihn ungläubig an. »Ein grauer Seher sagte es Ihnen? Seien Sie nicht lächerlich.«

Konrad zuckte die Achseln. »Er scheint Sie nicht zu mögen, Listenreich. Er sagte, Sie müßten einen Preis dafür zahlen, was Sie ihm angetan hätten. Seitdem sind Ihre Zwerge wieder dort unten gewesen, töteten eine Anzahl Skaven und sprengten einen Gang. Heinler wird jetzt noch weniger erfreut über Sie sein, denke ich mir.«

»Und dieser graue Seher sprach wirklich mit Ihnen?«

Konrad nickte. »Er ist mächtig und kann alles mögliche. Er ist einer ihrer Zauberer, einer wie Sie.«

»Nicht wie ich!« Er schwieg einige Sekunden, blickte ins Leere, dann hielt er plötzlich die rechte Hand hoch. »Fehlte ihm eine Pfote?«

»Ja. Kennen Sie ihn?«

»Gaxar. Das war der Name, unter dem ich ihn kannte. Ich war es, der die Pfote entfernte. Also ist er zurück, der …?«

»Sie ›entfernten‹ die Pfote? Durch Zauberei?«

»Mit einem …« – Listenreich hielt inne, als suchte er nach dem Wort – »… einem Schwert.«

»Wenn er ein Zauberer ist«, kam Konrad auf einen Punkt zu sprechen, der ihn früher beschäftigt hatte, »warum kann er nichts für seine Hand tun? Seine Pfote, meine ich. Er kann den Toten Leben eingeben, warum also nicht seine fehlende Pfote nachwachsen lassen?«

»Es gibt ein altes Sprichwort: *Zauberer, heile dich selbst.* Es ist paradox, aber was Zauberer für andere tun können, Sie können es oft nicht für sich selbst.« Listenreich schüttelte bedächtig den Kopf, als er dem Geheimnis nachsann. »Aber Sie sagen, er gebe den Toten wieder Leben ein?«

Konrad erzählte dem Zauberer, was er in der Skavenhöhle gesehen hatte und was Heinler – oder Gaxar, wenn das sein wirklicher Name war – ihm über seine Nekromantie erzählt hatte.

»Und er schafft wieder Nachbildungen?« sagte Listenreich, als er von dem Duell hörte, das Konrad mit seinem Doppelgänger ausgefochten hatte. Er stand bewegungslos und starrte an Konrad vorbei ins Leere.

Aber das war es nicht, was Konrad besprechen wollte. Er erkannte, daß er seine Zeit vergeudete, wenn er versuchte, mit dem Zauberer zu reden. Er würde nichts von ihm bekommen; er würde sich nehmen müssen, was er brauchte. In der Wachstube mußte es Waffen geben, Helme und Rüstungsteile und sicherlich auch Kleidung; und zweifellos gab es irgendwelche Gegenstände von Wert, die er verkaufen oder gegen ein Pferd tauschen konnte, sobald er die Oberfläche von Middenheim erreichte.

Er wandte sich vom Zauberer ab. Die Anlage der unterirdischen Gänge war ihm unvertraut. Er konnte nicht mehr tun als die verschiedenen Stollen absuchen, bis er fand, was er brauchte. Bald versperrte ihm eine massive hölzerne Tür das Vorankommen. Er zog die schweren Riegel zurück und brachte sie auf, doch schienen von dem Gang vor ihm keine weiteren Räume abzuzweigen. Er konnte nur eine weitere Tür sehen.

Als er sie erreichte, entdeckte er, daß sie nicht nur durch Schlösser und Riegel gesichert war. Er kam nicht aus Listenreichs Domäne heraus, solange der Zauberer es ihm nicht erlaubte. Er machte kehrt und ging den Weg zurück, den er gekommen war. Er hatte die erste Tür offengelassen und sah den Zauberer noch am Ende des Ganges stehen, beleuchtet von der Laterne, die in seiner Nähe von einem Lampenhalter hing.

Als er den Durchgang erreichte, hörte Konrad eine laute Detonation hinter sich. Es war wie ein jäher Donnerschlag, und er flog herum und sah den Blitz einschlagen …

Die schwere hölzerne Tür am Ende des Ganges zersplitterte in tausend Stücke, und er wurde von mehreren Splittern getroffen und vom grellen Lichtschein geblendet. Er wußte, wie eine Pulverexplosion klang und roch, aber dies war etwas anderes. Es war keine physikalische Kraft, welche die massive Tür mit solcher Leichtigkeit zerfetzt hatte.

Er trug noch sein Kettenhemd und die Lederkleidung, die ihn vor den fliegenden Holzsplittern schützte, und hatte instinktiv die Hände hochgerissen, um sein Gesicht zu beschirmen. Als er sich von der blendenden Lichterscheinung zu erholen begann und mit den Augen zwinkerte, sah er die Umrisse einer schattenhaften Gestalt aus Staub und Rauch erscheinen. Die Gestalt war fellbedeckt und trug ein Schwert. Ein Skaven!

Obschon noch halb benommen, sprang Konrad auf den Skaven zu, bewaffnet nur mit dem, was seine primitiven Vorfahren aufzubieten hatten – seinen Händen und Füßen. Der Eindringling konnte nicht erwartet haben, daß ein Gegner so nahe sein würde, und Konrad baute auf den Überraschungsvorteil. Bevor der Rattenmensch wußte, wie ihm geschah, streckte Konrad ihn mit einem Handkantenschlag gegen den Hals nieder.

Konrads Stiefel folgte dem Fallenden und zermalmte ihm die Kehle. Er brachte das Schwert seines Opfers an sich und bemerkte, daß es nicht die übliche gezähnte Klinge hatte, die von Skaven bevorzugt wurde; er bemerkte auch, daß die Kreatur unter dem Fell offenbar eine Rüstung trug.

Aber inzwischen erschien ein zweiter Gegner im Gang. Die Schwerter schlugen aufeinander, und als Konrads Augen sich der erneuerten Dunkelheit angepaßt hatten, sah er, daß er nicht gegen einen Skaven kämpfte. Sein Gegner war ein Mensch, der über Helm und Rüstung einen Wolfspelz trug. Konrad wußte, daß er kein echter Mensch sein konnte; er war womöglich einer der Untoten, die Gaxar wiederbelebt hatte. Doch als er tödlich getroffen fiel, vergoß er rotes Blut, keine weißen Maden.

Wolfspelz, dachte Konrad, als er den dritten Eindringling anging. Und dies war die Stadt des weißen Wolfes. Es mußte sich um Soldaten aus Middenheim handeln. Mit dieser Erkenntnis schwand sein wütendes Draufgängertum, und er besann sich auf die Verteidigung. Ärger mit den Stadtbehörden lag nicht in seinem Interesse; er hoffte Listenreichs Domäne über Middenheim zu verlassen. Doch nachdem er zwei von ihnen getötet hatte, war nicht zu erwarten, daß der Rest der Truppe sich mit ihm anfreunden würde.

»Listenreich!« schrie eine Stimme hinter Konrads Gegner. »Sie sind wegen illegalen Gebrauchs von Verwerfungsgestein festgenommen! Befehlen Sie Ihren Männern, sich zu ergeben!«

Kapitulation war kein Wort, das Konrad kannte. Er hatte soeben zwei Kameraden seines Gegners erschlagen, und es würde schierer Wahnsinn sein, das Schwert aus der Hand zu geben. In vielen Fällen war Kapitulation gleichbedeutend mit sofortiger Exekution. Hier würde man ihn als einen Verbündeten des Zauberers betrachten, und auf die Handhabung von Verwerfungsgestein stand die Todesstrafe.

Hinter ihm wurden rennende Tritte laut, und er erkannte das Geräusch. Nur Zwerge rannten so. Eine Sekunde später war Ustnar neben ihm. Unzufrieden mit Konrads offensichtlichem Widerwillen, seinen Gegner zu erledigen, drängte sich der Zwerg nach vorn. Seine Axt blinkte zweimal, und der Stadtsoldat brach zusammen; beide Beine waren an den Knien durchschlagen.

Gleich darauf waren auch Joukelm und Hjornur zur Stelle, und zu dritt trampelten sie über den verwundeten Soldaten hinweg und drangen in den Gang vor. Sie waren die geborenen Tunnelkämpfer. Konrad blickte auf den dritten Krieger, der sich schreiend am Boden wand. Er konnte nichts tun als seinem Leiden so rasch wie möglich ein Ende zu machen. Dies war die erste Lektion, die Wolf ihn gelehrt hatte, als der Söldner einen der Waldhüter erledigt hatte, die Konrad in Ferlangen überfallen hatten. Er setzte dem Soldaten die Schwertspitze an die Kehle, dann lehnte er sich mit seinem ganzen Gewicht darauf. Der Soldat zuckte und kreischte ein letztes Mal, dann wurde er still. Blut quoll ihm aus Kehle und Mund und vereinte sich mit der Lache aus seinen abgehackten Beinen.

Konrad ging zurück, um Listenreich zu suchen. Er fand den Zauberer in der zentralen Werkstatt. Der Raum glich einem Inferno, und er fragte sich, wie die Eindringlinge so rasch hatten vorrücken können. Dann wurde ihm klar, daß die Zerstörung des Zauberers eigenes Werk war. Listenreich stand in einem unberührten Teil der Höhle, während ringsum das Feuer wütete. Er zerstörte alle Hinweise darauf, was er getan hatte, all seine Bücher und Aufzeichnungen, Ausrüstungen, Maschinerien und Apparate.

Konrad war gezwungen, vor der Gluthitze zurückzuweichen, und blieb vor dem Bogen des Eingangs stehen. Der Zauberer blieb unberührt von der Verheerung, die er angerichtet hatte. Er hätte seine Kräfte gebrauchen können, um den Angriff zurückzuschlagen. Statt dessen zog er es vor, alle Spuren seiner Arbeit in diesem geheimen Schlupfwinkel unter der Stadt auszulöschen. Das würde ihn nicht retten, dachte Konrad. Schon die Tatsache, daß er seine Arbeit und sein Gerät opferte, würde als hinreichender Beweis angesehen werden. Die Todesstrafe erwartete Listenreich – und Konrad.

Dann trat der Zauberer ruhig aus dem Feuerofen, den er geschaffen hatte, und bemerkte Konrad, der ihn beobachtete. »Sie sollen aus meinem Genius keinen Nutzen ziehen«, sagte er ohne Erregung. »Die Ergebnisse meiner Forschung gehören mir allein. Und ich habe noch immer das Wichtigste von allem.« Er klopfte an seine Stirn.

Vier Söldner seiner menschlichen Wachmannschaft eilten vorbei, um am Kampf teilzunehmen. »Zurück auf eure Posten!« befahl Listenreich. »Sie werden anderswo durchbrechen!«

»Wenigstens sind es nicht die Skaven«, bemerkte Konrad.

»Ich denke, ich würde die Skaven vorziehen«, erwiderte Listenreich. »Haben Sie gesehen, wie diese Tür zerbarst? Die sogenannten Zauberer von Middenheim fürchten sich, mir gegenüberzutreten, also schicken sie ihre Söldner vor, die Stadtsoldaten.«

Wenn sich die gesamte Stadt, das Militär und die Zauberer miteinander verbündet hatten, waren Listenreichs und Konrads Chancen gering.

»Was ist mit Ihrer Magie?« fragte Konrad.

»Meine Gegner haben ihre Kräfte vereint, um meine Talente einzuschränken. Ich kann die Beengung fühlen. Es ist so, als hätten sie zwischen mir und Middenheim eine Barriere errichtet. Ich kann gegen unsere Angreifer keinen Zauber aufbieten.«

»Dann bleibt uns nur der Kampf übrig.«

»Kampf? Nein, nein. Vielleicht sollte ich versuchen, ihnen die Lage zu erklären, sie über die Skaven zu unterrichten, daß ein Angriff bevorsteht.«

Konrad hörte nicht weiter auf ihn. Mit Reden war ihm nicht geholfen. Das würde nur zur Kapitulation führen, was bestenfalls bedeutete, daß er eine Form der Einkerkerung gegen eine andere tauschen würde. Er mußte entkommen, und er wußte, daß die Zwerge ihre geheimen Gänge hatten, durch die sie die Stadt unbemerkt betreten und verlassen konnten.

»Die Skaven!« sagte er. »Das ist es! Wir sind in der Falle zwischen zwei Feinden. Wir müssen sie zusammenbringen, sie gegeneinander kämpfen lassen, nicht gegen uns.«

»Wie?«

Die Skaven waren eine heimliche Rasse. Wenige wußten überhaupt von ihrer Existenz. Vielleicht war nicht einmal dem Grafen von Middenheim bekannt, daß tief unter seinem Territorium eine rivalisierende Macht bestand. Die widerwärtigen Wesen, die in den tiefsten Schatten lauerten, waren eine bei weitem größere Bedrohung, als Listenreich sie darstellte, und irgendwie mußte Konrad die Aufmerksamkeit der Befehlshaber Middenheims auf die Gefahr lenken. Dann würde die Garnison ihre Kräfte auf die Bekämpfung der Rattenmenschen konzentrieren – während er sich davonmachte.

Die Stadtsoldaten Middenheims mußten gegen die Skaven geführt werden. Der Schlupfwinkel der Nager war zu weit entfernt, und die Soldaten würden nicht bereit sein, Listenreichs Gruppe hinunter in die tiefste Dunkelheit zu verfolgen. Wenn sie jedoch von der Existenz der unterirdischen Skavenstadt erfuhren, würde eine ganze Armee ausgesandt, die verborgene Bedrohung zu beseitigen.

»Heinler – ich meine, Gaxar – sagte etwas über neue Rekruten«, erinnerte sich Konrad. »Das bedeutet Tote. Die Skaven wollten sie bald aktivieren. Wo würden sie welche finden?«

»Morrspark«, sagte Listenreich. »Die Katakomben.«

»Dann werden wir dorthin gehen«, sagte Konrad. »Und wir müssen dafür sorgen, daß man uns folgt. Verstehen Sie?«

»Ich mag kein Soldat sein«, sagte Listenreich, »aber ich bin nicht begriffsstutzig.«

Ein weiteres Flächenwachstum der Stadt Middenheim war nicht möglich; ihre Grenzen waren die Ränder des Plateaus. Diese Gipfelfläche maß nicht viel mehr als eine Quadratmeile, was zur Folge hatte, daß Grund hoch im Kurs stand. Es gab nicht genug Raum für die Lebenden und sehr wenig für die Toten. Die Armen warfen die Leichen ihrer verstorbenen Angehörigen einfach über die Seufzerklippe in die Tiefe. Wer mehr Respekt und Geld hatte, bezahlte die Einäscherung oder ein Begräbnis am Fuß des Berges. Nur die sehr Reichen konnten sich einen Begräbnisplatz in den unterirdischen Gruftgewölben leisten.

Dies war der Ort, wo die Sippe der Zwerge, die ihre

Stollen durch den Granit aufwärtsgetrieben hatte, ursprünglich an die Oberfläche gekommen war. Morrspark war der älteste Teil der Stadt, und von hier gingen mehr Stollen aus als irgendwo sonst in Middenheim. Im Laufe der Zeit waren viele dieser Gänge eingestürzt. Dies schränkte den für Begräbnisse verfügbaren Raum weiter ein, und der Preis für einen Begräbnisplatz in einer Gruft war entsprechend gestiegen.

Begräbnisfeierlichkeiten fanden an der Oberfläche statt, aber dort befand sich nicht der einzige Zugang zu den Katakomben der Grüfte. Die Zwerge wußten, wie dieser Bereich durch das bröckelnde Labyrinth der alten Gänge zu erreichen war, auf einem langen und gewundenen Weg, der streckenweise durch die Kanalisation führte. Die Stadtsoldaten sollten durch hinhaltenden Widerstand eine kurze Zeit zurückgehalten werden und dann die Verfolgung der fliehenden Verteidiger aufnehmen; dabei durften sie nicht den Eindruck gewinnen, daß sie weitergelockt wurden.

Joukelm und Ustnar übernahmen als Wegekundige die Führung der Flüchtlinge, die aus einem weiteren Zwerg, einigen Wächtern in Listenreichs Diensten, den Frauen, zu denen auch Gertraud und Rita gehörten, dem Koch und schließlich Konrad und dem Zauberer selbst bestanden. Es war noch immer unmöglich, festzustellen, wie viele Zwerge für den Zauberer arbeiteten, denn einige von ihnen mußten mit Hjornur und den übrigen Wächtern zurückbleiben, um Widerstand zu leisten und die Verfolger aufzuhalten. Aus der Ferne hörten die Flüchtlinge den durch die Gänge hallenden Gefechtslärm der Nachhut, das Klirren der Waffen und die Schreie der Verwundeten und Sterbenden.

Joukelm und Ustnar hielten die Gruppe an und warteten, bis die Nachhut mit ihnen aufgeschlossen hatte. Die Stadtsoldaten mußten unmittelbar nach ihnen in die Katakomben eindringen, damit auch sie die Skaven beim Leichenraub sehen würden – vorausgesetzt, es waren welche dort ...

Konrad hatte sich vorgenommen, aus Middenheim zu entkommen, und das war nach wie vor eine Möglichkeit. Aber wenn er eine Anzahl von Skaven töten konnte, bevor er sich aus dem Staub machte, dann war seine Wahl keinen Augenblick im Zweifel.

Die arg zusammengeschmolzene Nachhut schloß auf. Sie bestand aus drei Wächtern und einem Zwerg; es war nicht Hjornur. Die Schritte der Verfolger kamen näher, und der Widerschein ihrer Laternen wurde hinter der nächsten Krümmung des Ganges sichtbar. Konrad befürchtete, daß die Leichenräuber, von den Geräuschen gewarnt, bereits die Flucht ergriffen hätten. Aber sie waren da!

Als Listenreichs Gruppe in die Katakomben kam, sahen sie mehrere Skaven, die gerade im Begriff waren, die Leichen kürzlich Verstorbener aus ihren Särgen zu zerren. Diese hatten sie zuvor aus den ins Felsgestein gehauenen Grabnischen gezogen. Sie erstarrten im plötzlichen Lichtschein der Laternen.

Ein Befehl war nicht nötig. Die Wachen und Zwerge stürmten vorwärts, während die Skaven die Leichen fallen ließen und sich in die Gänge zu retten suchten, aus denen sie hervorgekommen waren. Konrads Kampfinstinkt drängte ihn, sich den anderen anzuschließen, statt dessen aber wandte er sich um und erwartete die ersten Stadtsoldaten. Ein gepanzerter Umriß ragte in der Dunkelheit der Stollenöffnung.

»Tiermenschen!« schrie Konrad, da er vermutete, daß das Wort ›Skaven‹ für diese Leute keine Bedeutung haben mochte. »Waffenstillstand! Ein Waffenstillstand im Namen Ulrics!«

Middenheim war Ulrics Stadt, die Stadt des Weißen Wolfes. Darum trugen die Stadtsoldaten Wolfspelze über ihren Rüstungen. Der erste Krieger verlangsamte seine Schritte, als er aus dem Gang kam, und holte mit dem Schwert aus, um Konrad niederzuhauen. Konrad blieb stehen und hielt die Klinge im gesenkten Arm. Hinter dem ersten Soldaten erschien ein Offizier. Er starrte an Konrad vorbei und sah die Szene der Leichenschändung, das Rudel von Tiermenschen, das die geheiligten Ruhestätten der Verstorbenen unter der Stadt heimgesucht hatte.

»Vorwärts!« befahl der Hauptmann, und seine Stadtsoldaten stürzten aus dem Gang, um mit den anderen Menschen und den Zwergen, die bereits im Kampf mit den Rattenmenschen waren, die schädlichen Kreaturen zu vertreiben. »Sie bleiben hier!« befahl er mit einem Blick, der gleichzeitig Listenreich und Konrad umfaßte.

Er eilte seinen Leuten nach. Mehrere Stadtsoldaten blieben und kreisten Konrad und den Zauberer ein. Konrad hätte einen Fluchtversuch machen können, aber er kannte keinen sicheren Fluchtweg; er hätte kämpfen und eine Anzahl Stadtsoldaten erschlagen können, aber nach Lage der Dinge sah er keinen Grund dafür.

Ein untersetzter, rundlicher Mann kam als letzter aus dem Gang. Er war nicht in Uniform, sondern trug dunkle Gewänder, die mit Runensymbolen geschmückt waren. In der Rechten trug er einen geschnitzten hölzernen Stab, auf dem Kopf einen hohen Hut mit einem goldenen Reichsapfel. Konrad hielt ihn für einen Zauberer. Der Mann blieb stehen und musterte Listenreich, der seinen Blick erwiderte.

Die Skaven waren unterdessen niedergemacht worden. Es waren nur wenige gewesen, die der Übermacht rasch erlagen. Als das Gemetzel vorüber war, legte Listenreichs Gruppe die Waffen nieder.

»Das Schwert«, sagte der Hauptmann zu Konrad, als er zurückkehrte, und streckte die Hand aus. Er war nicht älter als Konrad, und sein Gesicht war von einer einzigen sauberen Narbe auf der glattrasierten linken

Wange gezeichnet. Es war eine Duellverletzung, die er so stolz wie eine Tapferkeitsmedaille trug. Wahrscheinlich war er einem wirklichen Feind noch nie im Kampf gegenübergestanden. Auch jetzt war keine Spur von Skavenblut an seiner Uniform, und sein Schwert glänzte unbefleckt.

Konrad kannte diesen Typ. Es waren Leute, deren Offizierspatente von ihren Familien gekauft worden waren, und ihre Überheblichkeit und Unerfahrenheit führte häufig zu unnötig hohen Verlusten unter den eigenen Truppen. Die Möglichkeit, eine Autoritätseinbuße zu vermeiden, war ihm wichtiger als der Verlust von Soldaten, die er in den Kampf schickte.

»Ich brauche es«, antwortete Konrad mit übertrieben ländlichem Akzent, aber er machte keine Anstalten, die Waffe zu heben. »Diese Rattenmenschen werden Skaven genannt, und das Gängesystem unter Middenheim wimmelt von ihnen. Verlängern Sie den Waffenstillstand, und wir führen Sie zu ihrem Schlupfwinkel, wo Sie ihnen allen den Garaus machen können. Nehmen Sie uns gefangen, so werden die Skaven die Stadt zerstören.«

»Das ist wahr«, sagte Listenreich, zum anderen Zauberer gewandt.

»Das ist wahr«, wiederholte jener, zum Hauptmann gewandt. Er trat zu Listenreich, und sie berieten miteinander.

»Ich möchte Ihren kommandierenden General sprechen«, sagte Konrad und blickte suchend in die Runde. »Wir müssen jetzt handeln. Ein paar Skaven werden entkommen sein und den Rest ihrer Legion warnen.«

»Ich weiß über Skaven Bescheid«, sagte der Hauptmann. Er unterdrückte seinen Zorn und rief einen Melder zu sich.

»Die Zwerge wissen den nächsten Weg zur Oberfläche«, sagte Konrad.

Der Offizier gab mit offensichtlichem Widerwillen

seine Zustimmung, und Ustnar führte den Meldegänger durch den Gang zurück. Zwei weitere Soldaten begleiteten sie, um den Zwerg zu bewachen.

»Ganz gleich, was geschieht«, sagte der Hauptmann halblaut zu Konrad, »sobald der Waffenstillstand endet, sind Sie ein toter Mann. Dieses Schwert gehört meinem Regiment.«

Konrad blickte auf die Klinge in seiner Hand. Er hatte keine Scheide für die Waffe, denn sie hing noch am Gürtel des ersten Soldaten, den er getötet hatte.

»Nein«, sagte er, »es gehört mir.«

13

Das Garnisonkommando von Middenheim hatte alle verfügbaren Truppen für die Expedition in den Untergrund bereitgestellt: Teile der Garnison, Stadtsoldaten, einen Trupp Söldner, Tempelritter des Weißen Wolfes und eine Handvoll Mitglieder der berittenen Garde. Diese Angehörigen der Eliteeinheit der Kavallerie waren entschlossen, auch ohne ihre Pferde zum Schutz ihrer Heimatstadt beizutragen.

Listenreichs Männer bildeten die Vorhut der langen Kolonne, die wiederum von den Zwergen angeführt wurde. Sie würden zumindest während der ersten Phase des Angriffs die Hauptlast des Kampfes tragen und die größten Verluste hinnehmen müssen.

Konrad hatte mit dem Gedanken gespielt, während des Abstiegs durch die verzweigten Höhlengänge davonzuschlüpfen. Er hatte mehr als genug getan, und die Truppen konnten ohne ihn mit den Skaven fertig werden. Überdies vermutete er, daß Listenreich kein Verlangen haben würde, in eine Militäraktion verwickelt zu werden. Einer der Zwerge könnte sie beide sicher durch das Labyrinth der Gänge und ins Freie begleiten. Aber es schien, daß der Zauberer den höhlenreichen Bau der Skaven erforschen wollte, und sein einzig denkbares Motiv konnte nur die Hoffnung sein, zu entdecken, wie rohes Verwerfungsgestein gereinigt und zu grauem Pulver verarbeitet wurde.

Um zu verhindern, daß einer von Listenreichs Leuten sich aus dem Staub machte, wurde jeder von einem Stadtsoldaten eskortiert, und der Hauptmann selbst ging unmittelbar hinter Konrad. Konrad war unbekümmert.

Hätte er es gewollt, wäre er dem eingebildeten Offizier mit Leichtigkeit entwischt. Mangelnde Ortskenntnisse nötigten ihn jedoch, bei Listenreichs Leuten zu bleiben und ein zweites Mal in die Tiefen des Untergrundes abzusteigen. Er begann sich allmählich daran zu gewöhnen. Nur die Zwerge und ihre Bewacher waren vor ihm; Listenreich ging hinter dem Hauptmann.

Die Drohung des Offiziers bereitete Konrad keine Sorgen, obgleich er froh war, gewarnt zu sein. Es war töricht vom Hauptmann, seine Absicht vorzeitig kundzutun, ebenso töricht, überhaupt solch eine Absicht zu hegen. Konrad hatte einen der Soldaten des Hauptmanns im Kampf getötet und ihm das Schwert abgenommen. Was war schon dabei? Er hatte auch einen zweiten Stadtsoldaten erschlagen und einem dritten, dem Ustnar die Beine abgetrennt hatte, den Gnadenstoß versetzt. Alles war im Kampf geschehen, doch der Hauptmann schien es als Mord zu betrachten. Warum mußte er es so persönlich nehmen?

Einer der Stadtsoldaten hatte Hjornur getötet. Der Zwerg hatte mitgeholfen, Konrad das Leben zu retten, aber Konrad sah darin keinen Grund, Hjornurs Gegner ausfindig zu machen und ihn zu erschlagen. Seine Einstellung zur Vergeltung hatte sich nicht geändert. Während eines Kampfes mochte ein Krieger den Gegner, der einen Kameraden getötet hatte, verfolgen und zur Strecke bringen. Aber das würde nicht nach Einstellung der Kampfhandlungen geschehen – wahrscheinlich, weil zwei gegnerische Seiten selten so rasch zu Verbündeten wurden.

Als er eine weitere Steilstufe hinabkletterte, kam ihm der Gedanke, daß er bald Gelegenheit haben mochte, selbst Vergeltung zu üben. Er hätte sich niemals besondere Mühe gegeben, Gaxar zu suchen, aber es schien, daß sie einander bald wieder begegnen würden. In diesem Fall würde er nicht zögern, sich an dem grauen Seher zu rächen.

Er entsann sich, was Listenreich ihm einmal über den Unterschied zwischen Gerechtigkeit und Gesetz gesagt hatte. Das war es vielleicht, was er wirklich suchte, nicht Vergeltung, sondern Gerechtigkeit. Gaxar war nicht nur verantwortlich für seine lange Einkerkerung in der dunklen, feuchten Grotte gewesen, er hatte ihn auch hungern lassen, und damit nicht genug, der verräterische Nichtmensch hatte ihn niedergeschlagen und der Gefangenschaft von Kastrings gesetzloser Bande von Tiermenschen ausgeliefert.

Konrad wollte Gaxar nicht einfach töten. Vorher wollte er ihn verhören. Je mehr er darüber nachdachte, desto mehr versprach er sich von einer weiteren Begegnung mit dem grauen Seher. Er hoffte, daß die Nager nicht alle geflohen waren. Sie mußten inzwischen vom Vordringen des starken Einsatzkommandos in ihre Domäne erfahren haben. Ob sie sich zur Wehr setzen oder durch unterirdische Fluchtwege absetzen würden, blieb einstweilen offen.

Konrad war bewußt, daß der Waffenstillstand mit den Soldaten von Middenheim in diesem Fall augenblicklich beendet sein würde. Dann konnte der Hauptmann seine Drohung wahr machen, aber bis dahin war ihm Aufschub gewährt. Der Hauptmann würde ihm nicht in den Rücken fallen, denn er betrachtete sich offensichtlich als einen Ehrenmann, und für ihn war die Ehre so wichtig wie das eigene Leben. Er hatte offenbar nie an der Grenze gedient. Nach Konrads Einschätzung würde er erst nach dem Ende des unterirdischen Kampfes zur Sache kommen. Mit etwas Glück würden die Skaven ihn vorher erschlagen; und mit etwas Glück würde Konrad dem gleichen Schicksal entgehen.

Er hatte sein neues Schwert in den Gürtel gesteckt und mußte achtgeben, daß er sich beim Hinabklettern über die schwierigsten Passagen nicht mit der blanken Waffe schnitt oder stach. Er trug noch immer dasselbe

Lederzeug und Kettenhemd, das er bei seiner ersten Mission in den Untergrund getragen hatte; diesmal aber hatte er weder Helm noch Schild, und das Schwert war seine einzige Waffe. Es war ein fein gearbeitetes Stück, mit verziertem Knauf und einem in die Klinge geätzten Wolfsschädel über einer Anzahl kunstvoller Hieroglyphen, die vermutlich einen Wahlspruch in einer untergegangenen alten Sprache wiedergaben. Vielleicht lautete er: *Die Ehre ist mehr als der Tod.* Konrad lächelte bei dem Gedanken, weil es sonst nichts zu lächeln gab.

Er wünschte, er könnte wieder die Zukunft sehen. So unzuverlässig die Gabe gewesen war, in einer Situation wie dieser war sie besser als nichts. In dem schmalen Gang und der Dunkelheit zwischen zwei Stadtsoldaten gab es mit seinem normalen Augenlicht nichts zu sehen.

Als Ortskundiger führte Joukelm die Truppe an, aber er war nicht der erste, der sterben mußte. Die ersten Schreie hallten von weiter zurück und höher oben durch die engen Gänge und wurden verstärkt von den Wänden zurückgeworfen.

Die Skaven wußten von dem Angriff auf ihre heimliche Domäne und hatten sich entsprechend vorbereitet. Sie verteidigten sich mit vorgeschobenen Selbstmordkommandos. Diese lauerten in Seitengängen, aus denen sie unerwartet hervorstürzten und zahlreiche Menschen töteten oder verwundeten, bevor sie selbst fielen.

Sie hatten auch Fallen installiert und ließen die ersten Gruppen der Eindringlinge passieren, so daß sie abgeschnitten wurden, bevor der Boden eines Raumes oder Stollenabschnittes plötzlich unter den Füßen der Truppe nachgab und ein Dutzend Soldaten in eine Grube fiel, die mit scharfen Stacheln und Widerhaken besetzt war. Andere wurden von tonnenschweren

Massen wuchtiger Felsbrocken erschlagen, die sich aus einer Höhlendecke lösten. Die Truppe aus Middenheim hatte ihre eigenen Zwerge, die mit Pioniergerät ausgerüstet waren und innerhalb weniger Minuten die durch offene Fallgruben entstandenen Lücken überbrückten und blockierte Gänge freiräumten. Die Vorausabteilung wartete dann, bis der Rest der Truppe aufschloß, oder hatte sich während dieser Zeit wütender Angriffe zu erwehren.

Bei einem dieser Angriffe wurde Joukelm getötet, der bis dahin an der Spitze der Vorhut gegangen war. Wie Varsung wurde er vom Bolzen einer Armbrust getroffen. Die meisten anderen vor Konrad duckten sich daraufhin hinter ihren Schilden, und so war es der Soldat unmittelbar vor ihm, der als nächster fiel. Der Bolzen traf ihn ins Auge, und die Spitze durchschlug die Rückseite seines Schädels und den Helm.

Konrads Kopf war direkt hinter dem des Soldaten gewesen. Er hob den Schild des Getöteten auf und ging gebückt weiter vor. Der Hauptmann würde keine Freude daran haben, wenn er mit dem Schild daherkäme, aber er konnte dem Toten nicht mehr nützen. Das in Treibarbeit den Schildbuckel zierende Emblem war das des Weißen Wolfes.

Im flackernden Laternenschein glaubte Konrad sich zu erinnern, wo er war. Alle Gänge schienen gleich; dunkle, aus dem anstehenden Granit gehauene Stollen, doch dies schien der Ort zu sein, wo Varsung den Tod gefunden hatte. Wenn es sich so verhielt, dann war die große zentrale Höhle nicht mehr weit. Angestrengt spähte er nach vorn, um einen Schimmer der unheimlichen Beleuchtung auszumachen, der aus den Brennöfen für Verwerfungsgestein gekommen war.

»Ustnar!«

»Was?«

»Sind wir gleich dort?«

»Ja.«

»Nach dem nächsten Bolzen stürmen wir vor.«

»Gut.«

Der nächste Bolzen zischte an Konrad vorbei. Da der Gang einen leichten Bogen beschrieb, schlug das Geschoß in den rauhen Fels der Seitenwand; andernfalls hätte es den Hauptmann erledigt.

»Los!« brüllte Konrad und rannte vorwärts, hinter Ustnar und den beiden Zwergen, deren Namen er nicht wußte, und nach den drei Stadtsoldaten der Vorhut. Gleich darauf waren es nur noch zwei, als einer von ihnen das nächste Opfer des unsichtbaren Schützen wurde.

Beim letzten Mal war Konrad nach den ersten Pfeilen in diesem Gang von Skaven angegriffen worden, und so war er jetzt auf den Ansturm einer weiteren Horde gefaßt. Statt dessen öffnete sich der Gang plötzlich in hellen Lichtschein, und sie waren draußen im weiten Höhlenraum. Und die Skaven erwarteten sie ...

Er hatte sich im Gang geirrt; dies war ein anderer Weg. Statt auf eine Galerie hinauszukommen, waren sie auf dem Boden der zentralen Höhle.

Zu dem Zeitpunkt, als Konrad in die Höhle eindrang, waren die zwei anderen Soldaten und einer der Zwerge tot. Ustnar und der andere Zwerg verteidigten sich gegen einen wütenden Angriff der Skaven. Schon waren mehrere der Rattenmenschen ihren Streitäxten zum Opfer gefallen. Aber es waren mehr, viel zu viele, und sie dachten nicht an Flucht, sondern kämpften mit verbissener Wildheit. Wieder und wieder stieß Konrad mit dem Schwert zu, und ein weiterer Skaven starb. Dann war der Hauptmann an Konrads Seite und tötete seinen ersten Gegner; vielleicht war er nicht so unerfahren, wie Konrad angenommen hatte.

Als nächster kam Listenreich zu ihnen. Er hatte keine Waffe, und Ustnar stellte sich sofort vor ihn und verteidigte den Zauberer. Einer der Skaven wich ihm aus und sprang auf Listenreich zu. Der Zauberer streckte den rechten Arm vor, als wäre er mit einem Schwert bewaffnet, und ohne berührt zu werden, stand der Rattenmensch auf einmal wie gelähmt, den Speer noch zum Zustoßen bereit in der erhobenen Rechten. Ustnars Axt schlug ihm den Kopf ab, und Kopf und Rumpf polterten zu Boden.

Weitere Angreifer stürmten aus dem Gang. Die meisten waren heil durchgekommen und drängten die Rattenmenschen zurück. Für kurze Zeit schien es Konrad, daß ihr Widerstandswille gebrochen sei, doch dann erkannte er, daß sie ohne Not zurückgingen. Die Angreifer wurden vorsätzlich weitergelockt. Er blickte umher und überlegte, wo Gaxar sein mochte und wie er ihn erreichen könne.

Der riesige Höhlenraum war wie ein gewaltiger, unheiliger Tempel, in dessen Mitte Gaxars monströse Verhüttungsanlage für Verwerfungsgestein stand, äußerlich nach dem Bildnis einer widerwärtigen Gottheit geformt, die Feuer und Rauch spie. Aber die Götzendiener fehlten, die untoten Sklaven des Kultes, die an diesem gigantischem Altar ihrem Moloch opferten. Das auf einer steinernen Plattform konstruierte Idol nahm seine Opfergaben nicht in untätiger Stille entgegen. Die großen, ineinandergreifenden Zahnräder und Pleuelstangen, mit denen es versehen war, befanden sich ständig in Bewegung, rotierten und stießen herum und herum, auf und nieder, hin und her. Und aus dem hinter der Anlage ragenden Brechwerk drang ein andauerndes Krachen, Poltern und Knirschen.

Konrad hatte sich während seiner Gefangenschaft an die immerwährenden stampfenden und lärmenden Geräusche gewöhnt. Aber nun war der Lärm stark vermindert, die Hitze weniger wütend, die Glut erträglicher; auch schienen die Zahnräder, Pleuelstangen und Treibriemen in langsamerer Bewegung. Die Gottheit schien zu schlummern. Angesichts des bevorstehenden

Angriffs mußten die Arbeiten in dieser höllischen Verhüttung unterbrochen worden sein.

Dann griffen die Untoten an.

Diese wiederbelebten, aber nicht lebendigen Sklaven der Rattenmenschen mußten Bataillonsstärke haben. Sie benötigten keine Waffen, weil sie so zahlreich waren. Sie brachen aus den Gängen hervor, die in den Zentralraum führten, umsummt von fetten Fliegen, und drängten die Truppe aus Middenheim durch das schiere Gewicht ihrer Zahl zusammen. Die meisten von ihnen waren unbewaffnet und leicht zu vernichten, aber immer neue drängten nach und ersetzten die Erschlagenen. Konrad hoffte, daß er nicht sich selbst unter den Untoten sehen würde, aber von seinem Doppelgänger war in der nekromantischen Legion nichts zu sehen.

Die Untoten waren nicht die einzigen, die für ihre Herren Verwerfungsgestein verarbeitet hatten. Die Rattenmenschen hatten viele von ihrer eigenen Art zu Sklaven gemacht, und auch diese schlossen sich dem Sturm gegen die menschlichen Eindringlinge an. Sie waren mit den verschiedensten Waffen ausgerüstet, aber auch aneinandergekettet. Es waren Selbstmordkommandos, deren Tod so unausweichlich war wie die Vernichtung der Untoten. Mit Eisenkrägen und schweren, rostigen Ketten um die Hälse boten sie einen Anblick, der Konrad an die Zeit seiner Einkerkerung gemahnte. Sie waren genauso Gefangene, wie er einer gewesen war, aber das hinderte ihn nicht daran, so viele von ihnen zu erschlagen wie er konnte.

So gingen die versklavten Rattenmenschen zugrunde und gesellten sich zu den von Maden wimmelnden Untoten und verrottenden Kadavern, mumifizierten und einbalsamierten Leichen, die bald zuhauf lagen und eine Brustwehr bildeten, welche die menschlichen Krieger zurückhielt und einschloß.

Und das war die Falle. Ein Hagel von Pfeilen zischte

von oben auf sie herab, und viele brachen getroffen zusammen, bevor sie die Schilde emporheben und ein schützendes Dach bilden konnten.

Aber dieses bot keinen Schutz vor der nächsten schrecklichen Waffe der Skaven. Aus der Höhe schoß ein Blitz aus gelben Flammen nieder und überschüttete die Krieger mit einer Kaskade geschmolzener Lava. Schilde lösten sich auf und Metall schmolz. Mehr als die Hälfte der Truppe wurde beinahe augenblicklich getötet und verbrannte in den Rüstungen. Andere kamen weniger rasch um und verbrannten unter Qualen bei lebendigem Leib.

Die Truppen aus Middenheim hatten ihre Schilde erhoben, wie sie es in der militärischen Ausbildung gelernt hatten. Konrad hatte seinen Schild nicht diesem Schutzdach hinzugefügt, und das rettete ihm das Leben. Die flüssige Glut war nicht über ihn geströmt, und er hatte den Flammen ausweichen können.

Auch von den aneinandergeketteten Skaven und Untoten fielen nicht wenige dem Feuerball zum Opfer. Manche gingen in Flammen auf, andere zerfielen und verkohlten in der Glut. Einige Untote ließen sich nicht beirren und gingen durch das Getümmel vor, obwohl sie lichterloh brannten, als fühlten sie sich angelockt vom Übelkeit erregenden Gestank verbrannten Fleisches. Sie hatten keine Stimmen, sie fühlten keinen Schmerz, sie konnten nicht schreien und brauchten es auch nicht.

Listenreich starrte hinauf zu den Skaven mit der verhängnisvollen feuerspeienden Waffe. Es schienen zwei zu sein, die auf einer oberen Galerie standen. Einer trug ein hölzernes Faß auf dem Rücken, der andere hielt eine Art Messingvorrichtung in den Pfoten. Sie war wie ein Musikinstrument, eine reichverzierte Trompete. Und der Skaven zielte mit der Vorrichtung abwärts, bereit für ein weiteres stilles Solo feurigen Todes.

Der Zauberer hob beide Hände und zeigte hinauf zur Galerie, und aus seinen Fingerspitzen flogen Blitze. Einen Augenblick später explodierte das tödliche Faß und übergoß die beiden Rattenmenschen mit der weißglühenden Flüssigkeit. Flammend stürzten sie in die Tiefe, schon verkohlt, als sie unten auf den Felsboden schlugen.

Listenreich wankte zurück, und Konrad dachte, er sei verwundet, aber der Zauberer lehnte sich an die Höhlenwand, als müsse er nach großer Anstrengung ausruhen.

Die fürchterliche Hitze der Flammenwaffe hatte Konrads Gesicht verbrannt und seine ungeschützte Haut mit Blasen bedeckt, und das Blut an seiner Schwertklinge rauchte. Die Hitze drang bis zum Schwertgriff und machte sich durch den Panzerhandschuh bemerkbar. Er ließ die Waffe fallen und suchte eine andere, löste sie aus dem Griff eines Toten.

Der Leichnam war der des Hauptmanns. Tod und Entehrung waren alles, was ihm geblieben war. Sein Leib war aufgeschlitzt, und seine Gedärme vermischten sich mit denen eines gleichfalls ausgeweideten Skaven, mit dem er noch im Tode zu ringen schien. Die beiden lagen zusammen wie ein abscheuliches Liebespaar, das sich in obszöner Weise vereinte.

»Danke«, sagte Konrad.

Das Schwert unterschied sich nicht von dem anderen, und Konrad fuhr fort, die Untoten zu erschlagen. Maden und alle Arten von aasfressenden Insekten wimmelten aus den aufplatzenden Körpern, und der Verwesungsgestank vermischte sich mit jenem Gestank gerösteter Körper zu einem Brechreiz erregenden Höllenqualm.

Konrad sah, daß Listenreich sich erholt hatte und durch die nekromantische Legion vordrang. Die Untoten, welche noch auf den Beinen waren, schienen ihm Platz zu machen. Ustnar war bei ihm und erschlug mit seiner Doppelaxt die wenigen überlebenden Sklaven der Rattenmenschen. Der Zauberer blickte auf zu der bizarren Anlage, wo das Verwerfungsgestein verarbeitet wurde und die eine viel größere Version von einigen seiner eigenen Vorrichtungen hätte sein können.

Keine weiteren Truppen aus Middenheim kamen aus dem Gang. Konnten die wenigen, die ihn umgaben, die einzigen Überlebenden sein? Warteten Verstärkungen in der Sicherheit des Ganges? Wo waren die Skaven? Selbst die Bogenschützen, die so leichte Ziele gefunden hatten, hatten nur eine Salve verschossen. Konrad sah sich um. Keine Rattenmenschen waren in Sicht. Sie hatten sich irgendwann zurückgezogen, nachdem der Pfeilregen niedergegangen und bevor der vulkanische Sturzbach feuriger Vernichtung über die eingeschlossene Truppe gekommen war, und sie waren nicht zurückgekehrt.

Es schien kaum denkbar, daß die Skaven sich zurückgezogen haben sollten; vielmehr mußten sie eine weitere mörderische Taktik vorbereiten. Konrad fühlte sich sehr verwundbar, und das Erschlagen der Untoten war zwecklos. Er wäre gern zu einer der Galerien aufgestiegen, aber die Wände waren unersteigbar. Aber es mußte Treppen geben, die von einem der Gänge, welche vom Höhlenboden ausgingen, zu den Galerien führten. Er begann sie zu erforschen.

Schon der dritte Durchgang führte zu einer in den Fels gehauenen Wendeltreppe. Vorsichtig stieg er hinauf. Noch immer waren keine Skaven in Sicht, doch selbst wenn sie ihn nicht sahen, konnten sie ihn wittern …

Er erreichte die nächste Ebene, hielt inne und lauschte, dann stieg er weiter. Auf der vierten Ebene schien er auf der Höhe des Ganges zu sein, aus dem er ursprünglich in die zentrale Höhle der Skaven gelangt war. Wenn er der Galerie innerhalb der Höhle folgte, sollte er diesen Gang finden, und auch den anderen, durch den er geschleift worden war.

Er fand die Einmündung des betreffenden Ganges, doch ehe er ihn betreten konnte, sah er sich Silberauge gegenüber. Sie starrten einander an, und jetzt erst sah Konrad den Skaven in heller Beleuchtung. Was in seinem Auge steckte, war keine Silbermünze, sondern etwas, was sich wie Quecksilber zu bewegen schien: Ein Stück Verwerfungsgestein. Die Zunge kam zwischen den Metallspitzen seiner Zähne hervor, und er leckte sich die narbigen Lefzen.

Konrad schauderte bei der Erinnerung an die rauhe Berührung dieser Zunge auf seiner Wange. Er stieß mit dem Schwert zu, der Rattenmensch hob den Schild, Metall schlug auf Metall – und Konrad blickte in völliger Verblüffung auf das Emblem, das den Schildbuckel zierte.

Der Schild war lang, schwarz und mit einem goldenen Buckel in der Mitte. Dieser zeigte eine gepanzerte Faust zwischen zwei gekreuzten Pfeilen. Es war das gleiche heraldische Wappenzeichen, das auf dem Bogen, den Pfeilen und dem Köcher gewesen war, die Elyssa ihm gegeben hatte!

Er war so verblüfft, daß er vom jähen Schwerthieb Silberauges beinahe aufgeschlitzt worden wäre. Die Spitze der gezähnten Klinge hackte durch sein Kettenhemd und das Lederwams, und er fühlte warmes Blut auf der Haut, als sie geritzt wurde. Er konterte mit dem Schwert, hob den Schild, und sie fochten. Er war der bessere Fechter, schneller und erfahrener. Der einzige Vorteil des Skaven war seine ungewöhnliche Größe, aber Konrad wendete sie zu seinem Vorteil. Er wußte, daß er den Zweikampf gewinnen und Silberauge töten konnte. Aber wie es bei Gaxar der Fall gewesen war, wollte er ihn nicht töten – noch nicht.

Er wollte ihn verhören und fragen, woher er den Schild hatte. Dieser war zerbeult und angerostet, aus

Metall statt aus Schichten zäher Tierhaut, und offensichtlich hatte er viele Kämpfe erlebt; aber war das im Dienst des Rattenmenschen geschehen? Skaven waren Aasgeier, und ihre Rüstungen waren aus verschiedenen Stücken Leder und Metall gemacht, die sie auf Schlachtfeldern von den Gefallenen erbeutet hatten. So mußte es auch mit dem Schild gewesen sein. Silberauge konnte es nur irgendwo jemandem gestohlen haben. Aber wo und von wem?

Konrad focht verhalten, und Silberauge drängte ihn zurück. Es gab keine Möglichkeit, mit ihm zu sprechen. Sie waren von verschiedener Art, und Silberauge kannte nur wenige menschliche Worte. Konrad brauchte den grauen Seher als Dolmetscher. Seine einzige Hoffnung war, beide Skaven zu fangen und dann zur Beantwortung seiner Fragen zu zwingen. Doch selbst wenn ihm das gelingen sollte, würden sie lügen.

Es war hoffnungslos. Er konnte Silberauge ebenso gut jetzt töten und den Schild als Beute an sich nehmen.

Die heiser zischende Stimme eines Skaven rief irgendwo hinter Silberauge, der Konrad darauf noch heftiger bedrängte. Sein schwarzer und goldener Schild schlug gegen Konrad, und Konrad hatte alle Mühe, die wilden Schwerthiebe zu parieren. Er näherte sich rückwärtsgehend bereits dem Rand der Galerie. Aus den Augenwinkeln sah Konrad eine Gestalt aus der Öffnung der Wendeltreppe treten. Es war Listenreich.

Dann rief der andere Skaven wieder, und Silberauge bellte eine Antwort. Jenseits von ihm war ein Gang, breiter als die meisten anderen, aber genauso dunkel. Dort war eine Bewegung mehr zu fühlen als zu sehen. Der zweite Skaven kam näher und trat aus der dunklen Öffnung. Es war Gaxar.

Der graue Seher war nicht allein. Ein Mensch war in seiner Begleitung, eine bucklige Gestalt, nackt und bleich. Gaxar führte ihn an einer Kette, die um den Hals des Menschen gelegt war, als führte er einen Hund.

Konrad gelobte, daß die Geisel ihr Schicksal nicht mehr lange würde erdulden müssen. Die beiden Skaven würden sterben, ihr Gefangener die Freiheit wiedererlangen.

Gaxar sprach wieder, und Silberauge trat einen Schritt zurück. Konrad griff sofort an, aber sein Hieb wurde von dem seltsamen Schild abgelenkt.

Listenreich kam näher und blieb ein paar Schritte hinter Konrad stehen. Er starrte Gaxar an, und der Zauberer der Skaven starrte zu ihm zurück.

Die stumme Konfrontation lenkte Konrad einen Moment ab, und Silberauge schlug zu. Konrad wich rasch zurück, um dem Hieb auszuweichen, aber dann ließ der Skaven die Klinge sinken und holte statt ihrer mit dem Schild aus. Darauf war Konrad nicht gefaßt. Die Schildkante traf seine Schulter, und er wankte rückwärts, streckte die Arme von sich, um das Gleichgewicht zu behalten, im ungewissen, wie weit er vom Rand der Galerie entfernt war.

Eine kräftige Hand griff ihm ins Kreuz und gab ihm Halt. Ustnar stand hinter ihm.

»Sollen wir gehen, Chef?« sagte er zu Listenreich.

In diesem kurzen Augenblick waren Gaxar und sein Gefangener wieder in der Dunkelheit verschwunden, und nun folgte Silberauge den beiden. Konrad wollte ihm nach.

»Nein«, sagte Listenreich.

Konrad beachtete ihn nicht und eilte auf die dunkle Öffnung zu.

»Ich weiß, wohin sie gehen«, fügte der Zauberer hinzu.

Konrad zögerte, unwillig, Gaxar entkommen zu lassen. Aber vor ihm lag ein undurchdringliches Labyrinth von Gängen, und er hatte keine Ahnung, wie viele Skaven darin lauerten. Er hatte keine Laterne, war verwundet. Wenn er weiterginge, würde es ihn nur das Leben kosten. Der Preis war zu hoch für bloße Vergeltung.

»Wohin?« fragte er.

»Altdorf«, sagte Listenreich, dann fragte er Ustnar: »Sind noch andere da?«

»Niemand von den Unsrigen«, sagte der Zwerg.

Konrad ging zurück und blickte hinab in die Tiefe der riesigen Höhle. Dort unten war ein Massengrab, voll von Toten und Wieder-Toten, Menschen und Skaven und Gaxars belebten Leichen. Von den Truppen aus Middenheim hatten nicht mehr als zehn oder zwölf überlebt.

»Warum Altdorf?« fragte er.

»Dort lebt der Kaiser«, sagte Listenreich.

Konrad wartete.

»Haben Sie nicht gesehen, wer das war?« fügte der Zauberer mit einer Handbewegung in die Richtung hinzu, die Gaxar mit seiner Geisel genommen hatte.

»Das war Gaxar«, sagte Konrad.

»Nein, nicht der Skaven. Der Mann bei ihnen. Das war der Kaiser …«

Konrad blickte zum Himmel auf. Er war grau und bedeckt, mit tiefhängenden dunklen Wolken, Regen drohte, und ein kalter Wind blies durch die Risse in seiner Kleidung, aber für Konrad war es ein schöner Tag.

Es war das erste Mal in ungezählten Wochen, daß er im Freien war, das erste Mal, daß sein Horizont nicht die nächste Granitwand war. Und es war das erste Mal in noch viel längerer Zeit, daß er frei war. Er war frei vom Labyrinth der Gänge unter der Stadt, frei von der Bronzerüstung, frei von Kastrings Bande bestialischer Marodeure und dem schändlichen Ritual ihrer Khorne-Verehrung.

Er reckte die Arme und berührte keine steinerne Wand; er sprang so hoch er konnte; er stieß einen Freudenschrei aus.

Dann blickte er zurück zu Middenheim, das zusammengedrängt auf dem Felsplateau lag, und hier, von der Höhe aus gesehen, wurde ihm klar, daß er die Stadt nie zuvor gesehen hatte. Er hatte die Mauern und das Tor und ein paar Straßen durch das Visier des Bronzehelms gesehen, aber dann war er zugedeckt und in die unterirdischen Gänge getragen worden. Und seitdem war er unter der Erde gewesen.

Er war aus einer Höhle in der Flanke eines felsigen Höhenzuges getreten, etwa drei Meilen vor der Stadt des Weißen Wolfes. Als er den hellen Punkt lockenden Tageslichts in der Ferne gesehen hatte, war er vorausgeeilt, entschlossen, nicht eine Sekunde länger als notwendig ein Gefangener der Unterwelt zu bleiben.

Nun hörte er Geräusche hinter sich, wandte den Kopf und sah Listenreich und Ustnar ins Freie kommen und die paar Schritte zum ebenen Standplatz herabklettern. Der Zwerg hatte sie durch endlose Gänge und natürliche Höhlenspalten aufwärts geführt, fort vom unterirdischen Schlachtfeld. Es war schwierig, zu beurteilen, wer der Sieger gewesen war. Die Truppen aus Middenheim waren größtenteils gefallen, schienen aber ihren Auftrag erfüllt zu haben; die Skaven waren aus ihrer finsteren Domäne vertrieben worden, zumindest vorläufig.

Nur ein Skaven war für Konrad von Interesse: Silberauge, weil er den Schild mit dem geheimnisvollen Wappen trug, das Konrad seit so langer Zeit beschäftigte. Mehr als ein Jahrzehnt war vergangen, seit Elyssa ihm den schwarzen Bogen, die zehn passenden Pfeile und den Köcher aus genarbtem Leder gegeben hatte. Die Gabe war eine Belohnung, weil er sie vor einem Tiermenschen gerettet hatte. Es war die erste derartige Kreatur, die er getötet hatte. In den seither vergangenen Jahren hatte er ungezählte Mutanten jeder Art und Größe erschlagen – alle Diener des Chaos, wie er jetzt wußte.

Der Schild mit dem goldenen Emblem war das einzige Bindeglied Konrads zu seiner Vergangenheit, seinem Leben im Heimatdorf. Selbst wenn er über die Geschichte des Schildes nichts in Erfahrung bringen konnte, wollte er es für sich. Ein Artefakt von dieser Bedeutung sollte nicht im Besitz eines Skaven bleiben.

Während ihres langen und mühsamen Aufstiegs von der Skavenstadt hatten sie wenig Gelegenheit für ein Gespräch gehabt. Nun sagte Konrad: »Das war nicht der Kaiser.«

»Nicht der Kaiser selbst«, erwiderte Listenreich. Er lehnte schweratmend an den Felsen. »Aber ganz gewiß sein Ebenbild. Gaxar kann Leichen wiedererwecken, und er kann ihnen auch ein unterschiedliches Aussehen geben.«

Konrad wußte das. Er war gezwungen gewesen, mit seinem Zwilling zu kämpfen, einer Schöpfung Gaxars. Aber der Kaiser? Es fiel ihm schwer, das zu glauben, obwohl Gaxar seinen Gefangenen für sehr wichtig gehalten haben mußte; er hatte keinen seiner anderen Untoten mitgenommen, also sagte Listenreich vielleicht die Wahrheit.

»Ich habe den Kaiser gesehen, als ich in Altdorf war«, fügte der Magier hinzu.

»Sie sagten, die Skaven würden nach Altdorf gehen, aber warum? Es ist die Hauptstadt des Reiches, wo der wirkliche Kaiser lebt.«

»Ich kann mir nur einen Grund denken, warum die Skaven eine Nachbildung des Kaisers geschaffen haben: Sie wollen den Kaiser durch sein Duplikat ersetzen – eine Schöpfung des Chaos. Sie haben Ähnliches schon früher versucht.«

Es dauerte eine Weile, bis Konrad die Ungeheuerlichkeit der Behauptung erfaßte. Schließlich nickte er.

Es hörte sich außerordentlich schlau und geschickt an und entsprach den Taktiken, die von Skaven bevorzugt wurden.

»Wie weit ist es nach Altdorf?« fragte er.

»Ungefähr dreihundert Meilen, wie die Skaven kriechen«, sagte Ustnar.

Gab es wirklich eine unterirdische Route bis zu einer weiteren Skavenstadt unter Altdorf? War das die Richtung, die Gaxar eingeschlagen hatte?

»Ich schlage vor, daß wir zusammen reisen«, sagte Listenreich. »Wir können alle füreinander von Nutzen sein.«

Konrad konnte sich für die Idee, den Zauberer zu begleiten, nicht begeistern. Nun, da er endlich frei war, wollte er völlig frei sein. Er hatte schon früher den Entschluß gefaßt, sich von Listenreich zu trennen, wollte nichts mehr mit ihm zu tun haben. Seitdem war nichts geschehen, was ihn zu einer Meinungsänderung bewogen hätte.

»Ich habe nicht vor, nach Altdorf zu gehen.«

»Gewiß doch. Darum fragten Sie, wie weit es sei.«

Konrad fragte sich, worin der Zauberer sein Motiv sah, Altdorf zu seinem Ziel zu machen. Vergeltung?

Konrad zuckte mit der Schulter. »Ich war nie dort.« Er war nicht gewillt, Listenreich von dem Wappen mit den Pfeilen und der Faust zu erzählen. »Warum wollen Sie dorthin?«

»Ich muß meine Forschungen anderswo fortsetzen. Ich habe früher in Altdorf gelebt, und die Stadt scheint mir für meine Zwecke geeignet zu sein. Wie ich weiß, gibt es Skaven unter der Stadt, und ich werde eine frische Quelle von Verwerfungsgestein erschließen. Und weil ich nicht glaube, daß es dem Wohl des Reiches dient, wenn der Kaiser eine Skaven-Marionette wäre, kann ich vielleicht auch Gaxars Plan durchkreuzen ...«

Konrad begriff, daß dies der einzige Weg war, der ihn wieder mit dem grauen Seher zusammenführen konnte. Denn wo immer Gaxar war, würde Silberauge nicht weit sein – er und sein rätselhafter Schild.

»Welche Richtung?« fragte Konrad.

»Südwest«, erwiderte Listenreich und streckte die Hand aus.

»Dreihundert Meilen? Wie kommen wir dorthin? Wir haben kein Geld, keine Pferde.«

»Sie vergessen meinen gewählten Beruf, Konrad«, sagte Listenreich. »Ein Zwerg, ein Krieger, ein Zauberer. Wir geben eine gute Mannschaft ab. Einverstanden?«

»Ja, Chef«, antwortete der Zwerg.

Der Krieger nickte, wiederholte aber nur die Hälfte der Antwort des Zwerges.

14

Die Straße zwischen Middenheim und Altdorf war eine der bedeutendsten Handelsstraßen des Reiches, und sie befuhren sie mit einer Kutsche. Konrad war nie in solch einem Fahrzeug gereist, und anfangs war ihm schlecht, weil die Kutsche so gut gefedert war; aber am Ende der ersten Tagesreise hatte er sich an die schwankenden Bewegungen gewöhnt.

Jeden Abend speisten Konrad und Listenreich und Ustnar in der Herberge der Poststation, wo die Kutsche während der Nacht hielt und die Pferde ruhen konnten. Sie ließen sich die besten Speisen vorsetzen, die zu haben waren, und dann zogen sie sich in ihre weichen Betten zurück. Nach der ersten schlaflosen Nacht zog Konrad es vor, am Boden zu schlafen. Jeden Morgen verzehrten sie ein reichliches Frühstück, bevor sie wieder die Kutsche bestiegen, um die nächste Reiseetappe zur Hauptstadt zurückzulegen.

Der Zauberer erwies sich als ein nützlicher Reisegefährte, der alle Einzelheiten ihrer Reise regelte. Anscheinend war es der Brauch, daß Passagiere den Herbergswirt für seine Gastlichkeit bezahlten; Mahlzeiten und Übernachtungen waren im Fahrpreis der Kutsche nicht enthalten. Listenreich bezahlte weder die Mahlzeiten, die Übernachtungen noch ihre Reise; aber er gebrauchte seine magischen Talente, um jedermann zu überzeugen, daß er bezahlt habe. Auch neue Kleidung wurde in ähnlicher Weise für jeden von ihnen erworben, und Konrad konnte seine fleckige, zerschlissene Kampfausrüstung ablegen. Seit er das erste Mal in die Gänge vorgedrungen war, die zum Schlupfwinkel der

Skaven führten, hatte er dieselben Kleidungsstücke getragen. Es war eine Erleichterung, zu baden und saubere neue Kleider anzuziehen. Und allmählich heilten seine Wunden und Verbrennungen, die Verletzungen an seinem rechten Arm sogar schneller als die übrigen.

Er konnte gut verstehen, warum der Zauberer kein Geld benötigte, nicht wenn er alles, was er brauchte, kostenlos erwerben konnte. Alles bis auf Verwerfungsgestein …

Während die langen Tage vergingen, beschäftigte sich Konrad mit dem Zweck seines Aufenthalts in Altdorf. Da er außer der Erwägung seiner Motive, die Reise zu unternehmen, wenig zu tun hatte, erschienen ihm seine Gründe immer fadenscheiniger. Selbst wenn Gaxar und Silberauge unterwegs zur Hauptstadt des Reiches waren, blieb die Frage offen, wie er sie und den geheimnisvollen Schild jemals wiederfinden sollte. Und selbst wenn es ihm gelang und er die beiden Skaven fangen und verhören könnte, würden sie niemals die wahre Geschichte des Schildes preisgeben.

War ihm an dem Schild wirklich soviel gelegen? Im Grunde war es bloß ein altes, abgenutztes Stück. Das einzige, was ihm etwas bedeutete, war die Goldverzierung des Schildbuckels und was sie verkörperte: Seine Vergangenheit, sein Leben vor dem Verlassen des Heimatdorfes. Und es gab nur einen Teil in seinem Leben als Kind und Heranwachsender, dessen er sich gern erinnerte: Elyssa. Aber er brauchte keinen rostigen und verbeulten Schild, um an das Mädchen erinnert zu werden; sie war immer in seinem Gedächtnis.

Woher stammten die Waffen, die sie ihm gegeben hatte? Warum hatte Wilhelm Kastring sie? Oder einige von ihnen? Der Bogen, der Köcher und die Pfeile waren in seinem Herrenhaus verwahrt worden. Jemand anders mußte den Schild gehabt haben. Und es mußte auch andere Waffen und Ausrüstungsgegenstände gegeben haben, die das gleiche Emblem trugen.

Es würde wahrscheinlich ein Schwert mit Scheide geben, einen Dolch und einen Gürtel aus dem gleichen schwarzgenarbten Leder wie der Köcher. Gab es auch einen Helm und Brustharnisch, vielleicht sogar eine ganze Rüstung?

Die Pfeile, die Elyssa ihm gegeben hatte, waren nicht von der Art gewesen, die ein gewöhnlicher Bogenschütze in den Krieg mitnehmen würde. Es waren vollkommen gearbeitete Pfeile gewesen, alle identisch, jeder einzelne das Werk eines Meisters. Sie hatten jemandem von Reichtum und Bedeutung gehört. Die bloße Tatsache, daß zwei gekreuzte Pfeile Teil der heraldischen Zeichnung waren, bewies die Bedeutung des Bogenschießens für ihren Eigentümer, während der gepanzerte Handschuh, der den Rest des Emblems darstellte, sicherlich nicht von einem Bogenschützen getragen wurde. Eine mögliche Erklärung war, daß es das Wappen eines Fürsten oder Kriegsherren war und von allen getragen wurde, die unter seinem Befehl standen.

Aber Konrad wußte, daß der Schild und sein Bogen und die Pfeile zusammengehörten und einst denselben Eigentümer gehabt hatten. Diese Gewißheit war nicht so absolut wie das *Sehen* und ließ sich wahrscheinlich niemals beweisen, doch als er den Schild zuerst gesehen hatte, war ihm sofort klar gewesen, daß er Teil eines größeren Ganzen war. Er hatte versucht, an dieser Überzeugung festzuhalten, obwohl er mit den Tagen seine anfängliche Sicherheit verloren hatte.

Wie die letzten Kämpfe bewiesen hatten, war ihm die Gabe der Voraussicht endgültig abhanden gekommen. Vielleicht war es das Verwerfungsgestein gewesen, das ihn des sechsten Sinnes beraubt hatte. Mit der Befreiung aus der bronzenen Rüstung hatte die Substanz ihn auf normales Sehvermögen beschränkt. Inzwischen konnte es keinen Zweifel mehr geben, daß dieses Talent verlorengegangen war, aber er bedauerte es nicht. In Zukunft mußte er sich wie jeder andere Mensch auf seine gewöhnlichen fünf Sinne verlassen. Oder wie die meisten Menschen …

Wolf hatte den schwarzen Köcher in seinem Beisein in die Asche des Herrenhauses geworfen, wo Elyssa gelebt und den Tod gefunden hatte. Im Rückblick schien es Konrad, daß Wolf mit dem Emblem vertraut gewesen war, doch hatte er ihn nie danach gefragt, ebensowenig wie er ihn nach dem bronzenen Ritter gefragt hatte, den Wolf einmal als seinen Zwillingsbruder bezeichnet hatte. Beides schien ihm jetzt von Bedeutung, obwohl er damals nicht viel darüber nachgedacht hatte. Es waren Dinge, die zu Konrads Vergangenheit gehörten und die er hatte vergessen wollen. Nun waren sie plötzlich wieder ein Teil seines Lebens geworden.

Was war aus Wolf geworden? Hatte er die Grenze verlassen und war ins Reich zurückgekehrt? Altdorf war seine Heimatstadt, und so war er vielleicht wieder in der Hauptstadt anzutreffen. Eine Stadt mochte ihm für ein paar Tage gefallen, aber wenn er nichts zu tun hatte, wurde er bald unruhig. Ihn zog es dorthin, wo es Kampf und Gefahr gab.

Nachdem die Tiermenschen unter Kastrings Führung das Bergwerk zerstört hatten, waren sie südwärts gezogen. Verglichen mit den Streitkräften, die Kislev aufbieten konnte, waren sie eher wenige gewesen, doch konnten inzwischen viele weitere Trupps von Mordbrennern aus den Ödländern des Nordens eingesickert sein. Kastrings brutale Bande war tief ins Reich vorgedrungen, und sie mochte nicht die einzige gewesen sein, die über die Grenze gekommen war. Kämpfte Wolf jetzt an dieser neuen Front?

Es gab keine Hoffnung, den schwarzen Köcher aus genarbtem Leder zurückzugewinnen, den Wolf beiläufig beiseite geworfen hatte. Der Bogen war Jahre zuvor gebrochen, alle Pfeile längst verschossen – mit dem letzten hatte er den Schädelgesichtigen in die Brust getroffen, der ihn jedoch unbeeindruckt herausgezogen und zerbrochen hatte. Aber erst nachdem er das Wappenzeichen auf dem Schaft betrachtet hatte, erinnerte sich Konrad.

Der Schädelgesichtige war im flammenerfüllten Eingang von Kastrings Herrenhaus gestanden, und fünf Jahre später hatte Konrad einen der Kastringbrüder getroffen. Als er ihn nach dem Wappen mit den Pfeilen und der Faust gefragt hatte, war Kastring der Meinung gewesen, die Zeichnung habe etwas mit einem Elf zu tun. Aber er konnte gelogen haben.

Ob der erste Eigentümer Elf oder Mensch gewesen war, der Schild gehörte nicht in den Besitz eines Skaven. Konrad war der Meinung, daß er ihm gebührte, wenn er auch nicht verkannte, daß die Aussichten, den Schild an sich zu bringen, sehr gering waren. Nachdem er in letzter Zeit zweimal mit den Rattenmenschen aneinandergeraten war, sollte er alle zukünftigen Streitigkeiten vermeiden. Er hatte genug von ihnen getötet, um alte Rechnungen zu begleichen.

War es Listenreich ernst damit gewesen, als er behauptet hatte, er wolle die Skaven daran hindern, den Kaiser durch einen Doppelgänger zu ersetzen? Konrad war ganz seiner Meinung, aber sicherlich genügte es, der kaiserlichen Palastwache eine Warnung zukommen zu lassen. Es schien, daß der Zauberer beabsichtigte, Gaxars Plan persönlich zu durchkreuzen, da sie alte Feinde waren.

Konrad war nach wie vor nicht davon überzeugt, daß die mitleiderregende Gestalt, die er tief in der Skavendomäne gesehen hatte, wirklich ein Ebenbild des Kaisers gewesen war. Zwar hatte Gaxar einen überzeugenden Doppelgänger Konrads aus einem Leichnam fabriziert, den er mit etwas von seinem Fleisch und Blut im nekromantischen Rezept angepaßt hatte, aber würde es ebenso leicht gewesen sein, die notwendigen

Ingredienzen vom Kaiser zu erhalten? Konrad hatte nur Listenreichs Auskunft über Gaxars Pläne, und der Zauberer schien ihm nicht viel vertrauenswürdiger als der graue Seher.

Die Geschichten, die er den anderen Passagieren in der Postkutsche auftischte, waren vollständig erlogen; aber je unwahrscheinlicher sie waren, desto eher wurden sie ihm geglaubt. Konrad sagte während der Reise sehr wenig, und Ustnar trug noch weniger zu den Gesprächen bei.

Ein paar Meilen außerhalb von Middenheim hatte Listenreich sich vor die Postkutsche auf die Straße gestellt und sie angehalten, damit er und seine beiden Gefährten einsteigen konnten. Weder der Kutscher noch die beiden Wächter oder die fünf anderen Passagiere nahmen Anstoß an dieser Form von Wegelagerei. Nicht einmal die beiden Passagiere, die ihre Sitze in der Kutsche räumen mußten und gezwungen waren, die Notsitze draußen hinter dem Gepäck zu besteigen, erhoben Einwände. Es war offensichtlich, daß der Zauberer diese Vorgänge in ihrem Bewußtsein blockiert hatte, geradeso wie es ihm gelungen war, alle Herbergswirte zu überzeugen, daß er für die Mahlzeiten und Übernachtungen bezahlt habe.

Wie er Listenreichs Talent solchermaßen in Betrieb erlebte, begann Konrad sich zu fragen, ob sein eigener Wille ähnlich in den Bann des Zauberers geschlagen war. Hatte Listenreich ihn hypnotisiert? Begleitete er ihn deshalb nach Altdorf? Wenn es sich so verhielt, was hatte der Zauberer mit ihm vor?

Konrad beschloß, daß er sich gleich nach ihrer Ankunft in der Hauptstadt davonmachen würde. Und wenn er nicht von Listenreich loskommen konnte, würde es der Beweis sein, daß er tatsächlich unter Listenreichs Bann stand. Bedeutete aber nicht die bloße Tatsache, daß er in der Lage war, über eine mögliche

Versklavung seines Bewußtseins zu spekulieren, daß er noch seinen freien Willen besaß?

Er würde es bald herausfinden. Sie verbrachten die Nacht im Gasthof *Zu den Sieben Speichen,* der letzten Postkutschenherberge an der Hauptstraße nach Altdorf. Der Kutscher und die beiden Wächter sahen jetzt, da die Reise sich ihrem Ende näherte, entspannter aus. Obwohl die Kutsche eine der meistbefahrenen Straßen benutzt hatte, die überdies regelmäßig patrouilliert wurde, war es selbst im Herzen des Reiches nicht ganz sicher vor eingesickerten Räubern aus den Bereichen des Chaos.

Die Hauptstadt von Sigmars Reich war Reikdorf gewesen und später in Altdorf umbenannt worden, aber in den seither verstrichenen zweieinhalb Jahrtausenden war die Residenz mehrmals verlegt worden. Der Ort des Regierungssitzes war abhängig vom Gleichgewicht der politischen Kräfte unter den verschiedenen Herzogtümern, aus denen das Reich bestand. Nun aber war Altdorf wieder die kaiserliche Hauptstadt, und als die Postkutsche eine letzte Kurve durchfuhr und endlich den Drachenwald hinter sich ließ, sah Konrad die Stadt zum ersten Mal vor sich liegen.

Altdorf war umgeben von dicken, weiß gekalkten Mauern, die mit roten Ziegeln gedeckt waren, an der Einmündung des Talabec in den Reik auf den Inseln zwischen diesen Flüssen und ihren Verzweigungen. Der Reik war von Marienburg an der Krallensee bis hierher schiffbar, und der Hafen war voll von seetüchtigen Schiffen und Flußbarken. Aber ihre hohen Masten und gerefften Segel wurden überragt von den beiden mächtigen Gebäuden, welche die Stadt beherrschten und zu den großartigsten Bauwerken der bekannten Welt zählten: Dem Kaiserlichen Palast und der Sigmar geweihten Kathedrale.

Als die Kutsche durch das nördliche Tor in die Stadt rollte, reckte Konrad den Hals, um die Häuser und die

Menschen zu betrachten. Bis auf den flüchtigen Blick auf Middenheim war Praag die größte Stadt, die er bisher gesehen hatte, aber sie hielt keinem Vergleich mit Altdorf stand. Die größte Stadt des Reiches war ein Ort unbeschreiblicher Wunder.

Die Postkutsche hielt, und Konrad sprang als erster hinaus. Sein Blick fiel auf das Kopfsteinpflaster unter seinen Füßen, und sofort überlegte er, ob es unter dieser prächtigen Hauptstadt der Menschen eine weitere Stadt in der Tiefe geben mochte, ein Schlupfwinkel der Skaven. Dann bemerkte er, daß die Kutsche auf einem wenig belebten Platz hielt und von Stadtsoldaten umringt war. Die meisten von ihnen waren Hellebardiere, die in rote Mützen, ockerfarbene lange Überröcke, rote Kniehosen und braune Stiefel gekleidet waren. Sie hielten ihre Waffen auf die Kutsche und ihre Insassen gerichtet – insbesondere auf Konrad, Listenreich und Ustnar.

Innerhalb der Stadtmauern waren keine Hieb- und Stichwaffen erlaubt, deren Klingen eine bestimmte Länge überschritten. Nur die Stadtsoldaten und die Militärgarnison waren davon ausgenommen. Konrads Schwert war in ein Bündel gewickelt. Er warf das Material beiseite und umfaßte den Schwertgriff. Den Schild hatte er während des Aufstiegs aus dem Bau der Skaven zurückgelassen, weil er ihm hinderlich geworden war. Ustnar zog unerschrocken die Streitaxt aus dem Gürtel. Konrad blickte zu Listenreich in der Erwartung, daß der Zauberer die Aussichten zu ihren Gunsten beeinflussen würde. Listenreich aber ließ den Blick nur flüchtig über die Soldaten gehen und lenkte seine Aufmerksamkeit dann auf die zwei Gestalten unter ihnen, die keine Uniformen trugen. Altdorf hatte seine eigenen Zauberer. Listenreich zuckte die Achseln, und Ustnar, der das Signal richtig deutete, ließ seine Waffe sinken.

Die Hellebardiere rückten vor und schlossen den

Kreis enger. Konrad wußte, daß Gegenwehr aussichtslos war, obwohl ihn das bisher nie gehindert hatte, den Kampf aufzunehmen.

»Wir wollen die beiden«, sagte eine Stimme, »nicht Sie.«

Konrad wandte sich halb um und musterte den Soldaten, der gesprochen hatte. Es war ein Unteroffizier, untersetzt und mit einem Messinghelm auf dem Kopf. Dazu trug er eine scharlachrote Uniform und einen polierten Brustharnisch aus Messing, der mit der Prägung eines zweischwänzigen Kometen geschmückt war, einem der Embleme Sigmars. Das Schwert hing an seiner Seite; unter so vielen Bewaffneten brauchte er seine Waffe nicht zu ziehen.

Noch mit der Überlegung beschäftigt, wie viele der Stadtsoldaten er töten könne, bevor die anderen ihn überwältigten, ließ Konrad das Schwert sinken.

Es gab verschiedene Wege, auf denen eine Botschaft aus Middenheim vor den Reisenden mit der Postkutsche in Altdorf eingetroffen sein mochte. Die Behörden der Stadt des Weißen Wolfes konnten einen berittenen Kurier ausgesandt oder Brieftauben eingesetzt oder das Netz der Signaltürme verwendet haben, um vor den Flüchtlingen zu warnen. Botschaften mußten in alle Städte im Umkreis gegangen sein, denn man hatte nicht wissen können, welche Richtung Listenreich eingeschlagen hatte. Am wahrscheinlichsten war, daß der Zauberer in einer der Postkutschenstationen erkannt worden war, worauf man einen reitenden Boten in die Hauptstadt geschickt hatte.

Da sie Listenreichs Leichnam nicht gefunden hatten, hatten die Überlebenden des Angriffs auf den Schlupfwinkel der Skaven zweifellos gefolgert, daß der Zauberer entkommen war. Die aus Middenheim abgegangene Botschaft konnte nur die Aufforderung enthalten haben, ihn und alle Zwerge in seiner Gesellschaft festzunehmen. Es war bekannt, daß die Zwerge Listenreich bei seinen Experimenten mit Verwerfungsgestein unterstützten. Für Konrad hingegen war kein Haftbefehl hinausgegangen. Niemand in Middenheim kannte ihn oder wußte überhaupt von seiner Existenz.

Listenreich und Ustnar wurden auf der Stelle in Ketten gelegt, auf einen Karren geladen und weggebracht. Der Unteroffizier und zwei Soldaten eskortieren Konrad vom Platz und durch die belebte Stadt. Sobald es wieder eingewickelt war, wurde ihm gestattet, sein Schwert zu tragen. Er war kein Gefangener, aber es lag auf der Hand, daß er auch kein freier Mann war. Um seine Eigenständigkeit zu betonen, bemühte er sich, nicht im Gleichschritt mit seiner Eskorte zu marschieren.

In Sorge, wohin er gebracht wurde, aber entschlossen, nicht zu fragen, war Konrad nichtsdestoweniger überwältigt vom Anblick der beiden gewaltigen Bauwerke, die vor ihm lagen. Jedes für sich wäre überaus eindrucksvoll gewesen, aber zusammen waren sie unvergleichlich, so verschieden in Form und Bauweise und doch in vollkommener Harmonie miteinander.

Sigmars Kathedrale stand zur Linken. Ihre riesige vergoldete Kuppel leuchtete im blassen Sonnenschein des Frühwinters. Nicht weit davon lag der Kaiserliche Palast, erbaut aus Granitblöcken vom Schwarzfeuerpaß, dem Schauplatz von Sigmars größtem Triumph. Beide Gebäude waren von gleicher Höhe, so daß nicht gesagt werden konnte, das eine beherrsche das andere. Altdorf war Sigmars Stadt, und überall wurde sein Andenken geehrt. Der turmartige Aufsatz des Mittelrisalits trug eine vergoldete Nachbildung des Ghalmaraz, des Streithammers, den der unsterbliche Held geschwungen hatte. Die mächtige Kuppel der Kathedrale gegenüber war gekrönt von einem achtzackigen Stern, der die acht Stämme symbolisierte, welche Sigmar als Reichsgründer geeint hatte.

Der lange Schatten des Palastes verdeckte die tiefstehende Sonne, als Konrad durch eine Tür in ein Gebäude geführt wurde, das Teil der alten Befestigungswälle war. Man führte ihn weiter über einen Hof und in eine Wachstube, in der Soldaten um ein Kaminfeuer saßen. Sie redeten und lachten miteinander und merkten kaum auf, als Konrad und seine Eskorte eintraten. Die beiden Soldaten hatten offenbar ihren Dienst beendet, denn sie legten die Brustharnische ab und gesellten sich zu ihren Kameraden.

»Setzen Sie sich«, sagte der Unteroffizier, als er auf einer Seite eines roh gezimmerten Tisches Platz nahm. Er hob den Helm vom Kopf und setzte ihn vor sich auf den Tisch. Konrad sah, daß der Mann ein grauhaariger Veteran mit zernarbtem Gesicht war. »Nun lassen Sie mich einen Blick auf dieses Schwert werfen.«

Konrad setzte sich ihm gegenüber, legte das Bündel auf den Tisch und schlug es auseinander. Der Unteroffizier studierte den geprägten Wolfskopf, der den Schwertknauf zierte.

»Die anderen beiden«, erklärte er, »haben kaiserliches Recht gebrochen. Sie hingegen scheinen in Middenheim ein Schwert gestohlen zu haben.«

Es war offensichtlich, daß er die Waffe als ein Stück aus dem Zeughaus des Middenheimer Regiments erkannte, und das kaiserliche Recht, auf das er sich bezog, mußte jenes sein, das die Verwendung von Verwerfungsgestein untersagte. Aber vielleicht kannte der Unteroffizier nicht die genaue Natur des Verbrechens, das Listenreich zur Last gelegt wurde. Vielleicht hatte er noch nie von Verwerfungsgestein gehört. Auch Konrad hatte erst vor kurzem von der Substanz erfahren.

»Ich kaufte es diesem Zwerg ab«, sagte Konrad, »den Sie festgenommen haben. Er und sein Begleiter waren gefährliche Verbrecher? Sie brachen kaiserliches Recht? Ich dachte mir, daß etwas an ihnen verdächtig sei. Mein eigenes Schwert büßte ich ein, als ein Tiermensch damit weglief; es stak in seinem Schädel.«

Der Offizier nickte langsam. Er schien erheitert. »Der Besitz, heißt es, macht neun Zehntel des Delikts aus. Der Besitz einer gestohlenen Waffe ist daher neun Zehntel so schlimm wie der eigentliche Diebstahl.«

»Es ist ein Schwert aus Middenheim. Wenn der Zwerg es dort gestohlen hat, fällt der Diebstahl unter das Stadtrecht von Middenheim. Was hat das mit Altdorf zu tun?«

»Wir sind unseren Kameraden von der dortigen Garnison gern behilflich. Das Schwert wird ihnen zurückgegeben, aber die Frage ist, ob wir auch Sie ausliefern?«

»Wozu? Ich habe die Waffe von dem Zwerg gekauft. Fragen Sie ihn.«

Konrad war überzeugt, daß sie Ustnar nicht nach dem Schwert fragen würden. Wo immer er und Listenreich waren, sie würden weitaus wichtigere Fragen zu beantworten haben. Altdorf genoß den Ruf eines ausgezeichneten Gerichtswesens. Während ihres Verhörs würden die beiden Gefangenen weniger gefoltert als irgendwo sonst im Reich. Es würde auch eine Gerichtsverhandlung geben, bevor sie hingerichtet würden.

Er erwartete nicht, daß der Unteroffizier seine Geschichte über den Kauf des Schwertes wirklich glauben würde, aber am wichtigsten war, daß er nicht auf die Idee käme, es gebe irgendeinen Zusammenhang zwischen Konrad und Listenreich. Soweit es Altdorf betraf, war es reiner Zufall, daß er und der Zauberer mit derselben Postkutsche eingetroffen waren.

»Zeugenaussagen eines Verbrechers sind ungültig«, sagte der Unteroffizier. »Und wenn ich das Schwert zurückschicke, wird es viele Nachfragen geben, viel Papierkram.«

»Dann schicken Sie es nicht zurück.«

»Nein, dazu sind wir verpflichtet. Wenn die Stadtsoldaten oder die Garnison in Middenheim ein Schwert unserer Palastwache oder Garnison finden, würden sie es uns sicherlich ebenfalls zurückgeben. Davon bin ich überzeugt. Aber wenn Sie mit dem Schwert zurückgingen, könnten Sie alle Fragen persönlich beantworten. Das scheint mir die vernünftigste Vorgehensweise zu sein. Was meinen Sie?«

Konrad sagte nichts. Selbst wenn er mit einer bewaffneten Eskorte nach Middenheim zurückgeschickt würde, könnte er entkommen, bevor sie die Stadt erreichten. Aber er wollte Altdorf nicht verlassen, noch nicht.

Der Unteroffizier sah ihn seltsam an und lächelte. Es schien, daß er die Vernehmung nicht sehr ernst nahm, aber Konrad verstand den Witz nicht.

»Wenn dieses Schwert«, fügte der Unteroffizier nach einer Weile hinzu, »zufällig in den Besitz eines, sagen wir, kaiserlichen Gardisten gekommen wäre, dann würde er naturgemäß über jeden Verdacht erhaben sein.«

Endlich begriff Konrad, aber er sagte nichts.

»Es ist eine gute Stellung für einen Krieger, gute Arbeitszeiten, gute ...« – der Unteroffizier klatschte einen Golddukaten auf den Tisch – »... Bezahlung.«

»Die kaiserliche Garde?« Konrad betrachtete die makellose Uniform seines Gegenüber mit erneuertem Interesse: Das glänzend polierte Messing, den blauen Federbusch auf dem Helm, die Litzen, die kunstvoll herausgearbeiteten Insignien. »Ich weiß nicht, ob ich ein Paradesoldat sein möchte – immer auf und ab marschieren, in einem Torhaus stehen, eine Fahne statt eines Schwertes zu halten, immer ordentlich und herausgeputzt wie ein Hoflakai.«

»Wir sind keine Paradesoldaten, Konrad! Wir sind die Elitetruppe des Reiches, die treue Leibwache des Kaisers!«

Konrad starrte ihn an und überlegte, woher der andere seinen Namen wußte.

»Ich war diesen Winter in Praag«, kam die ungebetene Antwort. »Erinnern Sie sich? Mein Name ist Taungar.«

Konrad nickte. Er erinnerte sich an Praag. Wie konnte er diese Belagerung vergessen? Aber warum sollte er den Unteroffizier aus Altdorf wiedererkannt haben, obwohl Taungar sich an ihn erinnerte?

»Ich weiß nicht, warum Sie hierhergekommen sind«, sagte Taungar, »aber Sie können nichts Besseres tun als in die Garde eintreten. Es ist die beste Gelegenheit für jeden Krieger. Und ich meine ›Krieger‹. Das hat nichts mit Paradieren und Wacheschieben zu tun. Ich weiß, daß Sie ein Mann von dem Schlag sind, den wir brauchen.«

»Oder ...?«

Taungar zuckte die Achseln und blickte auf das Schwert mit dem Wolfsemblem.

»Bekomme ich ein anderes Schwert?«

»Wir haben festgestellt, daß Gardisten ihre Aufgaben am besten erfüllen können, wenn sie ordentlich bewaffnet sind.« Taungar griff hinter sich und nahm einen Schwertgurt von einem Wandhaken. Er legte ihn mit dem anhängenden, in der Scheide steckenden Schwert auf den Tisch neben die Waffe aus Middenheim und den Golddukaten.

Konrad zog die Klinge aus der geölten Scheide und umfaßte den Griff aus weißem Knochen. Der Schwertknauf trug die in Silber geprägte kaiserliche Krone. Er betrachtete das Schwert, den Golddukaten und nahm letzteren an sich.

»Sie haben das Handgeld des Kaisers angenommen, Konrad. Nun müssen Sie den Treueid ablegen. Stehen Sie auf.«

Konrad tat es und leistete den Treueid, schwor bei Sigmar, daß er dem Kaiser jederzeit gehorsam dienen und notfalls sein Leben im Dienst am Reich hingeben würde.

»Willkommen«, sagte Taungar und reichte ihm die Hand hin.

Konrad streckte ihm die Rechte entgegen, und sie umfaßten einander bei den Handgelenken.

Viele Fragen gingen Konrad durch den Kopf, aber er stellte sie nicht. Bald würde er selbst feststellen können, was er wissen mußte. Was das übrige betraf, so hatte er nicht vor, lange genug zu bleiben, daß er die Antworten benötigte.

Konrads Haar wurde kurzgeschoren, damit es nicht aus dem Helm hing. Er mußte sich auch rasieren, zum ersten Mal seit er Kislev verlassen hatte, denn nur Offiziere durften Bärte tragen. Dann wurde ihm die Uniform angepaßt. Sie war für alle Infanteristen gleich, ob einer Rekrut oder Offizier war. Der einzige Unterschied lag in der Farbe des Federbusches auf dem Helm. Je höher der Rang, desto tiefer das Blau, von Aquamarin bis Indigo.

Konrad brauchte nicht vor dem Kaiserpalast Wache zu stehen. Dafür hatte Taungar genug Soldaten, die das Postenstehen gewohnt waren. Aber selbst Posten mit schmückender Funktion mußten mehr können als Parademärsche hinlegen und stundenlang straff und regungslos Posten zu stehen, und Konrad wurde zum Fechtlehrer und Instrukteur für Gefechtsübungen ernannt. Das bedeutete nicht, daß ihm das Herausputzen erspart blieb, das Polieren von Helm und Harnisch, bis er sein narbiges Gesicht im glänzenden Messing gespiegelt sah. Und wie immer, wenn er sein Spiegelbild sah, erinnerte er sich des ersten Mals, als er sein noch jungenhaftes Gesicht in Elyssas Spiegel gesehen hatte.

Er gewöhnte sich beinahe daran, makellose Uniformen zu tragen und seine genagelten Stiefel auf den Marmorböden des Palastes hallen zu hören. Es hatte etwas sehr Beruhigendes, einer unter so vielen anderen zu sein, die alle den gleichen Aufgabenbereich hatten, regelmäßige Dienststunden leisteten und genau wußten, wann sie Essen fassen, schlafen und ausruhen konnten. Denken war unnötig, weil alles organisiert war.

Selbst sein Fechtunterricht und die Unterweisungen im Gelände folgten einem festen Ausbildungsplan, obwohl Konrad während dieser Stunden immer wieder versuchte, die Rekruten mit unerwarteten Situationen zu konfrontieren. Es war der einzige Teil der Dienstzeit, den er und die Rekruten ohne Paradeuniform ableisteten. Gefechtsübungen waren schmutzig und schweißtreibend, und die Gardeuniformen durften niemals weder von außen noch von innen beschmutzt werden.

Konrad bildete nicht nur andere aus. Während seiner Laufbahn an der Grenze hatte er die meisten Arten von Waffen kennengelernt, aber es gab immer etwas Neues, und die Rüstkammern der Kaiserlichen Garde enthielten ein Arsenal verschiedener Waffen, mit denen geübt werden konnte.

Hin und wieder kam es vor, daß Konrad als Mitglied der Ehrengarde im Palast diente, wenn bei Sonnenaufgang und Sonnenuntergang die kaiserlichen Banner aufgezogen und niedergeholt wurden. Von den Wällen, siebzig Meter über den Dächern der Stadt, war sie in ihrer ganzen Ausdehnung zu überblicken. Die Straßen, die Hafenkais, die Flüsse, der Kanal nach Weissbruck, die umliegenden Wälder, Dörfer, die entfernten Berge – alles war deutlich sichtbar. Stieg man den Aussichtsturm auf dem Mittelrisalit hinauf, so war die Aussicht noch umfassender, und aus diesem Grund waren dort rund um die Uhr Wachtposten der Garde stationiert.

Das Innere des Palastes trug die gleichen monumentalen Züge wie das äußere. Die Säle waren riesig, die Türen enorm, Treppen und Korridore breiter als Straßen, die Decken so hoch wie die meisten anderen Gebäude. Es war, als ob der Palast für Riesen gebaut worden wäre.

Die Statuen aller vorausgegangenen Kaiser waren in dreifacher Lebensgröße aufgestellt; ihre titanischen Figuren säumten den ersten Korridor, wenn man die breite Treppe von der Eingangshalle hinaufstieg. Jedem früheren Herrscher war ein besonderer Raum gewidmet, wo die Höhepunkte seiner Regierungszeit in großen Gemälden festgehalten waren. Meistens bedeckten diese Bilderfolgen alle vier Wände des Raumes. Darüber waren kunstvoll gestickte Wandteppiche aufgehängt, die den jeweiligen Kaiser im Triumph zeigen, bei seiner Krönung, als großen Krieger und Jäger, der die wildesten Ungeheuer erlegte und berühmte Siege erfocht. Nach allem, was Konrad in Listenreichs historischen Bänden gelesen hatte, verdankte die Mehrzahl dieser großartigen Kunstwerke der ausschweifenden Phantasie der Künstler mehr als den nüchternen Annalen der Geschichte.

Jeder Saal enthielt Bildnisse der Kaiser, wie sie Horden abscheulicher Tiermenschen erschlugen, Duelle mit tödlichen Rivalen fochten und Trophäen aller Art aus sämtlichen Teilen der bekannten und unbekannten Welt in die Höhe hielten. Vergoldete Ornamente schmückten jeden Raum, von den hohen Decken hingen tonnenschwere kristallene Kronleuchter, in deren Schein juwelenbesetzte Kostbarkeiten in eleganten Vitrinen funkelten, ausgestopfte bizarre Tiere unbekannter Herkunft, fremdartige Waffen und erbeutete Feldzeichen aus vergessenen Kriegen ausgestellt waren. Viele dieser Gegenstände waren im Laufe von Jahrhunderten halb zerfallen und kaum noch kenntlich. Unter den ältesten ausgestellten Stücken fanden sich manche, die nicht viel mehr als Staub und zerschlissene, aufgelöste Fasern waren, aber gleichwohl wegen ihres Alters verehrt wurden.

In der Mitte jedes dieser Gedenkräume ruhten die sterblichen Überreste des jeweiligen Kaisers auf einem einfachen steinernen Sockel. Ihre Sarkophage waren freilich sehr unterschiedlich im verwendeten Material und in der Prachtentfaltung des Zierats. Es gab Sarkophage aus einfachem Eisen und aus Gold, aus Granit und Marmor verschiedener Tönungen. Es gab sogar gläserne Sarkophage, in denen die bekleideten und vergoldeten Skelette sichtbar waren. Einige Sockel waren leer, weil die betreffenden Kaiser in einer Zeit regiert hatten, als Altdorf nicht Reichshauptstadt gewesen war; sie waren anderswo begraben. Auch der letzte Sockel stand leer, weil niemand wußte, wo Sigmar seine letzte Ruhestätte gefunden hatte. Nach der Legende war der Gründer des Reiches am Ende seiner Tage allein ins Zwergenreich geritten, um Ghalmaraz seinen ursprünglichen Eigentümern zurückzugeben. Er wurde nie wieder von einem Menschen gesehen.

Das einzige bekannte Relikt aus Sigmars Eigentum lag auf einem Samtkissen in einer vergoldeten Vitrine: Der Elfenbeingriff des Dolches, den er in der Schlacht am Schwarzfeuerpaß getragen hatte. Die Klinge war im Laufe der Jahrtausende verrostet und zerfallen.

Vor jeder der monumentalen Säulen, welche die zwei Stockwerke hohe Decke der Eingangshalle trugen, stand zu allen Stunden des Tages und der Nacht ein Soldat der Kaiserlichen Garde. Sie waren nicht nur die Leibwache des Kaisers, sondern buchstäblich die Beschützer und Wächter ihres obersten Herrn und seiner Residenz. Abgesehen von festlichen Anlässen sah Konrad selten jemanden, der nicht der Garde oder der livrierten Dienerschaft angehörte. Das Gebäude war so riesenhaft, daß es eine ganze Armee hätte beherbergen können. Den Regierungsgeschäften ging der Kaiser in einem anderen Flügel des Palastes nach, wo die Ministerien und der Hof untergebracht waren.

Einer der Gründe, warum der repräsentative Hauptteil des Palastes so still und leer lag, war die Abwesenheit des Kaisers. Es dauerte eine Woche, bis Konrad dies entdeckte. Der Kaiser, sein Gefolge und ein Großteil der Kaiserlichen Garde befanden sich auf einem Staatsbesuch in Talabheim. Er war an Bord der kaiserlichen Jacht einige dreihundert Meilen den Talabec aufwärts nach Osten gesegelt.

Konrad fragte sich, ob Gaxar irgendwie davon Wind bekommen hatte und, statt Altdorf zu seinem Ziel zu machen, die unterirdische Skavenroute zu diesem Stadtstaat genommen hatte.

Zwölf Tage waren vergangen, seit Konrad in die Hauptstadt gekommen war, und er hatte im Laufe dieser Zeit viel getan. Aber zwölf Tage waren im Kalender der Justiz eine sehr kurze Zeitspanne, und er wußte, daß Listenreich und Ustnar noch immer in einer Kerkerzelle unter den Garnisonskasernen von Altdorf schmachteten.

Sie waren wegen Verstoßes gegen kaiserliches Recht verhaftet worden, wurden aber von den Stadtsoldaten bewacht. Diese städtische Miliz, die militärische Garnison und die Kaiserliche Garde waren drei verschiedene Streitkräfte, die sehr eifersüchtig über ihre jeweiligen Verantwortlichkeiten wachten. Die Stadtsoldaten wurden hauptsächlich aus Bewohnern der Hauptstadt rekrutiert, obwohl auch Bewohner der umliegenden Dörfer aufgenommen wurden. Das reguläre Militär und die Kaiserliche Wache bestanden aus Truppen aller Provinzen und Stadtstaaten des Reiches, auch aus Altdorf selbst.

Weil Listenreich und Ustnar beschuldigt wurden, kaiserliches Recht gebrochen zu haben, waren sie von Angehörigen der kaiserlichen Garde festgenommen worden. Deswegen waren Taungar und einige seiner Männer unter den Stadtsoldaten gewesen, die das Eintreffen der Postkutsche erwartet hatten. Die Beschuldigten waren jedoch von der Stadtmiliz in Gewahrsam genommen worden.

Nachdem er in Erfahrung gebracht hatte, wo die Festgenommenen inhaftiert waren, stellte Konrad Überlegungen an, wie er sie dort herausholen könne. Soviel war er ihnen schuldig. Wäre es nur Listenreich gewesen, so hätte er ihn vielleicht seinem Schicksal überlassen; er hatte für den Zauberer bereits mehr als genug getan. Ustnar und die drei anderen Zwerge hatten ihn jedoch aus dem Skavenkerker befreit. Die anderen waren tot, aber Konrad konnte jetzt dem überlebenden Zwerg vergelten, was dieser für ihn getan hatte.

Der Abend dämmerte, als er dienstfrei hatte und zum Hauptportal hinausging. Die Wachen sahen ihn gehen und nahmen an, daß er Erlaubnis zum Verlassen des Palastbezirks hatte. Er wandte sich nach Norden, über die breite Brücke, deren Brüstungen bemalte Statuen von Kriegern und Göttern und mythischen Fabelwesen trugen, und lenkte seine Schritte zur Kaserne der Garnison. Die Tage wurden kürzer, der Winter kündigte sich an, und Konrad war froh über die Wärme, die sein langer Umhang ihm bot.

Er bog in eine dunkle und schmale Zufahrt, wo er seinen Messinghelm abnahm. Als er ein paar Sekunden später wieder herauskam, trug der Helm einen purpurnen Federbusch. Konrad war ein Offizier der kaiserlichen Garde geworden.

15

Die Wachen am äußeren Tor machten Ehrenbezeigungen, als Konrad selbstbewußt an ihnen vorbei und über den Hof schritt. Er marschierte zum Wachhaus, das unmittelbar voraus lag.

»Ich möchte den diensthabenden Offizier der Wache sprechen«, sagte er zu dem Soldaten am Eingang.

Der Mann verschwand im Inneren, und ein paar Sekunden später trat ein Offizier heraus. Er schnallte seinen Schwertgürtel um und faßte Konrad ins Auge. Dann richtete er sich auf, schlug die Hacken zusammen und salutierte schneidig. Konrad erwiderte die Ehrenbezeigung etwas beiläufiger. Die Kaiserliche Garde betrachtete sich als der Militärgarnison von Altdorf überlegen; doch obwohl er von scheinbar gleichem Rang war, hatte Konrad hier keine Autorität.

»Was kann ich für Sie tun?« fragte der Offizier. »Ist der Kaiserlichen Garde die Messingpolitur ausgegangen?«

Konrad zog ein Pergament unter dem Umhang hervor. »Ich habe hier einen Vernehmungsauftrag mit dem Ersuchen, daß mir Zutritt zu einem Ihrer Gefangenen gewährt werde, einem Zwerg, den Sie in Gewahrsam halten.«

Er entrollte das Pergament, welches mit einem eindrucksvollen amtlichen Siegel versehen war, und hoffte, daß der Offizier nicht lesen könne, weil es die Inventarliste des Quartiermeisters für das Zeughaus der Kaiserlichen Garde war.

»Sie halten solch einen Gefangenen in Gewahrsam?« fragte er.

Der Offizier gab vor, das Dokument zu studieren, und nickte. »Ja. Aber was hat es damit auf sich?«

»Es handelt sich um eine andere Angelegenheit, nicht um den Grund seines Gewahrsams. Es besteht der Verdacht, daß der Zwerg ein Schwert von einem der Regimenter in Middenheim gestohlen hat.«

»Ich hörte etwas über ein Schwert.«

Er musterte Konrad, aber dieser war unbesorgt, denn er wußte, wie verändert er ohne Bart und in Gardeuniform aussah. Nur Offiziere durften Bärte tragen, doch bedeutete dies nicht, daß sie vorgeschrieben waren. Die Nachricht von dem gestohlenen Schwert sollte sich unter den Offizieren der Garnison herumgesprochen haben. Zwischen ihr und der Kaiserlichen Garde herrschte Rivalität, aber es gab auch individuelle Freundschaften zwischen beiden.

»Wir müssen dafür Sorge tragen, daß das Schwert zurückgegeben wird.«

»Selbstverständlich«, sagte der Offizier.

»Ich muß den Gefangenen darüber vernehmen, wie er in den Besitz der Waffe gekommen ist.«

»Das können wir machen.«

»Gut. Dann überlasse ich es Ihnen, ein vollständiges Protokoll der Vernehmung aufzusetzen, mit Kopien für mich und die Justiz in Middenheim. Sie werden aber auch die anderen Details übernehmen müssen: Die Dokumentation, den Rücktransport des Schwertes nach Middenheim und die Übergabe gegen Empfangsbestätigung. Geht das so in Ordnung?«

»Ah ...«

»Sie wissen, wie es mit diesen Dingen ist. Je einfacher etwas scheint, desto komplizierter ist es in Wirklichkeit.«

Der Offizier blickte zum dunkel werdenden Himmel auf, als könnte ihm von dort Erleuchtung zuteil werden. »Wie lange wird die Vernehmung dauern?« fragte er.

Konrad schlug mit der rechten Faust in den linken Handschuh. »Nicht lange«, sagte er. Der Offizier lächelte. »Ich werde dabei sein müssen. Er fällt unter meine Verantwortung.«

»Selbstverständlich.«

»Und ich möchte nicht, daß an ihm sichtbare Merkmale zurückbleiben.«

Er führte Konrad in das Ziegelgebäude, nahm einen großen Schlüsselbund vom Tisch der Wachstube und rief einen weiteren Soldaten zu sich, um sie zu begleiten.

Der Soldat übernahm den Schlüsselbund, zündete eine Laterne an und ging voraus. Die Ziegelmauern wurden zu Stein, als sie zu den Kellerverliesen hinabstiegen und mehrere schwere Türen passierten, die alle hinter ihnen zugesperrt wurden. Jede Tür wurde von einem Posten bewacht.

Die Abfolge der Türen gemahnte Konrad an Listenreichs unterirdische Domäne. Wieder war er tief unter der Erdoberfläche. Diesmal aber waren die Gänge breit und hoch, die Stufen präzise in den anstehenden Fels gehauen und von den Schritten ungezählter Generationen von Kerkermeistern abgenutzt. Und diesmal war sein Ziel nicht meilenweit entfernt.

Es war aussichtslos, sich durch die bewachten Türen zurückzuschwindeln, aber er hatte nicht vor, auf demselben Weg zurückzukehren.

Der Soldat mit der Laterne sperrte die Türen nacheinander auf, und der Offizier folgte Konrad. Sie kamen an vielen anderen Türen vorbei, die in die Wände eingelassen waren und kleine, vergitterte Fenster hatten. Es schien, daß die wichtigsten Gefangenen auf der untersten Ebene der Kellerverliese eingekerkert waren, wie Konrad gehofft hatte.

Eine weitere Tür wurde aufgesperrt und geöffnet – und der Posten auf der anderen Seite fiel leblos durch die Öffnung. Konrad zog sein Schwert und hörte den

Offizier das gleiche tun. Der Soldat und Konrad beugten sich über den toten Wärter und untersuchten ihn im Schein der Laterne. Der Körper zeigte keine äußeren Verletzungen. Er war noch warm.

»Sind sie hier?« fragte Konrad.

»Die zwei Türen am Ende.«

Konrad ging mit gezogenem Schwert weiter, und der Offizier folgte. Eine weitere schwere Eichentür versperrte den Gang, aber vor ihr waren zwei weitere Türen, eine auf jeder Seite des Ganges. Beide waren geschlossen – und beide waren verriegelt und zugesperrt. Er spähte durch das Gitterfenster der ersten Tür und dämpfte seine Stimme, so daß der Offizier nicht hören konnte, was er sagte.

»Listenreich?« flüsterte er. »Ustnar?«

Aus beiden Zellen kam keine Antwort.

»Schlüssel!« rief der Offizier, und der Soldat sperrte auf. »Aufmachen!« Der Mann gehorchte. »Halten Sie die Laterne hoch!«

Der Soldat hielt die Laterne in die Höhe, zog sein Schwert und betrat die erste Zelle. Konrad und der Offizier blieben einen Schritt hinter ihm. Der Kerker war leer. Und genauso verhielt es sich mit der Zelle gegenüber.

»Sie können nicht dort hinausgekommen sein«, sagte Konrad und nickte in die Richtung des toten Wärters. »Sie müssen durch die andere Tür entwichen sein.« Er zeigte mit der Schwertspitze zu der Tür, welche den Gang abschloß.

»Wie konnten sie aus den Zellen ausbrechen?« fragte der Offizier kopfschüttelnd. »Wie haben sie den Soldaten getötet?«

»Ich weiß es nicht. Es ist mir auch gleich. Aber öffnen Sie diese Tür, bevor die beiden einen Vorsprung gewinnen können.«

»Wir kommen da nicht durch.«

»Warum nicht?«

»Sie ist verschlossen. Wir haben keinen Schlüssel. Seit ich hier diene, ist sie nie geöffnet worden.«

Bisher war der unterirdische Kerker so, wie Konrad erwartet hatte. Ein Angehöriger der Garde, der die Anlage durch einen Wärter kannte, hatte sie ihm beschrieben. Konrads Absicht war es gewesen, bis hierher vorzudringen, seine Begleiter zu beseitigen, Ustnar und Listenreich aus ihren Zellen zu holen und den Zauberer dann diese letzte Tür öffnen zu lassen. Offenbar hatte Listenreich seine Fähigkeiten bereits benutzt, um sich zu befreien, und zu diesem Zweck den Zauberbann unwirksam gemacht, mit dem die Magier aus Altdorf versucht haben mußten, die Zelle ihres Gefangenen gegen dessen Zauber abzuschirmen.

Konrad stieß kräftig gegen die schwere Tür, die nach Auskunft des Offiziers nie geöffnet worden war, und sie schwang knarrend auf in ihren rostigen Angeln. Sie war erheblich dicker als die anderen, und weit älter. Schwere Eisenbeschläge hielten die alten Eichenplanken zusammen. Er blickte zum Offizier, der ihm zunickte und dem Soldaten die Laterne aus der Hand nahm.

»Wir gehen durch«, sagte er zu seinem Untergebenen. »Verständigen Sie die Wache und bringen Sie so schnell wie möglich an Leuten mit herunter, was Sie auftreiben können. Und sagen Sie meinem diensthabenden Stellvertreter, daß er alle Ausgänge der Kanalisation sperren soll.«

Der Soldat machte kehrt und rannte mit klirrenden Schlüsseln durch den dunklen Gang zurück. Konrad spähte im Laternenschein voraus. Der Gang setzte sich fort, wurde aber schmaler und steiler, soweit im flackernden Laternenschein auszumachen war.

»Hier irgendwo verläuft ein unterirdischer Fluß«, sagte der Offizier aus Altdorf. »Die Kanalisation wird hineingeleitet, und schließlich mündet er jenseits der Stadtmauern in den Reik.«

Konrad wußte es; der unterirdische Flußlauf war sein vorgesehener Fluchtweg gewesen. Hatten der Zauberer und der Zwerg ihn genommen? Es mußte so sein, denn einen dritten Ausgang gab es nicht.

Der Offizier ging mit der Laterne voran, und Konrad folgte ihm. Es war kalt und feucht, und der Lichtschein schien von der absoluten Schwärze aufgesaugt zu werden. Vorsichtig schritten sie weiter. Ihre genagelten Stiefel hallten in der Stille. Nach einiger Zeit bemerkte Konrad, daß der Gang nicht weiter abwärts führte, sondern eben verlief. Ein Luftzug streifte sein Gesicht. Irgendwo weiter voraus mußte es einen Weg ins Freie geben.

Nicht nur das, es war sogar ein ferner Lichtschimmer auszumachen, und ein Geräusch zu hören …

Konrad hatte erwartet, daß der unterirdische Fluß sich mit lautem Rauschen über die Felsen seines unterirdischen Bettes ergießen würde. Aber es war nicht diese Art von natürlichem Geräusch; es schien jedem natürlichen Geräusch unähnlich. Ihn fröstelte, und nicht, weil ihn fror.

Auch der Offizier mußte es fühlen, denn er hielt inne und blickte zurück.

»Was ist das?« raunte er.

Konrad schüttelte den Kopf. Er zog die Handschuhe aus und steckte sie in den Gürtel.

»Es gefällt mir nicht«, murmelte der Offizier. »Vielleicht sollten wir Verstärkung abwarten.«

Konrad sagte nichts, versuchte aber, sich an dem anderen vorbeizudrängen; darauf setzte sich der Offizier wieder in Bewegung und blieb vor ihm. Der Lichtschein wurde heller, die Geräusche vernehmlicher. Es war wie ein Tiergeräusch, beinahe wie weinende Säuglinge, aber Hunderte von ihnen, die mit ihren hungrigen Säuglingsstimmen wimmerten und weinten.

Aber die Geräusche waren nicht menschlichen Ursprungs, erkannte er. Sein Mund war trocken, aber sein

Körper schweißbedeckt, und er umfaßte den Schwertgriff mit feuchter Hand.

Plötzlich machte der Offizier halt, und Konrad wäre beinahe auf ihn geprallt. Er starrte geradeaus in die Höhle, die sich vor ihnen geöffnet hatte. Auch Konrad war stehengeblieben und beobachtete die bizarre Szene vor ihnen. Vom Höhlendach hingen von Phosphoreszenz gefleckte Stalaktiten; ihr geisterhaftes Licht beleuchtete die scheußliche Szene.

»Konrad!« zischte eine bekannte Stimme. »Wir haben auf dich gewartet.«

Es war Gaxar, aber der Skaven hatte seine menschliche Gestalt angenommen und stand nur ein Dutzend Schritte vom Ende des Ganges entfernt. Die Höhle war wesentlich kleiner als jene, in der er Verwerfungsgestein gereinigt und verarbeitet hatte; eine natürliche Grotte mit unebenen Wänden und stufigem Felsboden, vom unterirdischen Fluß durchströmt.

Listenreich und Ustnar lagen ausgestreckt am Boden. Sie waren nackt und gekreuzigt, ihre Fußgelenke und Handflächen an den Felsboden genagelt.

Aber das waren nicht die einzigen Wunden; ihre Körper wiesen tiefe Wunden auf, und rote Rinnsale liefen über ihre gemarterten Körper. Man hatte sie geknebelt, um sie am Schreien zu hindern.

Zwischen ihnen war Raum freigelassen, bemerkte Konrad – ein Raum, der ihm zugedacht war. Vier schwere Nägel lagen auf dem Gestein bereit.

Um die liegenden Gestalten drängten sich zahlreiche nackte Wesen, klein, geschlechtslos, humanoid, haarlos. Sie glichen beinahe den Säuglingen, deren Weinen Konrad vermeintlich gehört hatte – aber sie ähnelten in keiner anderen Hinsicht Säuglingen.

Es mußten Dutzende von ihnen sein, und allen gemeinsam waren die übergroßen deformierten Schädel, die riesigen rosa Augen und die madenartig weißen Körper. Sie waren eine Rasse troglodytischer Tiermenschen, mit langen Zungen, spitzen Zähnen, aufgedunsenen Rümpfen, verkümmerten Schwänzen und dreizehigen Krallen anstelle von Händen und Füßen. Manche hatten schuppige Häute. In ihrer Begier, das Blut aus den Wunden des Zauberers und des Zwerges zu lecken, stießen und drängten sie gegeneinander. Sie waren es, von denen das abscheulich winselnde Geräusch ausging, das ihre Gier nach lebendem Fleisch ausdrückte.

Bei genauerer Betrachtung schien es, daß die blutenden Wunden der hilflosen Opfer von scharfen Beißwerkzeugen herrührten. Die widerwärtigen Geschöpfe hatten ihr kannibalisches Mahl bereits begonnen.

Silberauge stand bei Gaxar und hielt seinen Metallschild mit dem rätselhaften goldenen Emblem auf dem Buckel vor sich. Er schob die Zunge zwischen den Kiefern vor, und Konrad erinnerte sich schaudernd des Skavenkusses, als der Nager ihm das Blut von der Wange geleckt hatte. Auch ein paar andere Gestalten waren anwesend, doch konnte Konrad sie nicht genau erkennen. Sie standen auf einer erhöhten Felsbank im Hintergrund der Höhle, wie Zuschauer, die unterhalten sein wollen.

Dies alles nahm Konrad in kaum einer Sekunde wahr – derselben Sekunde, in der er sein Schwert in die Linke nahm, während seine Rechte nach dem Halfter unter seinem Umhang griff, aus dem er seine neue Waffe zog, zielte und abdrückte.

Die Waffe war eine einhändige Armbrust, ein Präzisionsmechanismus aus Messingrädern und Stahlzähnen. Der sechszöllige Bolzen war bereits aufgelegt, der Bogen aus doppeltem Federstahl gespannt. Es war die Waffe, mit der Konrad seit einer Woche geübt hatte.

Gaxar mochte ein grauer Seher sein, aber er war nicht schnell genug, um sich zu retten. Das Projektil traf ihn ins rechte Auge und riß ihn zurück. Er versuchte das Geschoß mit der rechten Hand zu ergreifen, aber er hatte keine rechte Hand. Lautlos brach er zusammen und rührte sich nicht mehr.

Ein schrecklicher, qualvoller Schrei zerriß die Luft, ein so gräßliches Geräusch, daß Konrad einen Augenblick wie gelähmt stand. Silberauge stieß den Schrei aus, einen Verzweiflungsschrei über den Tod seines Meisters. Der Rattenmensch stürzte sich auf Konrad, aber der Offizier aus Altdorf sprang ihm mutig entgegen und fing seinen Angriff ab. Ihre Schwerter schlugen klirrend aufeinander.

Konrad steckte die Schußwaffe ein und schwang sein Schwert gegen den ersten der fleischfressenden Troglodyten, die gegen ihn vorstürmten. Der mißgestaltete Kopf wurde abgeschlagen und flog kreischend durch die Höhle.

Konrad erschlug mehr und mehr von den häßlichen bleichen Gestalten, die durch die Höhle schwärmten, von Felsleisten auf ihn sprangen und nach seinem Gesicht krallten, während andere seinen Umhang zerfetzten, die Beinkleider zerschlitzten und ihm die Haut aufrissen. Durch das schiere Übergewicht der Zahl suchten sie ihn zu Boden zu ziehen. Er stieß sie beiseite, zog sie von sich, erstach, köpfte und zertrampelte sie. Die Geräusche der Sterbenden waren noch grauenhafter als jene ihrer hungrigen Gier.

Er erreichte Listenreich, beugte sich über ihn und zog ihm den Knebel vom Mund. Während er abgelenkt war, sprangen ein paar der kleinwüchsigen Mutanten auf ihn, und diesmal hätte er beinahe das Gleichgewicht verloren. Wenn sie ihn erst auf ihrer Ebene hätten, würde er gegen so viele keine Chance haben.

»Magie!« schrie er. »Ein Zauberbann!«

»Befreien Sie meine Hand«, hörte er den Zauberer mit schwacher Stimme sagen.

Konrad schüttelte seine schmerzende Bürde ab. Sein Schwert sauste durch die Luft. Mehrere Wasserköpfe wurden abgetrennt und versprühten Blut. Wieder beugte er sich über den Zauberer und versuchte vergeblich, mit seinen Fingern den Nagel aus Listenreichs rechter Hand zu ziehen.

»Ziehen Sie die Hand, die Hand!«

Konrad gehorchte – und Splitter von zertrümmerten Mittelhandknochen und Fetzen blutigen Fleisches aus Listenreichs Handfläche blieben an dem Nagel hängen, als die Hand freikam. Der Zauberer schrie auf, dann streckte er den rechten Arm aus; der Schrei sank um eine Oktave und wurde in einen Bann umgewandelt. Eine Blitzentladung fuhr aus seinem blutbefleckten Zeigefinger.

Ein gellendes Kreischen beantwortete seinen Zauber, als der erste seiner Quälgeister in heller Glut zerplatzte. Gleich darauf begann ein weiteres Ungeheuer zu brennen, und noch eines, und die Höhle füllte sich mit dem Gestank verbrannten Fleisches.

Konrad konnte erst zu Ustnar vordringen, nachdem er mehrere der buckligen Troglodyten erschlagen hatte. Dann schob er die Schwertklinge unter den Kopf eines der Nägel, stützte die Schwertspitze am Boden ab und hebelte den Nagel heraus. In gleicher Weise befreite er die andere Hand des Zwerges.

Die Zahl der mißgestalteten Troglodyten hatte merklich abgenommen, denn viele von ihnen lagen bereits als leblose Kadaver verstreut, doch die übrigen griffen weiter mit der gleichen wahnsinnigen Wut an. Als Konrad Ustnars zweiten Knöchel befreite, war Listenreich schon auf den Beinen, nachdem er sich selbst von den Nägeln losgerissen hatte. Konrads Schwert brach entzwei, als der letzte Nagel aus dem Fels glitt.

Er blickte umher. Der Offizier aus Altdorf lag am Boden, und die unnatürlich verkrümmte Körperhaltung verriet, daß er tot war. Von Silberauge und Gaxar war nichts zu sehen. Der Skaven mußte entkommen sein und den menschlichen Leichnam seines Herren mitgenommen haben. Auch die Gestalten auf der Felsbank jenseits des Wasserlaufes schienen fort zu sein. Alle deformierten Höhlenbewohner waren tot oder verbrannten, Opfer von Listenreichs feuriger Vergeltung, und die Luft stank nach verkohltem Fleisch.

Konrad, Listenreich und Ustnar standen da und sahen einander an. Blut rann aus ihren Wunden. Sie waren allein in einer Arena des Todes und der Vernichtung. Die einzigen Geräusche waren ihr angestrengtes Atmen und das Winseln der tödlich verwundeten Höhlenbewohner.

Aber bald wurden andere Geräusche hörbar, die aus einem der abzweigenden Gänge drangen. Es war ein Geräusch, das wiederzuerkennen Konrad nicht umhin konnte: Das entfernte Kriegsgeschrei von Mordbrennern des Chaos. Diese Tiermenschen würden nicht zwergenhaft sein, sie würden nicht unbewaffnet erscheinen, und sie würden zahlreicher sein als die Menge der erschlagenen Troglodyten.

»In den Fluß!« befahl Konrad. »Es ist unser einziger Ausweg!«

Sie eilten zum Ufer. Dem Aussehen nach war der Fluß wie jedes andere rasch dahinströmende Gewässer. Tief und dunkel strömte er durch sein in den Fels geschnittenes Bett und verschwand in einem niedrigen Bogen am Rand der Höhle.

»Ich kann Wasser nicht ausstehen!« sagte Ustnar – und sprang hinein.

Er verschwand unter der Oberfläche, erschien nach ein paar Sekunden wieder, schon auf halbem Weg zum Höhlenausgang. Listenreich zögerte, aber Konrad nahm ihn bei den Schultern und stieß ihn mit einem »Los, es muß sein!« ins Wasser. Der Zauberer verschwand zappelnd unter der Oberfläche und kam wieder hoch, bevor er im Tunnel verschwand.

Konrad warf den Helm beiseite, befreite sich von den Resten seines Umhangs, schnallte den Brustharnisch ab, stieß den ersten Stiefel von sich, wollte den zweiten ausziehen, aber die Zeit reichte nicht mehr. Glimmende rote Augen näherten sich durch einen der Gänge, dann ein zweites und ein drittes Augenpaar. Das war genug. Er sprang ins kalte Wasser und blieb unter der Oberfläche, als er sich von der Strömung zum Tunnel tragen ließ.

Eine Sekunde bevor er im Dunkel des unterirdischen Wasserlaufes verschwand, durchbrach sein Kopf die Oberfläche, und er blickte zurück. Zwei Gestalten standen auf der Felsbank. Jetzt konnte er sie genauer sehen.

Und einer von ihnen war der Schädelgesichtige!

Diesmal war ein Irrtum ausgeschlossen. Noch nach fünf Jahren konnte er sich so deutlich an die unheimliche Gestalt erinnern, als wäre es gestern gewesen. Derselbe hagere Körper, derselbe kahle Schädel, der zwischen Haut und Knochen keine Faser Fleisch zu haben schien.

An seiner Seite stand noch eine Person, die Konrad seit einem halben Jahrzehnt nicht gesehen hatte, die er niemals vergessen konnte, wenn auch aus anderen Gründen. Sie war jetzt älter, aber er erkannte sie augenblicklich.

Einen kurzen Moment begegneten sich die Blicke ihrer Augen, seine grün und golden, ihre pechschwarz.

Elyssa …